Catull · Sämtliche Gedichte

# C. Valerius Catullus
# Sämtliche Gedichte

Lateinisch / Deutsch

Übersetzt und herausgegeben
von Michael von Albrecht

Reclam

RECLAMS UNIVERSAL-BIBLIOTHEK Nr. 9395
1995, 2021 Philipp Reclam jun. GmbH & Co. KG,
Siemensstraße 32, 71254 Ditzingen
Bibliographisch ergänzte Ausgabe
Druck und Bindung: Esser printSolutions GmbH,
Untere Sonnenstraße 5, 84030 Ergolding
Printed in Germany 2024
RECLAM, UNIVERSAL-BIBLIOTHEK und
RECLAMS UNIVERSAL-BIBLIOTHEK sind eingetragene Marken
der Philipp Reclam jun. GmbH & Co. KG, Stuttgart
ISBN 978-3-15-009395-5

www.reclam.de

# C. Valerii Catulli
# Carmina

## Gedichte
## von
## C. Valerius Catullus

## 1

Quoi dono lepidum novum libellum
arido modo pumice expolitum?
Corneli, tibi: namque tu solebas
meas esse aliquid putare nugas
iam tum, cum ausus es unus Italorum
omne aevum tribus explicare cartis,
doctis, Iuppiter, et laboriosis.
quare habe tibi quidquid hoc libelli,
qualecumque: quod ⟨o⟩ patrona virgo
plus uno maneat perenne saeclo.

## 2

Passer, deliciae meae puellae,
quicum ludere, quem in sinu tenere,
quoi primum digitum dare adpetenti
et acris solet incitare morsus,
cum desiderio meo nitenti
carum nescioquid libet iocari,
ut solaciolum sui doloris:
credo, tum gravis acquiescet ardor:
tecum ludere, sicut ipsa, possem
et tristis animi levare curas!

## 2a

Tam gratumst mihi quam ferunt puellae
pernici aureolum fuisse malum,
quod zonam soluit diu ligatam.

1

Wem schenk ich das nette neue Büchlein,[1] frisch mit trocknem Bimsstein[2] geglättet? Dir, Cornelius[3], denn du hieltest immer etwas von meinen Spielereien[4], schon damals[5], als du es als einziger Italer wagtest, die ganze Weltgeschichte in drei Büchern[6] darzulegen; gelehrt sind sie, beim Iuppiter, und voller Fleiß! Darum nimm dies Büchlein, es sei dein eigen, was und wie immer es auch sein mag. Du aber, Schutzpatronin, Jungfrau[7], gib ihm Bestand und laß es länger als ein Jahrhundert leben.

2

Sperling, meines Mädchens Wonne, mit dir spielt sie gern, hält dich am Busen, bietet dir die Fingerspitze zum Angriff und reizt dich zu heftigen Bissen! Wenn es meiner strahlenden Geliebten gefällt, irgendeinen lieben Scherz mit dir zu treiben – als[1] kleinen Trost für ihren Schmerz –, dann, glaub ich, wird die heftige Glut beschwichtigt. O könnt ich mit dir spielen wie sie und meines Herzens düstre Sorgen lindern!

2a

Es ist mir so willkommen, wie dem flinken Mädchen der goldene Apfel gewesen sein soll, der ihr den lange verschlossenen Gürtel löste.[1]

## 3

Lugete, o Veneres Cupidinesque
et quantumst hominum venustiorum!
passer mortuus est meae puellae,
passer, deliciae meae puellae,
quem plus illa oculis suis amabat:
nam mellitus erat suamque norat
ipsam tam bene quam puella matrem
nec sese a gremio illius movebat,
sed circumsiliens modo huc modo illuc
ad solam dominam usque pipiabat.
qui nunc it per iter tenebricosum
illuc, unde negant redire quemquam.
at vobis male sit, malae tenebrae
Orci, quae omnia bella devoratis:
tam bellum mihi passerem abstulistis.
o factum male, | o miselle passer,
tua nunc opera meae puellae
flendo turgiduli rubent ocelli.

## 4

Phasellus ille, quem videtis, hospites,
ait fuisse navium celerrimus,
neque ullius natantis impetum trabis
nequisse praeterire, sive palmulis
opus foret volare sive linteo.
et hoc negat minacis Adriatici
negare litus insulasve Cycladas
Rhodumque nobilem horridamque Thraciam
Propontida trucemve Ponticum sinum,
ubi iste post phasellus antea fuit
comata silva: nam Cytorio in iugo
loquente saepe sibilum edidit coma.
Amastri Pontica et Cytore buxifer,

## 3

Trauert, Liebesgöttinnen und Liebesgötter, und all ihr Leute, die ihr zarter besaitet seid! Meines Mädchens Sperling ist gestorben, er, der Sperling, meines Mädchens Wonne, den sie mehr als ihre Augen liebte. Denn er war süß und kannte sein Frauchen so gut wie meine Liebste ihre Mutter kennt. Und er rührte sich nicht von ihrem Schoß, sondern sprang umher, bald hier-, bald dorthin, und piepste immerzu nur sein Frauchen an. Jetzt geht er den düstern Weg, dorthin[1], von wo, wie es heißt, niemand zurückkehrt. Du aber sei verflucht, böser, finstrer Orcus, der alles Schöne verschlingt; einen so schönen Sperling hast du mir geraubt. O Unglück! O unseliger Sperling![2] Du bist schuld, daß jetzt meines Mädchens liebe Augen vom Weinen rot und geschwollen sind.

## 4

Die Jacht dort, die ihr seht, liebe Gäste, sagt: Ich war das schnellste aller Schiffe, und der Schwung keines anderen schwimmenden Holzes konnte mich überflügeln, ob es nun galt, mit Rudern oder Segeln dahinzusausen. Sie erklärt auch: Dies kann die Küste der drohenden Adria bestätigen, dies die Kykladeninseln, das berühmte Rhodos, die rauhe thrakische Propontis und das dräuende Rund des Pontus. Dort war die spätere Jacht ehemals ein belaubter Wald; ja, auf dem Kamm des Cytorus[1] hat er oft mit seinem flü-

tibi haec fuisse et esse cognitissima
ait phasellus; ultima ex origine
tuo stetisse dicit in cacumine,
tuo imbuisse palmulas in aequore,
et inde tot per impotentia freta
erum tulisse, laeva sive dextera
vocaret aura, sive utrumque Iuppiter
simul secundus incidisset in pedem;
neque ulla vota litoralibus deis
sibi esse facta, cum veniret a marei
novissimo hunc ad usque limpidum lacum.
sed haec prius fuere: nunc recondita
senet quiete seque dedicat tibi,
gemelle Castor et gemelle Castoris.

## 5

Vivamus, mea Lesbia, atque amemus,
rumoresque senum severiorum
omnes unius aestimemus assis.
soles occidere et redire possunt:
nobis, cum semel occidit brevis lux,
nox est perpetua una dormienda.
da mi basia mille, deinde centum,
dein mille altera, dein secunda centum,
deinde usque altera mille, deinde centum.
dein, cum milia multa fecerimus,
conturbabimus illa, ne sciamus,
aut nequis malus invidere possit,
cum tantum sciat esse basiorum.

## 6

Flavi, delicias tuas Catullo,
nei sint inlepidae atque inelegantes,
velles dicere nec tacere posses.

sternden Kopfschmuck gerauscht. Du, Schwarzmeerstadt Amastris, und du, buchsbaumtragender Cytorus! Dies war und ist dir bestens bekannt. So sagt die Jacht. Sie erzählt: Gleich von meiner Geburt an stand ich auf deinem Gipfel und habe dann meine Ruder zum ersten Mal in dein Meer getaucht. Von dort hab ich meinen Herrn durch so viele wilde Meere getragen, ob sie nun der Fahrtwind von links oder rechts lockte oder ob Iuppiter gütig den Wind mitten in das Segel[2] sandte. Auch sagt sie: Noch nie hab ich den Küstengöttern Gelübde[3] tun müssen, während ich doch vom fernsten[4] Meer bis an diesen klaren See gekommen bin. Aber das war einmal: Jetzt altert sie in stiller Zurückgezogenheit und weiht sich dir, Zwilling Castor, und dir, Castors Zwilling[5].

5

Leben wollen wir, meine Lesbia, und uns lieben; all das Murren der allzu strengen Greise soll uns keinen roten Heller wert sein. Sonnen können untergehn und wiederkehren; wir aber müssen, ist einmal unser kurzes Lebenslicht erloschen, eine einzige Nacht ohne Ende schlafen. Gib mir tausend Küsse, dazu noch hundert, nochmals tausend und noch ein zweites Hundert, dann noch weitere tausend und noch hundert! Haben wir erst einmal viel tausend beisammen, wollen wir sie durcheinanderwerfen, damit wir die Anzahl nicht wissen und uns kein Mißgünstiger mit bösem Blick behexen kann, wenn er weiß: Es waren genau soundso viel Küsse[1].

6

Flavius, wenn dein Liebchen nicht ohne Anmut und Eleganz wäre, wolltest du zu mir, deinem Catull, von ihr spre-

verum nescioquid febriculosi
scorti diligis: hoc pudet fateri.
nam te non viduas iacere noctes
nequiquam tacitum cubile clamat
sertis ac Syrio fragrans olivo,
pulvinusque peraeque et hic et ille
attritus, tremulique quassa lecti
argutatio inambulatioque.
nam nil ista valet, nihil tacere.
cur? non tam latera ecfututa pandas,
nei tu quid facias ineptiarum.
quare, quidquid habes boni malique,
dic nobis: volo te ac tuos amores
ad caelum lepido vocare versu.

## 7

Quaeris, quot mihi basiationes
tuae, Lesbia, sint satis superque.
quam magnus numerus Libyssae harenae
lasarpiciferis iacet Cyrenis,
oraclum Iovis inter aestuosi
et Batti veteris sacrum sepulcrum,
aut quam sidera multa, cum tacet nox,
furtivos hominum vident amores:
tam te basia multa basiare
vesano satis et super Catullost,
quae nec pernumerare curiosi
possint nec mala fascinare lingua.

## 8

Miser Catulle, desinas ineptire,
et quod vides perisse perditum ducas.
fulsere quondam candidi tibi soles,
cum ventitabas quo puella ducebat,

chen und könntest von ihr nicht schweigen. Aber offenbar liebst du irgendein vom Fieber ausgemergeltes Schätzchen und schämst dich, das einzugestehen. Denn dein Lager – du schweigst vergebens – schreit doch, daß du deine Nächte nicht als Witwer zubringst: Es duftet von Kränzen und syrischem Öl, das Polster ist ganz gleichmäßig auf beiden Seiten abgenützt; eine beredte Sprache spricht auch das Quietschen und Wandern des von der Erschütterung bebenden Bettes. Denn es nützt nichts[1], deine Taten zu verschweigen. Warum? Deine Lenden lägen nicht so abgekämpft darnieder, wenn du nicht allerlei Unfug triebest. Darum sag uns, was immer du hast – es sei gut oder schlecht. Ich will dich und deine Liebste mit anmutigem Vers ans Licht des Himmels hervorlocken.[2]

## 7

Du fragst, wieviel Küsse von dir, Lesbia, mir genug und mehr als genug sind. So groß die Zahl des libyschen Sandes ist im Silphion[1] tragenden Cyrene zwischen dem Orakel des von Hitze geplagten Iuppiter[2] und dem heiligen Grab des alten Battus[3], oder wieviel Sterne in stiller Nacht heimliche Liebe der Menschen sehen, so viele Küsse sollst du küssen. So viel ist dem verrückten Catull genug und mehr als genug, so viel, daß weder Neugierige sie nachzählen können noch eine böse Zunge uns verzaubern mag.

## 8

Armer Catull,[1] hör auf, ein Narr zu sein, und was du verloren siehst, das gib verloren. Einst leuchteten dir strahlende Sonnentage, als du gingst, wohin dich dein Mädchen kom-

amata nobis quantum amabitur nulla.
ibi illa multa cum iocosa fiebant,
quae tu volebas nec puella nolebat,
fulsere vere candidi tibi soles.
nunc iam illa non vult: tu quoque, inpote⟨ns, noli⟩
nec quae fugit sectare, nec miser vive,
sed obstinata mente perfer, obdura.
vale, puella. iam Catullus obdurat
nec te requiret nec rogabit invitam:
at tu dolebis, cum rogaberis nulla.
scelesta, vae te! quae tibi manet vita?
Quis nunc te adibit? cui videberis bella?
quem nunc amabis? cuius esse diceris?
quem basiabis? cui labella mordebis?
at tu, Catulle, destinatus obdura.

## 9

Verani, omnibus e meis amicis
antistans mihi milibus trecentis,
venistine domum ad tuos penates
fratresque unanimos anumque matrem?
venisti. o mihi nuntii beati!
visam te incolumem audiamque Hiberum
narrantem loca, facta, nationes,
ut mos est tuus, applicansque collum
iocundum os oculosque saviabor.
o quantumst hominum beatiorum,
quid me laetius est beatiusve?

## 10

Varus me meus ad suos amores
visum duxerat e foro otiosum,

men ließ, die von uns[2] geliebt wurde, wie keine je geliebt werden wird. Als[3] da so manches Scherzhafte geschah, was dir willkommen war und dem Mädchen nicht unwillkommen, damals leuchteten dir wahrhaft strahlende Sonnentage. Jetzt aber will sie nicht mehr: Wolle du auch nicht mehr (brächtest du es nur fertig!)[4], jage der nicht nach, die entflieht; lebe nicht elend, sondern ertrag es mit festem Sinn und bleibe hart. So leb denn wohl, Mädchen! Schon wappnet sich Catull mit Festigkeit und wird dich weder suchen noch wider deinen Willen umwerben. Du aber wirst Schmerz empfinden, wenn du gar nicht mehr umworben wirst. Ruchlose, weh dir! Welches Leben bleibt dir noch? Wer wird sich jetzt um dich bemühen? Wem wirst du schön erscheinen? Wen jetzt lieben? Wessen Liebste heißen? Wen wirst du küssen? Wem die Lippen beißen? Du aber, Catull, sei entschlossen, bleibe hart!

9

Veranius, der für mich von allen meinen Freunden den Vorzug vor dreihunderttausend verdient! Bist du denn heimgekehrt zu deinen Penaten[1], dem trauten Kreis der Brüder und der betagten Mutter? Du bist gekommen: Welch beglückende Nachricht für mich! Ich soll dich wohlbehalten wiedersehen, dich erzählen hören von iberischen Orten, Taten, Völkern, wie es deine Art ist, und ich werde dir um den Hals fallen und deine Augen und den lieben Mund küssen. O! Wieviel glückliche Menschen es auch geben mag: Wer ist froher, wer glücklicher als ich!

10

Mein Varus hatte mich vom Forum, wo ich müßig umherging, mitgenommen, seine Liebste zu besuchen, ein Schätz-

scortillum, ut mihi tum repente visumst,
non sane illepidum neque invenustum.
huc ut venimus, incidere nobis
sermones varii, in quibus, quid esset
iam Bithynia, quo modo se haberet,
ecquonam mihi profuisset aere.
respondi, id quod erat, nihil neque ipsis
nunc praetoribus esse nec cohorti,
cur quisquam caput unctius referret,
praesertim quibus esset irrumator
praetor, nec faceret pili cohortem.
'at certe tamen,' inquiunt 'quod illic
natum dicitur esse, comparasti
ad lecticam homines.' ego, ut puellae
unum me facerem beatiorem,
'non' inquam 'mihi tam fuit maligne,
ut, provincia quod mala incidisset,
non possem octo homines parare rectos.'
at mi nullus erat nec hic neque illic,
fractum qui veteris pedem grabati
in collo sibi collocare posset.
hic illa, ut decuit cinaediorem,
'quaeso,' inquit mihi, 'mi Catulle, paulum
istos commoda; nam volo ad Serapim
deferri.' 'mane,' inquii puellae,
'istud quod modo dixeram me habere,
fugit me ratio: meus sodalis
Cinnast Gaius, is sibi paravit.
verum, utrum illius an mei, quid ad me?
utor tam bene quam mihi pararim.
sed tu insulsa male et molesta vivis,
per quam non licet esse negligentem.'

chen, dem es, wie es mir auf den ersten Blick vorkam, gewiß weder an Witz noch an Charme fehlte. Kaum dort angelangt, kamen wir auf Verschiedenes zu sprechen, unter anderem, wie es jetzt in Bithynien[1] stehe, wie es dort aussehe und ob es mir ein paar Kupfermünzen eingebracht habe. Ich antwortete wahrheitsgemäß, daß weder die Praetoren selbst noch ihr Gefolge etwas besitzen, wovon irgendeiner sein Haupt besser als sonst salben könnte, zumal wenn man einen hochnäsigen Schweinehund[2] als Praetor habe, der sich keinen Deut um sein Gefolge kümmere. »Aber gewiß«, sagten sie, »hast du doch wenigstens die bekannte Spezialität des Landes erworben: Leute, um die Sänfte zu tragen.« Darauf ich, um mich bei dem Mädchen als besonders betucht herauszustreichen: »Ich stand nicht so kärglich da, daß ich mir, nur weil mir eine so jämmerliche Provinz zugefallen war, nicht acht stramme Kerle hätte leisten können.« (Dabei hatte ich weder hier noch dort auch nur einen einzigen, um ihm das gebrochene Bein meiner altersschwachen Liege auf den Nacken zu stellen.) Da sprach sie, wie es zu dem vorlauten Persönchen paßte: »Bitte, mein lieber Catull, leih mir diese Leute kurz aus; ich möchte mich zum Serapistempel tragen lassen.« »Langsam!« sagte ich zu dem Mädchen. »Wenn ich soeben sagte, ich besäße sie, so war das ein Versehen. Es handelt sich um meinen Gefährten Gaius Cinna: Er hat die Anschaffung gemacht. Doch, was kümmert's mich, ob sie ihm oder mir gehören? Ich darf sie ebensogut benützen, als wenn ich sie mir besorgt hätte. Aber du bist ein recht taktloses und pedantisches Geschöpf, das mir keine ungenaue Ausdrucksweise durchgehen läßt.«

## 11

Furi et Aureli, comites Catulli,
sive in extremos penetrabit Indos,
litus ut longe resonans Eoa
tunditur unda,

sive in Hyrcanos Arabasve molles,
seu Sagas sagittiferosve Parthos,
sive quae septemgeminus colorat
aequora Nilus,

sive trans altas gradietur Alpes,
Caesaris visens monimenta magni,
Gallicum Rhenum, horribile aequor ulti-
mosque Britannos,

omnia haec, quaecumque feret voluntas
caelitum, temptare simul parati:
pauca nuntiate meae puellae
non bona dicta.

cum suis vivat valeatque moechis,
quos simul complexa tenet trecentos,
nullum amans vere, sed identidem omnium
ilia rumpens;

nec meum respectet, ut ante, amorem,
qui illius culpa cecidit velut prati
ultimi flos, praetereunte postquam
tactus aratrost.

## 11

Furius und Aurelius, ihr bleibt Catulls Gefährten, mag er bis ins hinterste Indien dringen, wo[1] die morgendliche Woge an die weithin widerhallende Küste[2] schlägt,

mag er zu den Hyrcanern[3] ziehen, den weichlichen Arabern, den Sakern, den pfeilbewehrten Parthern oder zu dem Meer, das der siebenarmige Nil färbt,

mag er die hohen Alpen überschreiten und die Ruhmesstätten des großen Caesar besichtigen: den gallischen Rhein, die schreckenerregende See und die Britanner am Ende der Welt,

ihr seid bereit, all dies mit mir gemeinsam zu versuchen, was immer der Wille der Himmlischen bringen mag! So meldet denn meinem Mädchen wenige Worte – keine guten:

Leben soll sie und es sich gut gehen lassen mit ihren Buhlern, deren sie dreihundert zugleich im Arm hält! Keinen liebt sie wirklich, doch allen zerrüttet sie ständig die Lenden.

Und sie soll nicht wie früher auf meine Liebe rechnen, die durch ihre Schuld hinsank wie die Blume[4] am Wiesenrand, geknickt vom vorüberziehenden Pflug.

## 12

Marrucine Asini, manu sinistra
non belle uteris in ioco atque vino:
tollis lintea neglegentiorum.
hoc salsum esse putas? fugit te, inepte:
quamvis sordida res et invenustast.
non credis mihi? crede Pollioni
fratri, qui tua furta vel talento
mutari velit: est enim leporum
differtus puer ac facetiarum.
quare aut hendecasyllabos trecentos
exspecta, aut mihi linteum remitte;
quod me non movet aestimatione,
verumst mnemosynum mei sodalis.
nam sudaria Saetaba ex Hibereis
miserunt mihi muneri Fabullus
et Veranius: haec amem necessest
ut Veraniolum meum et Fabullum.

## 13

Cenabis bene, mi Fabulle, apud me
paucis, si tibi di favent, diebus,
si tecum attuleris bonam atque magnam
cenam, non sine candida puella
et vino et sale et omnibus cachinnis.
haec si, inquam, attuleris, venuste noster,
cenabis bene: nam tui Catulli
plenus sacculus est aranearum.
sed contra accipies meros amores
seu quid suavius elegantiusvest:
nam unguentum dabo, quod meae puellae
donarunt Veneres Cupidinesque;
quod tu cum olfacies, deos rogabis,
totum ut te faciant, Fabulle, nasum.

## 12

Marruciner[1] Asinius, nicht fein gebrauchst du deine Linke bei Scherz und Wein: Du stibitzt unachtsamen Leuten die Servietten. Findest du das witzig? Du täuschst dich, läppischer Gesell: Es ist sehr kleinkariert und unfein. Du glaubst mir's nicht? Glaub's deinem Bruder Pollio, der gern ein bares Talent[2] dafür gäbe, deine Diebstähle ungeschehen zu machen; denn er ist ein Junge, randvoll mit anmutigen Späßen[3]. Darum mache dich entweder auf dreihundert Elfsilbler gefaßt oder schicke mir das Tüchlein zurück. Was mich dabei schmerzt, ist nicht der Sachwert; vielmehr handelt es sich um ein Souvenir von meinem Freund. Veranius und Fabullus haben mir nämlich saetabische Tücher als Geschenk aus Iberien geschickt: Die muß ich unbedingt lieben wie mein Veranchen und Fabullchen.

## 13

Gut speisen[1] wirst du, mein Fabull, bei mir – in wenigen Tagen, sofern dir die Götter gnädig sind –, wenn du gutes und reichliches Essen mitbringst, nicht zu vergessen ein strahlend schönes Mädchen, Wein und Salz und allerlei gute Laune. Wenn du das mitbringst, wohlgemerkt, mein Liebenswürdiger, dann wirst du gut speisen; denn der Geldbeutel deines Catull ist voller Spinnweben. Doch als Gegengabe wirst du unverwässerte Freundschaft empfangen oder etwas noch Lieblicheres, noch Anmutigeres, falls sich das denken läßt: Ich werde nämlich ein Parfüm spendieren, das meinem Mädchen alle Göttinnen und Götter der Liebe geschenkt haben. Wenn du das riechst, Fabull, wirst du die Himmlischen bitten, daß sie dich ganz zur Nase machen.

## 14

Ni te plus oculis meis amarem,
iocundissime Calve, munere isto
odissem te odio Vatiniano:
nam quid feci ego quidve sum locutus,
cur me tot male perderes poetis?
isti di mala multa dent clienti,
qui tantum tibi misit impiorum.
quod si, ut suspicor, hoc novum ac repertum
munus dat tibi Sulla litterator,
non est mi male, sed bene ac beate,
quod non dispereunt tui labores.
di magni, horribilem et sacrum libellum!
quem tu scilicet ad tuum Catullum
misti, continuo ut die periret,
Saturnalibus, optimo dierum!
non, non hoc tibi, salse, sic abibit:
nam, si luxerit, ad librariorum
curram scrinia; Caesios, Aquinos,
Suffenum, omnia colligam venena,
ac te his suppliciis remunerabor.
vos hinc interea valete abite
illuc, unde malum pedem attulistis,
saecli incommoda, pessimi poetae!

## 14a

Siqui forte mearum ineptiarum
lectores eritis manusque vestras
non horrebitis admovere nobis,

* * *

## 14

Wenn ich dich nicht mehr als meine Augen liebte, mein liebenswürdigster Calvus, würd ich dich um dieses Geschenkes willen hassen, wie nur ein Vatinius[1] es verdient. Denn was hab ich getan oder gesagt, daß du mich mit diesem Haufen von Dichterlingen jämmerlich zugrunde richtest? Deinem sauberen Klienten mögen die Götter alles Unheil bescheren, der dir so viele Schreibtischtäter ins Haus schickte! Falls aber, wie ich vermute, dieses neuartige und erlesene Geschenk von Sulla, dem Schulmeister[2], stammt, dann ist mir nicht mehr übel, sondern wohl, und ich bin glücklich, daß deine Arbeit[3] überhaupt honoriert wird. Große Götter, welch schauderhafter, welch verwünschter Schmöker! Offenbar hast du ihn deinem Catull geschickt, damit dein Freund einen ganzen Tag lang Todesqualen leide – und das an den Saturnalien, dem besten aller Tage! Nein, nein! Das laß ich dir, Witzbold, nicht so hingehen. Denn sobald der Morgen graut, will ich zu den Buchhändlern[4] rennen und dort einsammeln: Schmierer wie Caesius, Aquinus, Suffenus, kurz: alle Giftsorten! Mit diesen Folterqualen werd ich dich meinerseits entlohnen. Ihr aber lebt inzwischen wohl und kehrt zurück, woher euch eure Unglücksfüße[5] trugen, Plage unseres Jahrhunderts, erbärmliche Dichterlinge!

## 14a

Leser meiner Eskapaden, wenn es euch je geben wird und wenn ihr nicht davor zurückschaudert, mein Buch in die Hand zu nehmen ...[1]

## 15

Commendo tibi me ac meos amores,
Aureli. veniam peto pudentem,
ut, si quicquam animo tuo cupisti,
quod castum expeteres et integellum,
conserves puerum mihi pudice,
non dico a populo – nihil veremur
istos, qui in platea modo huc modo illuc
in re praetereunt sua occupati –
verum a te metuo tuoque pene
infesto pueris bonis malisque.
quem tu qua lubet, ut lubet, moveto
quantum vis, ubi erit foris paratum:
hunc unum excipio, ut puto, pudenter.
quod si te mala mens furorque vecors
in tantam impulerit, sceleste, culpam,
ut nostrum insidiis caput lacessas,
a, tum te miserum malique fati,
quem attractis pedibus patente porta
percurrent raphanique mugilesque!

## 16

Pedicabo ego vos et irrumabo,
Aureli pathice et cinaede Furi;
qui me ex versiculis meis putastis,
quod sunt molliculi, parum pudicum.
nam castum esse decet pium poetam
ipsum, versiculos nihil necessest;
qui tum denique habent salem ac leporem,
si sunt molliculi ac parum pudici
et quod pruriat incitare possunt,
non dico pueris, sed his pilosis,
qui duros nequeunt movere lumbos.
vos, quod milia multa basiorum

15

Dir, Aurelius, vertrau ich mich und meine Liebe an. Ich bitte dich in aller Bescheidenheit[1] um einen Gefallen: Falls du je etwas von Herzen begehrt hast, das unberührt und recht rein sein sollte, so bewahre mir den Jungen in Ehren – ich meine nicht: vor dem Volk; fürcht ich doch nicht die Leutchen, die hin und her auf der Straße, mit ihren eigenen Angelegenheiten beschäftigt, vorübergehn, sondern ich wittre Gefahr von deiner Seite, genauer: deiner Rute, die brave wie böse Buben bedroht. Bewege sie nur, wo's beliebt, wie's beliebt, so viel du willst, wenn sich draußen Gelegenheit bietet. Diesen einen nur will ich ausgenommen wissen – ich meine, das ist eine bescheidene Bitte. Wenn dich aber Verblendung, besinnungsloser Wahnsinn zu so großer Schuld, du Ruchloser, antreibt, daß du meine Person durch deine Nachstellungen herausforderst, dann wehe dir, Unglückseliger! Dein Los wird schlimm sein: Dich sollen bei angewinkelten Beinen und offenem Pförtchen Rettiche und dickköpfige Fische durchbohren.[2]

16

EUCH VÖGELN, euch werd ich Bürzel und Schnabel stopfen, Strichvogel Aurelius und Betthüpfer Furius, die ihr aus meinen Versen, weil sie zärtlich sind, geschlossen habt, ich sei ein Lustmolch! Anständig zu sein ziemt dem rechtschaffenen Dichter – für seine Person; für seine Verslein ist das keineswegs nötig. Sie haben ja erst dann Witz und Anmut, wenn sie zärtlich und nicht ganz züchtig sind, ja wenn sie gepfefferten Sex-Appeal haben, ich meine nicht für Knaben, sondern für unsere Bejahrt-Behaarten, die ihre steifen Lenden nicht mehr regen können. Weil ihr von viel tausend Küssen gelesen habt, haltet ihr mich für keinen

legistis, male me marem putatis?
pedicabo ego vos et irrumabo.

## 17

O colonia, quae cupis ponte loedere longo,
et salire paratum habes, sed vereris inepta
crura ponticuli axuleis stantis in redivivis
ne supinus eat cavaque in palude recumbat;
sic tibi bonus ex tua pons libidine fiat,
in quo vel Salisubsili sacra suscipiantur:
munus hoc mihi maximi da, colonia, risus.
quendam municipem meum de tuo volo ponte
ire praecipitem in lutum per caputque pedesque,
verum totius ut lacus putidaeque paludis
lividissima maximeque est profunda vorago.
insulsissimus est homo, nec sapit pueri instar
bimuli tremula patris dormientis in ulna.
quoi cum sit viridissimo nupta flore puella
(et puella tenellulo delicatior haedo,
adservanda nigerrimis diligentius uvis),
ludere hanc sinit, ut lubet, nec pili facit uni
nec se sublevat ex sua parte; sed velut alnus
in fossa Liguri iacet suppernata securi,
tantundem omnia sentiens quam si nulla sit
usquam,
talis iste meus stupor nil videt, nihil audit,
ipse qui sit, utrum sit an non sit, id quoque nescit.
nunc eum volo de tuo ponte mittere pronum,
si pote stolidum repente excitare veternum
et supinum animum in gravi derelinquere caeno,
ferream ut soleam tenaci in voragine mula.

[De carminibus 18–20 vide adnotationem 25 ad epilogum, infra p. 237.]

rechten Mann? EUCH VÖGELN, euch werd ich Bürzel und Schnabel stopfen.[1]

17

O Städtchen[1], du wünschst auf der langen Brücke zu tanzen und hältst dich wirklich zu springen bereit! Aber du fürchtest die läppischen Stelzen des Brückleins, das auf wiederverwerteten Bohlen steht, fürchtest, es könnte rücklings nachgeben und in den tiefen Sumpf sinken. So wahr dir eine gute Brücke nach Wunsch zuteil werden möge, auf der man sogar den heiligen Saliertanz aufführen kann: Gib mir, Städtchen, nur dies eine Geschenk, das lautes Lachen erregt: Ich will, daß ein gewisser Mitbürger von deiner Brücke vornüber und von Kopf bis Fuß in die Schlammflut falle, und zwar, wo der Schlund des ganzen Sees und des stinkenden Sumpfes am schwärzesten und tiefsten ist. Der Mann ist die Geistlosigkeit in Person und hat weniger Verstand als ein zweijähriger Junge, der im wiegenden Arm des Vaters schläft. Obwohl er ein Mädchen in der frischesten Blüte der Jugend geheiratet hat, eine Maid, reizender als das zarteste Zicklein, die sorgfältiger gehütet werden müßte als die dunkelsten Trauben, läßt er sie scherzen, wie's ihr beliebt, schert sich keinen Deut darum, erhebt sich nicht von seiner Seite des Bettes (wenn sie aufsteht), sondern liegt da – wie eine von ligurischer Axt gefällte Erle im Graben, die von allem ebensoviel wahrnimmt, als wäre sie gar nicht da. So sieht er nichts, der Holzkopf, den ich meine, und hört nichts. Wer er selbst ist, ob er lebt oder nicht: auch das weiß er nicht. Jetzt will ich ihn von deiner Brücke kopfüber hinabbefördern, ob er vielleicht imstande ist, die stumpfsinnige Schlafsucht plötzlich abzuschütteln und den matten Geist im schweren Schlamm endgültig aufzugeben, wie ein Maultier das Hufeisen im zähen Sumpf zurückläßt.

[Die Gedichte 18–20 sind nicht zugehörig.]

## 21

Aureli, pater esuritionum,
non harum modo, sed quot aut fuerunt
aut sunt aut aliis erunt in annis,
pedicare cupis meos amores.
nec clam: nam simul es, iocaris una,
haerens ad latus omnia experiris.
frustra: nam insidias mihi instruentem
tangam te prior irrumatione.
atque id si faceres satur, tacerem:
nunc ipsum id doleo, quod esurire
a temet puer et sitire discet.
quare desine, dum licet pudico,
ne finem facias, sed irrumatus.

## 22

Suffenus iste, Vare, quem probe nosti,
homost venustus et dicax et urbanus
idemque longe plurimos facit versus.
puto esse ego illi milia aut decem aut plura
perscripta, nec sic, ut fit, in palimpseston
relata: cartae regiae, novei libri,
novei umbilici, lora rubra membranae,
derecta plumbo et pumice omnia aequata.
haec cum legas tu, bellus ille et urbanus
Suffenus unus caprimulgus aut fossor
rursus videtur: tantum abhorret ac mutat.
hoc quid putemus esse? qui modo scurra
aut si quid hac re scitius videbatur,
idem infaceto est infacetior rure,
simul poemata attigit; neque idem umquam
aequest beatus ac poema cum scribit:
tam gaudet in se tamque se ipse miratur.

21

Aurelius, Vater aller Hungerkünste, nicht nur der gegenwärtigen, sondern aller, die da waren, sind oder in späteren Jahren sein werden, du willst mit meinem Liebling schlafen? Und das nicht nur heimlich; denn du bist mit ihm zusammen, schäkerst mit ihm, klebst an seiner Seite und läßt nichts unversucht. Umsonst! Denn wenn du mir Fallen stellst, will ich als erster dir eine Ladung ins Maul verpassen[1]. Und wenn du das in sattem Zustand tätest, würde ich schweigen. Nun aber tut mir das besonders weh, daß der Junge gerade von dir[2] hungern und dürsten lernen wird. Darum laß ab, solange du es noch ungeschändet tun kannst, um nicht erst dann aufhören zu müssen, wenn ich dir das Maul gestopft habe.

22

Suffenus[1], den du, mein Varus, recht gut kennst, ist ein Mensch von Anmut, treffendem Witz und städtischer Art und macht zugleich weitaus die meisten Verse. Ich glaube, ihm sind zehntausend oder noch mehr aus der Feder geflossen, und nicht etwa, wie üblich, auf radierte Blätter: Nein! Königspapyrus, neue Bücher, neue Rollstäbe, rote Pergamentriemen, mit Blei liniiert und alles mit Bimsstein geglättet. Wenn du das liest, kommt dir jener feine und städtische Suffenus plötzlich wie irgendein Ziegenmelker oder Umgräber vor; so wenig gleicht er sich selbst, so sehr verändert er sich. Was sollen wir davon halten? Der eben noch als Witzbold oder als etwas noch Geistreicheres[2] erschien, derselbe Mann ist platter als das platteste Land, sobald er sich an Verse macht; und doch ist er nie so glücklich, als wenn er ein Gedicht schreibt. So freut er sich über sich, so bewundert er sich selbst.

Nimirum idem omnes fallimur, neque est quisquam,
quem non in aliqua re videre Suffenum
possis. suus cuique attributus est error;
sed non videmus, manticae quod in tergost.

## 23

Furei, cui neque servos est neque arca
nec cimex neque araneus neque ignis,
verumst et pater et noverca, quorum
dentes vel silicem comesse possunt:
est pulcre tibi cum tuo parente
et cum coniuge lignea parentis.
nec mirum: bene nam valetis omnes,
pulcre concoquitis, nihil timetis,
non incendia, non graves ruinas,
non facta impia, non dolos veneni,
non casus alios periculorum.
atqui corpora sicciora cornu
aut siquid magis aridumst habetis
sole et frigore et esuritione.
quare non tibi sit bene ac beate?
a te sudor abest, abest saliva,
muccusque et mala pituita nasi.
hanc ad munditiem adde mundiorem,
quod culus tibi purior salillost,
nec toto decies cacas in anno,
atque id durius est faba et lapillis;
quod tu si manibus teras fricesque,
non unquam digitum inquinare posses.
Haec tu commoda tam beata, Furi,
noli spernere nec putare parvi –
et sestertia quae soles precari
centum desine: nam sat es beatus.

Gewiß doch: Wir alle täuschen uns in demselben Punkt, und es gibt keinen, in dem man nicht irgendwie einen Suffenus sehen [20] könnte. Jedem ist sein eigener Irrtum zugeteilt. Aber wir sehen nicht das Päckchen auf unserem Rücken.[3]

## 23

Furius, du hast keinen Sklaven, keinen Pfennig[1], keine Wanze, keine Spinne, kein Feuer. Aber Vater und Stiefmutter hast du, deren Zähne sogar einen Kiesel verzehren können. [5] Es geht dir prächtig mit deinem Vater und seiner spindeldürren Eheliebsten. Und das ist kein Wunder: Alle seid ihr kerngesund, habt eine gute Verdauung und fürchtet nichts: keine Feuersbrunst, keinen verheerenden Einsturz, [10] kein verruchtes Verbrechen, kein tückisches Gift, auch sonst kein gefährliches Unglück. Dabei habt ihr Körper, die trockener sind als Horn oder was es etwa sonst noch Dürres gibt: Das machen Sonne, Kälte und Hungerleiden. [15] Warum solltest du dich so nicht wohl und glücklich fühlen? Du kennst keinen Schweiß, keinen Speichel, keinen Schleim oder bösen Schnupfen. Zu dieser Reinlichkeit kommt Ultra-Reinlichkeit hinzu, nämlich daß dein Hinterpförtchen sauberer ist als ein Salzfäßchen; [20] im ganzen Jahr kackst du keine zehn Mal. Und das Betreffende ist dann härter als Bohnen und Steinchen. Wenn du es mit den Händen reiben und zerbröseln wolltest, könntest du dir niemals den Finger beschmutzen.

Diese so beglückenden Privilegien, mein Furius, [25] – verschmähe sie nicht! Denke nicht gering von ihnen. Und hör auf, wie du's immer tust, um hunderttausend Sesterzen[2] zu flehen. Denn du bist reich genug[3].

## 24

O qui flosculus es Iuventiorum,
non horum modo, sed quot aut fuerunt
aut posthac aliis erunt in annis,
mallem divitias Midae dedisses
isti, quoi neque servos est neque arca,
quam sic te sineres ab illo amari.
'Quid? non est homo bellus?' inquies. est:
sed bello huic neque servos est neque arca.
hoc tu quamlubet abice elevaque:
nec servom tamen ille habet neque arcam.

## 25

Cinaede Thalle, mollior cuniculi capillo
vel anseris medullula vel imula oricilla
vel pene languido senis situque araneoso,
idemque Thalle turbida rapacior procella,
cum † diva mulierarios ostendit oscitantes:
remitte pallium mihi meum, quod involasti,
sudariumque Saetabum catagraphosque Thynos,
inepte, quae palam soles habere tamquam avita.
quae nunc tuis ab unguibus reglutina et remitte,
ne laneum latusculum manusque mollicellas
inusta turpiter tibi flagella conscribillent,
et insolenter aestues velut minuta magno
deprensa navis in mari vesaniente vento.

## 26

Furi, villula vostra non ad Austri
flatus opposita est neque ad Favoni
nec saevi Boreae aut Apheliotae,
verum ad milia quindecim et ducentos.
o ventum horribilem atque pestilentem!

## 24

O du feinste Blüte der Iuventier, nicht der jetzigen nur, sondern aller, die je waren oder in künftigen Jahren sein werden! Es wäre mir lieber gewesen, du hättest alle Schätze des Midas diesem Kerl gegeben, der keinen Sklaven und keinen Pfennig hat, statt dich von ihm einfach so lieben zu lassen. Du wirst fragen: »Wieso? Ist er denn nicht ein schöner Mensch?« Gewiß! Aber dieser Schöne hat keinen Sklaven und keinen Pfennig. Spiel dies herunter und nimm es auf die leichte Schulter, soviel du willst: Trotzdem hat er keinen Sklaven und keinen Pfennig.

## 25

Du Zärtling Thallus[1], weicher als Kaninchenfell, als Gänsemark, als ein Ohrläppchen, als eines Alten schlaffes Glied oder als modrige Spinnweben! Doch zugleich, mein Thallus, raffgieriger als ein wilder Sturm, wenn die Göttin die gähnenden Wächter zeigt[2]! Schick meinen Mantel mir zurück, den du gestohlen hast, das saetabische Schweißtuch und das Gemusterte aus Bithynien – Dinge, die du dummdreist öffentlich zu tragen pflegst, als handle es sich um Erbstücke. Löse sie jetzt von deinen klebrigen Klauen und schick sie zurück, damit nicht die Peitsche dir deine flaumige Flanke und deine zarten Händchen mit aufgebrannten Striemen tätowiert und du ungewohnt hin- und herschwankst wie ein winziges Boot, das im weiten Meer ein rasender Sturm ereilt hat.

## 26

Furius, euer[1] Landhäuschen ist unbelästigt vom Wehen des Süd- und des Westwinds, des grimmigen Nord- und Ostwinds: Aber es ist mit fünfzehntausendzweihundert belastet. O schrecklicher und verderblicher Wind!

27

Minister vetuli puer Falerni,
inger mi calices amariores,
ut lex Postumiae iubet magistrae
ebria | acina ebriosioris.
at vos quo lubet hinc abite, lymphae,
vini pernicies, et ad severos
migrate: hic merus est Thyonianus!

28

Pisonis comites, cohors inanis
aptis sarcinulis et expeditis,
Verani optime tuque mi Fabulle,
quid rerum geritis? satisne cum isto
vappa frigoraque et famem tulistis?
ecquidnam in tabulis patet lucelli
expensum, ut mihi, qui meum secutus
praetorem refero datum lucello?
(o Memmi, bene me ac diu supinum
tota ista trabe lentus irrumasti!)
sed, quantum video, pari fuistis
casu: nam nihilo minore verpa
farti estis. pete nobiles amicos! –
At vobis mala multa di deaeque
dent, opprobria Romulei Remique!

29

Quis hoc potest videre, quis potest pati,
nisi impudicus et vorax et aleo,
Mamurram habere quod Comata Gallia
habebat ante et ultima Britannia?
cinaede Romule, haec videbis et feres?
et ille nunc superbus et superfluens

## 27

Mundschenk, vom alten Falerner fülle mir, Knabe, herbere Becher, wie Postumias Spruch befiehlt, der Herrin des Festes, die selbst voller ist als eine volle Weinbeere[1]. Ihr aber, weichet von hinnen, wohin ihr wollt, Wasserfluten, ihr Weinverderber, und wandert aus zu Herrn Ernst und Genossen! Hier gibt es reinen Dionysos-Trunk.

## 28

Ihr Begleiter des Piso, Schar mit leeren Händen, mit bequemem und leichtem Gepäck! Bester Veranius und du, mein Fabullus, wie geht es euch?[1] Habt ihr nicht genug Kälte und Hunger mit eurem Halunken ertragen? Steht etwa in euren Büchern als Profitchen, was ausgegeben wurde, so wie ich im Gefolge meines Praetors nur als Profitchen eintragen kann, was ich ausgab? O Memmius, lang und gründlich hast du mich aufs Kreuz gelegt und mir das Maul seelenruhig mit deinem Riesenbalken verrammelt! Aber, soweit ich sehe, traf euch das gleiche Geschick: Denn das Ding, das ihr schlucken mußtet, war um nichts kleiner. Da such dir noch vornehme Freunde!

Über euch[2] aber mögen Götter und Göttinnen viel Unheil bringen, ihr Schandflecken für Romulus und Remus!

## 29

Wer[1] kann dies mit ansehen, wer es dulden, wenn er nicht schamlos, gefräßig und ein Spieler ist? Jetzt hat ein Mamurra das, was vorher[2] Gallia Comata und das ferne Britannien besaßen? O schwuler Romulus[3], wirst du das mit ansehen und dulden? Wird jener nun in Übermut und

perambulabit omnium cubilia
ut albulus columbus aut Adoneus?
cinaede Romule, haec videbis et feres:
es impudicus et vorax et aleo.
  Eone nomine, imperator unice,
fuisti in ultima occidentis insula,
ut ista vostra diffututa mentula
ducenties comesset aut trecenties?
quid est alid sinistra liberalitas?
parum expatravit an parum elluatus est?
paterna prima lancinata sunt bona;
secunda praeda Pontica; inde tertia
Hibera, quam scit amnis aurifer Tagus;
nunc Galliae timetur et Britanniae.
  Quid hunc, malum, fovetis? aut quid hic potest
nisi uncta devorare patrimonia?
eone nomine, urbis o piissimei,
socer generque, perdidistis omnia?

## 30

Alfene immemor atque unanimis false sodalibus,
iam te nil miseret, dure, tui dulcis amiculi?
iam me prodere, iam non dubitas fallere, perfide?
nec facta impia fallacum hominum caelicolis placent;
quos tu neglegis ac me miserum deseris in malis.
eheu, quid faciant, dice, homines cuive habeant fidem?
certe tute iubebas animam tradere, inique, ⟨me⟩
inducens in amorem, quasi tuta omnia mi forent.
idem nunc retrahis te ac tua dicta omnia factaque
ventos irrita ferre ac nebulas aërias sinis.
si tu oblitus es, at di meminerunt, meminit Fides,
quae te ut paeniteat postmodo facti faciet tui.

Überfluß die Betten aller Welt durchwandern wie ein weißes Tauberchen oder ein Adonis? Ja, schwuler Romulus, du wirst dies mit ansehn und dulden: Bist schamlos, gefräßig und ein Spieler.

Warst du nur dazu, einzigartiger Feldherr, auf der fernsten Insel des Abendlandes, daß dieser[4] ausgeleierte Schlappschwanz zwanzig, dreißig Millionen Sesterzen verjubeln kann? Das ist – was sonst? – Großmut am falschen Platz. Hat er noch zu wenig Saft verspritzt, zu wenig gepraßt? Erst geriet das väterliche Gut zwischen die Mahlzähne, dann die pontische Beute[5], an dritter Stelle die iberische – von ihr kann der Gold führende Tajo ein Lied singen. Jetzt muß man um Gallien und Britannien bangen.

Warum zum Henker[6] hegt und pflegt ihr diesen Kerl? Worauf sonst versteht er sich, als fette Pfründen zu verschlingen? Zu diesem Zweck, brävster[7] Schwiegervater und Schwiegersohn der Stadt, habt ihr alles zugrunde gerichtet?

## 30

Treuvergessener Alfen[1], falsch gegen die einmütigen Gefährten! Jammert es dich, harter Mann, gar nicht mehr deines vertrauten Freundes? Schon trägst du keine Bedenken, mich zu verraten, mich zu betrügen, Ungetreuer? Nicht gefällt gewissenloses Tun tückischer Menschen den Himmlischen. Um sie[2] kümmerst du dich nicht und läßt mich Armen im Unglück allein. Wehe![3] Sag mir: Was sollen Menschen noch tun, wem vertrauen? Du hast mich doch aufgefordert, dir meine Seele zu schenken, Ungerechter, da du mich zur Liebe einludst, als könnte ich mich in jeder Beziehung sicher fühlen. Nun aber ziehst gerade du dich zurück und läßt all deine Worte und Taten, als wären sie ungeschehen, von Wind und luftigem Nebel forttragen. Wenn *du* es vergessen hast, so erinnern sich doch die Götter, die Treue[4] erinnert sich; später wird sie dich deine Tat bereuen lassen.

## 31

Paene insularum, Sirmio, insularumque
ocelle, quascumque in liquentibus stagnis
marique vasto fert uterque Neptunus,
quam te libenter quamque laetus inviso,
vix mi ipse credens Thuniam atque Bithunos
liquisse campos et videre te in tuto!
O quid solutis est beatius curis,
cum mens onus reponit ac peregrino
labore fessi venimus larem ad nostrum
desideratoque acquiescimus lecto?
hoc est, quod unum est pro laboribus tantis.
Salve, o venusta Sirmio, atque ero gaude;
gaudete vosque, Lydiae lacus undae:
ridete, quicquid est domi cachinnorum!

## 32

Amabo, mea dulcis Ipsitilla,
meae deliciae, mei lepores,
iube ad te veniam meridiatum.
et si iusseris, illud adiuvato,
ne quis liminis obseret tabellam,
neu tibi lubeat foras abire;
sed domi maneas paresque nobis
novem continuas fututiones.
verum, si quid ages, statim iubeto:
nam pransus iaceo et satur supinus
pertundo tunicamque palliumque.

## 33

O furum optime balneariorum,
Vibenni pater, et cinaede fili
(nam dextra pater inquinatiore,
culo filius est voraciore):

## 31

Sirmio, Perle aller Halbinseln und Inseln, aller im Doppelreich Neptuns[1], in klaren Seen und im weiten Meer! Wie gern erblick ich dich, wie froh bin ich! Kaum wag ich es selbst zu glauben, daß ich Thynien und die bithynischen Felder[2] hinter mir gelassen habe und wohlbehalten dich schauen darf.

O, gibt es ein größeres Glück als von Sorgen befreit zu sein, wenn das Herz die Last ablegt, wenn wir, von Mühsal in der Fremde erschöpft, an den heimischen Herd[3] zurückkehren und im ersehnten Bett ruhen? Dies allein wiegt schon die so harten Mühen auf[4].

Sei mir gegrüßt, o liebliches Sirmio, und freu dich deines Herrn; freut[5] auch ihr euch, lydische[6] Wellen des Sees! Lacht, schüttet euch aus vor Lachen, so viel ihr nur könnt!

## 32

Bitte, meine süße Ipsitilla, meine Wonne, meine Freude, laß mich heut auf ein Mittagsschläfchen zu dir kommen, und wenn es dein Wunsch und Wille ist, sorg auch dafür, daß keiner die Tür an der Schwelle verriegelt und daß auch du nicht zufällig Lust bekommst auszugehen, sondern zu Hause bleibst und uns in ununterbrochener Folge neun Seligkeiten bescherst. Beeile dich aber und laß mich sofort kommen, denn ich hab ein gutes Mittagessen intus, liege satt auf dem Rücken und durchstoße Hemd und Mantel.

## 33

Vater Vibennius, Meisterdieb in den Bädern, und Sohn Vibennius, Strichjunge (denn beim Vater ist die rechte Hand schmieriger, beim Sohn die Hintertür gefräßiger), warum

cur non exilium malasque in oras
itis, quandoquidem patris rapinae
notae sunt populo, et natis pilosas,
fili, non potes asse venditare?

## 34

Dianae sumus in fide
puellae et pueri integri:
⟨Dianam pueri integri⟩
   puellaeque canamus.

o Latonia, maximi
magna progenies Iovis,
quam mater prope Deliam
   deposivit olivam,

montium domina ut fores
silvarumque virentium
saltuumque reconditorum
   amniumque sonantum.

tu Lucina dolentibus
Iuno dicta puerperis,
tu potens Trivia et notho 's
   dicta lumine Luna.

tu cursu, dea, menstruo
metiens iter annuum
rustica agricolae bonis
   tecta frugibus exples.

sis quocumque tibi placet
sancta nomine, Romulique,
antique ut solita 's, bona
   sospites ope gentem!

geht ihr nicht in die Verbannung oder zum Henker, wo doch die Räubereien des Vaters stadtbekannt sind und du, Filius, deine behaarten Hinterbacken nicht einmal mehr für einen Pfennig verkaufen kannst.

## 34

Unter Dianas[1] Schutz stehn wir Mädchen und reinen Knaben; von Diana wollen wir reinen Knaben und Mädchen singen.

O, Latonas Kind, hohe Tochter des höchsten Iuppiter, von der Mutter am delischen Ölbaum geboren,

auf daß du der Berge Herrin seist und der grünenden Wälder, der verborgenen Waldschluchten und der rauschenden Ströme,

du heißt für Frauen in Kindesnöten Iuno Lucina, dich nennt man die mächtige Trivia und Luna mit erborgtem Licht.

Du, Göttin, gibst dem Jahreslauf durch deinen monatlichen Weg das Maß und füllst des Bauern ländliches Dach mit guter Frucht.

Wie auch immer du genannt sein willst, sei geheiligt und segne das Volk des Romulus, wie du es von alters her getan hast, mit gutem Gedeihen.

## 35

Poetae tenero, meo sodali
velim Caecilio, papyre, dicas,
Veronam veniat, Novi relinquens
Comi moenia Lariumque litus:
nam quasdam volo cogitationes
amici accipiat sui meique.
Quare, si sapiet, viam vorabit,
quamvis candida milies puella
euntem revocet manusque collo
ambas iniciens roget morari,
quae nunc, si mihi vera nuntiantur,
illum deperit impotente amore.
Nam quo tempore legit incohatam
Dindymi dominam, ex eo misellae
ignes interiorem edunt medullam.
ignosco tibi, Sapphica puella
Musa doctior: est enim venuste
Magna Caecilio incohata Mater.

## 36

Annales Volusi, cacata carta,
votum solvite pro mea puella:
nam sanctae Veneri Cupidinique
vovit, si sibi restitutus essem
desissemque truces vibrare iambos,
electissima pessimi poetae
scripta tardipedi deo daturam
infelicibus ustilanda lignis,
et hoc pessima se puella vidit
iocose lepide vovere divis.
Nunc, o caeruleo creata ponto,
quae sanctum Idalium Uriosque apertos
quaeque Ancona Gnidumque arundinosam

## 35

Sag, Papyrus, ich bitte, dem zärtlichen Dichter, meinem Gefährten Caecilius, er möge nach Verona kommen und die Mauern von Novum Comum sowie das larische Gestade[1] verlassen. Möcht ich ihm doch einige Gedanken seines und meines Freundes mitteilen.

Daher wird er, wenn er Verstand hat, sich rasch auf den Weg machen, wenn auch ein noch so schönes Mädchen ihn beim Aufbruch tausendmal zurückruft und zu verweilen bittet, indem sie ihm beide Arme um den Hals wirft. Sie vergeht jetzt, wenn man mir die Wahrheit berichtet, vor heftiger Liebe zu ihm.

Denn seit sie den Anfang seines Gedichts über die Herrin vom Dindymus[2] gelesen hat, verzehren Liebesgluten das innerste Mark der Ärmsten. Ich verzeihe dir, Mädchen; an Sachverstand übertriffst du Sapphos Muse: In der Tat hat Caecilius seine »Große Mutter« höchst anmutig begonnen.

## 36

Annalen des Volusius, Mistpapier! Erfüllt an meines Mädchens Stelle ihr Gelübde! Denn sie hat Cupido und der heiligen Venus gelobt, wenn ich zu ihr zurückkehre und aufhöre, trotzige Iamben zu schleudern, die erlesensten Schriften des schlechtesten Dichters dem hinkenden Feuergott[1] zu weihen, daß er sie mit unfruchtbarem Holz[2] verbrenne. Und das schlimme Mädchen sah hierin ein heiteres und liebreizendes Gelübde an die Götter.

Nun, du aus blauem Meer Geborene, die du das heilige Idalium[3] bewohnst, das offen daliegende Urion, Ancon, das

colis quaeque Amathunta quaeque Golgos
quaeque Durrachium, Hadriae tabernam,
acceptum face redditumque votum,
si non illepidum neque invenustum est!
at vos interea venite in ignem,
pleni ruris et inficetiarum
Annales Volusi, cacata carta!

37

Salax taberna vosque contubernales,
a pilleatis nona fratribus pila,
solis putatis esse mentulas vobis,
solis licere quicquid est puellarum
confutuere et putare ceteros hircos?
an, continenter quod sedetis insulsi
centum an ducenti, non putatis ausurum
me una ducentos irrumare sessores?
atqui putate: namque totius vobis
frontem tabernae sopionibus scribam!
puella nam mi, quae meo sinu fugit,
amata tantum quantum amabitur nulla,
pro qua mihi sunt magna bella pugnata,
consedit istic. hanc boni beatique
omnes amatis, et quidem, quod indignumst,
omnes pusilli et semitarii moechi;
tu praeter omnes une de capillatis,
cuniculosae Celtiberiae fili,
Egnati, opaca quem bonum facit barba
et dens Hibera defricatus urina.

38

Malest, Cornifici, tuo Catullo,
malest, me hercule, | et laboriose
et magis magis in dies et horas.

schilfreiche Cnidos, Amathus, Golgi und Dyrrhachium, die Kneipe der Adria, erkläre das Gelübde für gottgefällig und eingelöst, so wahr es ihm nicht an Geist und Liebreiz fehlt! Ihr aber, wandert unterdes ins Feuer; seid ihr doch voller Stallgeruch[4] und ohne den Hauch der großen Welt, Annalen des Volusius, Mistpapier!

## 37

Geile Kneipe[1] und ihr Kneipengänger – nach den filzbehelmten Zwillingen[2] der neunte Pfeiler –, glaubt ihr, nur ihr hättet Schwänze, nur ihr dürftet alles, was es an holder Weiblichkeit gibt, beschlafen und die übrigen für stinkende Böcke halten? Meint ihr etwa, weil ihr geistlos in einer Reihe dasitzt zu hundert oder zweihundert, ich würde nicht wagen, euch zweihundert Hockern auf einen Schlag das Maul zu stopfen[3]? Glaubt's dennoch! Will ich euch doch die ganze Fassade der Taverne mit männlichen Ruten bemalen. Das Mädchen nämlich, das aus meinen Armen entflohen ist, die ich liebte, wie keine je wieder geliebt wird, um die ich harte Kämpfe ausfechten mußte, hat sich dort bei euch niedergelassen. Ihr liebt sie alle in Glück und Freuden; dabei seid ihr – o Schande! – sämtlich halbe Portionen und Feld-, Wald- und Wiesen-Buhler; du vor allem, einer der Langhaarigen, Sohn des Kaninchenlandes Celtiberia, Egnatius, den ein dunkler Bart veredelt und ein Gebiß, geputzt mit iberischem Harn.

## 38

Schlecht geht es, Cornificius, deinem Catull, schlecht, beim Hercules[1], und qualvoll, immer schlimmer, tagtäglich, von

quem tu, quod minimum facillimumque est,
qua solatus es allocutione?
irascor tibi. sic meos amores?
paulum quidlubet allocutionis,
maestius lacrimis Simonideis!

39

Egnatius, quod candidos habet dentes,
renidet usque quaque. sei ad rei ventum est
subsellium, cum orator excitat fletum,
renidet ille. si ad pii rogum fili
lugetur, orba cum flet unicum mater,
renidet ille. quicquid est, ubicumquest,
quodcumque agit, renidet. hunc habet morbum
neque elegantem, ut arbitror, neque urbanum.
Quare monendum est ⟨te⟩ mihi, bone Egnati.
si urbanus esses aut Sabinus aut Tiburs
aut parcus Umber aut obesus Etruscus
aut Lanuvinus ater atque dentatus
aut Transpadanus, ut meos quoque attingam,
aut quilubet, qui puriter lavit dentes,
tamen renidere usque quaque te nollem:
nam risu inepto res ineptior nulla est.
Nunc Celtiber ⟨es⟩: Celtiberia in terra,
quod quisque minxit, hoc sibi solet mane
dentem atque russam defricare gingivam,
ut quo iste voster expolitior dens est,
hoc te amplius bibisse praedicet loti.

40

Quaenam te mala mens, miselle Ravide,
agit praecipitem in meos iambos?
quis deus tibi non bene advocatus
vecordem parat excitare rixam?

Stunde zu Stunde. Mit welchem Zuspruch – das wäre doch das Mindeste und Einfachste – hast du ihm beigestanden? Ich bin dir böse. *Das* für meine Liebe!? Gib mir irgendeinen kleinen Zuspruch, sei er auch trauriger als Simonides' Tränen[2]!

39

Weil er schneeweiße Zähne hat[1], lächelt Egnatius immer und überall. Kommt man zur Anklagebank: Wenn der Anwalt Tränen hervorlocken will, lächelt Egnatius. Herrscht Trauer am Grabe des braven Sohnes: Während die nun kinderlose Mutter ihren Einzigen beweint, lächelt Egnatius. Was es auch sei, wo immer es sei, was immer er tun mag: Er lächelt. Das ist seine Krankheit; sie ist, wie ich meine, weder geschmackvoll noch fein.

Darum muß ich dich ermahnen, guter Egnatius. Wärest du ein Stadtrömer, Sabiner[2] oder Tiburtiner, ein sparsamer Umbrer, ein wohlgenährter Etrusker, ein dunkelhäutiger Lanuviner mit schönem Gebiß oder ein Transpadaner (um auch meinen Stamm zu erwähnen) oder sonst ein beliebiger, der sich auf appetitliche Art die Zähne putzt, so wollte ich dennoch nicht, daß du immer und überall lächelst; denn nichts ist so unpassend wie Lachen im falschen Augenblick.

Nun aber bist du ein Celtiberer: Im Celtibererlande reibt jeder sich frühmorgens mit dem Wasser, das er ließ, Gebiß und rotes Zahnfleisch ein; darum, je gepflegter eure Zähne, desto mehr hast du – wie sie klar bezeugen – Harn getrunken.

40

Welche Verblendung treibt dich nur, mein armer Ravidus, kopfüber in meine Iamben[1]? Welcher von dir zur Unzeit angerufene Gott schickt sich an, so wahnwitzigen Streit zu

an ut pervenias in ora vulgi?
quid vis? qua lubet esse notus optas? –
Eris, quandoquidem meos amores
cum longa voluisti amare poena.

## 41

Ameana, puella defututa,
tota milia me decem poposcit,
ista turpiculo puella naso,
decoctoris amica Formiani.
Propinqui, quibus est puella curae,
amicos medicosque convocate:
non est sana puella nec rogare,
qualis sit, solet aes imaginosum.

## 42

Adeste, hendecasyllabi, quot estis
omnes undique, quotquot estis omnes!
iocum me putat esse moecha turpis
et negat mihi vostra redditturam
pugillaria, si pati potestis.
persequamur eam et reflagitemus!
Quae sit, quaeritis? illa, quam videtis
turpe incedere, mimice ac moleste
ridentem catuli ore Gallicani.
circumsistite eam et reflagitate:
'Moecha putida, redde codicillos,
redde, putida moecha, codicillos!'
Non assis facis? o lutum, lupanar,
aut si perditius potest quid esse!
sed non est tamen hoc satis putandum.
quodsi non aliud potest, ruborem
ferreo canis exprimamus ore.
conclamate iterum altiore voce:

erregen? Etwa nur, damit du beim Volk ins Gerede kommst? Was willst du? Um jeden Preis bekannt werden? Du wirst es, da du nun einmal meine Liebste lieben wolltest – deine Strafe wird lange währen[2].

41

Ameana[1], das abgeliebte Mädchen, hat ganze zehntausend von mir gefordert. Dieses Mädchen mit dem unförmigen Näschen, die Freundin des Bankrotteurs von Formiae[2].

Ihr Verwandten, die ihr das Sorgerecht für das Mädchen habt, ruft Freunde und Ärzte zusammen! Sie ist nicht normal – und befragt den Spiegel[3] nicht, wie sie aussieht.

42

Findet euch ein, Elfsilbler, vollzählig, alle von überallher! Zum Gespött macht mich die schändliche Buhlerin und weigert sich, mir das Notizbuch[1], in dem ihr steht, zurückzugeben – sofern ihr das zulassen könnt. Wir wollen sie verfolgen und es von ihr zurückfordern!

Fragt ihr, wer sie sei? Jene, die ihr widerlich einherstolzieren seht, die nach Mimen-Art künstlich lacht mit dem Maul eines gallischen Welpen. Umstellt sie und verlangt die Auslieferung: »Luder, stinkendes, gib die Täfelchen zurück; zurück die Täfelchen, stinkendes Luder!«

Das schert dich kein bißchen? Miststück, Sündenpfuhl, oder wenn es noch etwas Verruchteres gibt! Aber auch das darf nicht für ausreichend gelten. Wenn aber nichts anderes hilft, so wollen wir der eisernen Miene der Hündin Schamröte entlocken: Ruft alle noch einmal mit kräftigerer

'Moecha putida, redde codicillos,
redde, putida moecha, codicillos!'
Sed nil proficimus, nihil movetur.
mutanda est ratio modusque nobis,
si quid proficere amplius potestis:
'Pudica et proba, redde codicillos!'

## 43

Salve, nec minimo puella naso
nec bello pede nec nigris ocellis
nec longis digitis nec ore sicco
nec sane nimis elegante lingua,
decoctoris amica Formiani.
ten provincia narrat esse bellam?
tecum Lesbia nostra comparatur?
o saeclum insapiens et infacetum!

## 44

O funde noster, seu Sabine seu Tiburs –
(nam te esse Tiburtem autumant, quibus non est
cordi Catullum laedere: at quibus cordist,
quovis Sabinum pignore esse contendunt);
sed seu Sabine sive verius Tiburs,
fui libenter in tua suburbana
villa malamque pectore expuli tussim,
non inmerenti quam mihi meus venter,
dum sumptuosas appeto, dedit, cenas.
nam, Sestianus dum volo esse conviva,
orationem in Antium petitorem
plenam veneni et pestilentiae legi.
hic me gravido frigida et frequens tussis
quassavit usque, dum in tuum sinum fugi
et me recuravi otioque et urtica.

Stimme: »Luder, stinkendes, gib die Täfelchen zurück; zurück die Täfelchen, stinkendes Luder!«

Aber wir können nichts ausrichten; sie läßt sich durchaus nicht bewegen. Ändern müssen wir Strategie und Taktik. Seht zu, ob ihr so noch etwas erreichen könnt: »Du Keusche, du Ehrbare, gib die Täfelchen zurück.«

## 43

Sei gegrüßt, Mädchen! Hast kein niedliches Näschen, keinen zierlichen Fuß, keine schwarzen Augen, keine schlanken Finger, keinen trockenen Mund, keine besonders gewandte Zunge, du Freundin des Bankrotteurs von Formiae! Und von dir erzählt die Provinz, du seist schön? Mit dir vergleicht man meine Lesbia? O geist- und geschmacklose Zeit!

## 44

O du mein Gut, Sabinum oder Tiburtinum (denn zu Tibur[1] rechnet dich, wer Catull nicht kränken will, wer es aber will, geht jede Wette ein, du seist sabinisch), doch ob du nun ein Sabinum oder – richtiger – Tiburtinum bist, ich war gerne in deinem vor der Stadt gelegenen Landgut und verjagte den bösen Husten aus meiner Brust, den mir nicht unverdient mein gieriger Magen beschert hatte, während ich einem üppigen Abendessen nachlief. Denn dieweil ich bei Sestius schmausen wollte, mußte ich seine Rede gegen den Amtsbewerber Antius lesen, ein Produkt voller Gift und Pest[2]. Da kam über mich ein frostiger Schnupfen, und hartnäckiger Husten schüttelte mich unaufhörlich, bis ich mich in deinen Schoß flüchtete und mit Ruhe und Brennesseln kurierte.

Quare refectus maximas tibi grates
ago, meum quod non es ulta peccatum.
nec deprecor iam, si nefaria scripta
Sesti recepso, quin gravedinem et tussim
non mi, sed ipsi Sestio ferat frigus,
qui tunc vocat me, cum malum librum legi.

## 45

Acmen Septimius suos amores
tenens in gremio: 'Mea', inquit, 'Acme,
ni te perdite amo atque amare porro
omnes sum assidue paratus annos,
quantum qui pote plurimum perire,
solus in Libya Indiaque tosta
caesio veniam obvius leoni.'
hoc ut dixit, Amor sinistra, ut ante
dextra, sternuit approbationem.

At Acme leviter caput reflectens
et dulcis pueri ebrios ocellos
illo purpureo ore saviata
'Sic', inquit, 'mea vita, Septimille,
huic uni domino usque serviamus,
ut multo mihi maior acriorque
ignis mollibus ardet in medullis.'
hoc ut dixit, Amor sinistra, ut ante
dextra, sternuit approbationem.

Nunc ab auspicio bono profecti
mutuis animis amant amantur.
unam Septimius misellus Acmen
mavult quam Syrias Britanniasque,

Daher erstatte ich dir jetzt, wo ich genesen bin, innigsten Dank dafür, daß du mich für meinen Fehltritt nicht straftest. Wenn ich je künftig das verwünschte Geschreibsel des Sestius in mein Haus lasse, habe ich nichts dagegen, wenn der davon ausgehende Frosthauch Schnupfen und Husten bringt – [20] nicht mir freilich, sondern Sestius selbst, der mich erst dann einlädt, wenn ich ein schlechtes Buch gelesen habe.

## 45

Während er Acme, seine Liebste, auf dem Schoß hielt, sprach Septimius: »Meine Acme! Wenn ich nicht unsterblich in dich verliebt und bereit bin, dich weiterhin mein Leben lang unentwegt zu lieben, und vor Liebe zu vergehen [5] wie kein anderer auf der Welt, dann will ich in Libyen oder im sonnenversengten Indien einsam dem stählernen Blick des Löwen begegnen.« Kaum hatte er dies gesagt, da nieste Amor zustimmend von links, wie er es zuvor von rechts getan hatte[1].

[10] Acme aber lehnte leicht ihren Kopf zurück, küßte die trunkenen Augen ihres süßen Jungen mit ihrem Purpurmund und sprach: »So wollen wir, Septimchen, du mein Leben, diesem *einen* Herrn[2] immerfort dienen, [15] so wahr tief in meinem zärtlichen Herzen ein noch viel stärkeres und heftigeres Feuer brennt!« Kaum hatte sie dies gesagt, nieste Amor zustimmend von links, wie er es zuvor von rechts getan hatte.

Jetzt gehen sie von dem guten Vorzeichen aus, [20] schenken einander ihr Herz, lieben und werden geliebt. Septimius, der Ärmste, will lieber die eine Acme als Syrien, Britannien

uno in Septimio fidelis Acme
facit delicias libidinisque.
quis ullos homines beatiores
vidit, quis Venerem auspicatiorem?

## 46

Iam ver egelidos refert tepores,
iam caeli furor aequinoctialis
iocundis Zephyri silescit aureis.
linquantur Phrygii, Catulle, campi
Nicaeaeque ager uber aestuosae:
ad claras Asiae volemus urbes!
iam mens praetrepidans avet vagari,
iam laeti studio pedes vigescunt.
O dulces comitum valete coetus,
longe quos simul a domo profectos
diversae varie viae reportant.

## 47

Porci et Socration, duae sinistrae
Pisonis, scabies famesque mundi,
vos Veraniolo meo et Fabullo
verpus praeposuit Priapus ille?
vos convivia lauta sumptuose
de die facitis? mei sodales
quaerunt in trivio vocationes?

## 48

Mellitos oculos tuos, Iuventi,
si quis me sinat usque basiare,
usque ad milia basiem trecenta,
nec numquam videar satur futurus,
non si densior aridis aristis
sit nostrae seges osculationis.

und alle Provinzen. Acme, die Treue, findet allein bei Septimius all ihre Freude und Liebeswonne. Wer hat jemals glücklichere Menschen gesehen, wer eine verheißungsvollere Liebe?

## 46

Schon bringt der Frühling die lauen Lüfte zurück, schon verstummt am Himmel der Sturm der Tag- und Nachtgleiche vor dem lieblichen Wehen des Zephyrs. Verlaß, Catull, die phrygischen Gefilde und den üppigen Boden des schwülen Nicaea: Eilen wir im Fluge zu Asiens berühmten Städten! Schon fiebert das Herz vor Ungeduld, zu wandern, schon regen sich die Füße in frohem Eifer.

O Gefährten im trauten Kreise, lebt wohl! Zusammen seid ihr aus der Heimat in die Ferne gezogen: Getrennte Wege bringen euch, so verschieden sie sind, nach Hause zurück.

## 47

Porcius und Socration, ihr zwei linken Diebeshände[1] Pisos, Krätze und Hungertod der Welt! Euch hat jener geile Priap[2] meinem Veranchen und Fabullchen vorgezogen? Ihr lebt schon bei Tag in Saus und Braus, und meine Gefährten müssen an Straßenecken auf Einladungen warten?

## 48

Deine honigsüßen Augen, Iuventius, möchte ich, wenn man mich sie immerzu küssen ließe, bis zu dreihunderttausendmal[1] küssen, und niemals schiene mir, ich würde satt werden, auch nicht, wenn die Saat unseres Küssens dichter wäre als reife Ähren.

## 49

Disertissime Romuli nepotum,
quot sunt quotque fuere, Marce Tulli,
quotque post aliis erunt in annis:
gratias tibi maximas Catullus
agit, pessimus omnium poeta,
tanto pessimus omnium poeta,
quanto tu optimus omnium patronus.

## 50

Hesterno, Licini, die otiosi
multum lusimus in meis tabellis,
ut convenerat esse delicatos.
scribens versiculos uterque nostrum
ludebat numero modo hoc, modo illoc,
reddens mutua per iocum atque vinum.
  Atque illinc abii tuo lepore
incensus, Licini, facetiisque,
ut nec me miserum cibus iuvaret
nec somnus tegeret quiete ocellos,
sed toto indomitus furore lecto
versarer cupiens videre lucem,
ut tecum loquerer simulque ut essem.
at defessa labore membra postquam
semimortua lectulo iacebant,
hoc, iocunde, tibi poema feci,
ex quo perspiceres meum dolorem.
  Nunc audax cave sis precesque nostras,
oramus, cave despuas, ocelle,
ne poenas Nemesis reposcat a te.
est vemens dea: laedere hanc caveto!

## 49

Redegewandtester der Romulusenkel, aller, die es gibt und gab, Marcus Tullius, und in künftigen Jahren geben wird! Großen Dank sagt dir Catull, der allerschlechteste Dichter – genauso der allerschlechteste Dichter wie du der beste Anwalt aller bist[1].

## 50

Am gestrigen Tag, mein Licinius, trieben wir entspannt allerlei Kurzweil auf meinen Schreibtäfelchen und waren ausgelassen, wie wir es uns vorgenommen hatten. Jeder von uns schrieb spielerische Verslein, bald in diesem, bald in jenem Maß; hin und her flogen die Sprüche bei Wein und guter Laune.

Und von dort ging ich weg, entzückt von deiner Anmut, Licinius, und deinem Witz, so daß mir Armem keine Speise schmeckte und kein Schlaf die Äuglein ruhen ließ. Vielmehr wälzte ich mich außer Rand und Band auf der Lagerstatt, voll Ungeduld, das Tageslicht zu sehen, um mit dir zu sprechen und zusammen zu sein. Aber nachdem dann meine ermatteten Glieder halbtot im Bett lagen, schrieb ich dir, Liebenswürdiger, dieses Gedicht, damit du daraus meinen Schmerz ersehen kannst.

Nun sei bitte ja nicht so vermessen, unseren Wunsch zurückzuweisen, mein Augapfel, damit dich Nemesis[1] nicht bestraft. Es ist eine gestrenge Göttin, hüte dich, sie zu kränken.

51

Ille mi par esse deo videtur,
ille, si fas est, superare divos,
qui sedens adversus identidem te
spectat et audit

dulce ridentem, misero quod omnis
eripit sensus mihi: nam simul te,
Lesbia, aspexi, nihil est super mi
. . . . . . .

lingua sed torpet, tenuis sub artus
flamma demanat, sonitu suopte
tintinant aures, gemina teguntur
lumina nocte. –

Otium, Catulle, tibi molestumst:
otio exultas nimiumque gestis.
otium et reges prius et beatas
perdidit urbes.

52

Quid est, Catulle? quid moraris emori?
sella in curuli struma Nonius sedet,
per consulatum peierat Vatinius:
quid est, Catulle? quid moraris emori?

53

Risi nescioquem modo e corona,
qui, cum mirifice Vatiniana
meus crimina Calvos explicasset,
admirans ait haec manusque tollens:
'Di magni, salaputtium disertum!'

## 51

Der scheint mir einem Gott gleich[1], ja, – darf man es sagen? – den Göttern überlegen, der dir gegenüber sitzt und immer wieder dich anblickt und hört

dein liebliches Lachen. Mir Armem raubt dies alle Sinne. Denn kaum hab ich dich, Lesbia, erblickt, bleibt mir nichts mehr (von meiner Stimme).

Die Zunge ist gelähmt, fein rieselt es mir wie Feuer durch die Glieder; von eigenem Dröhnen klingen die Ohren, die Augen bedeckt doppelte Nacht.

Muße, Catull, macht dir Mühsal, Muße läßt dich übermütig werden, zu viel begehren; Muße hat einst schon Könige und blühende Städte zugrunde gerichtet.

## 52

Was ist, Catull? Was zögerst du, zu sterben? Auf dem kurulischen Sessel[1] sitzt der Kropfhals Nonius; Meineide schwört Vatinius bei seinem Consulat[2]. Was ist, Catull, was zögerst du, zu sterben?

## 53

Eben hab ich über einen aus dem Publikum gelacht, der, als mein Calvus[1] die Anklagepunkte gegen Vatinius glänzend dargelegt hatte, voll Bewunderung die Arme emporwarf[2] und rief: »Große Götter, welch geöltes Göschlein hat der Knirps[3]!«

## 54

Otonis caput oppidost pusillum,
Heri rustica semilauta crura,
subtile et leve peditum Libonis,
si non omnia, displicere vellem
tibi et Sufficio, seni recocto –
irascere iterum meis iambis
inmerentibus, unice imperator.

## 55

Oramus, si forte non molestumst,
demonstres, ubi sint tuae tenebrae!
Te campo quaesimus in minore,
te in circo, te in omnibus libellis,
te in templo summi Iovis sacrato.
in Magni simul ambulatione
femellas omnes, amice, prendi,
quas vultu vidi tamen sereno,
ac te vel sic ipse flagitabam:
'Camerium mihi, pessimae puellae!'
quaedam inquit, tunicae sinum reducens:
'En hic in roseis latet papillis.'
Sed te iam ferre Herculei labos est.
tanto ten fastu negas, amice?
dic nobis, ubi sis futurus, ede
audacter, committe, crede lucei!
num te lacteolae tenent puellae?
si linguam clauso tenes in ore,
fructus proicies amoris omnes:
verbosa gaudet Venus loquella.
vel si vis, licet obseres palatum,
dum nostri sis particeps amoris.

## 54

Otos[1] gar winziger Kopf, Herus' bäurische, halb gewaschene Schenkel, Libos feines, leichtes Furzen, wenn schon nicht all ihre sonstigen Eigenschaften: Ich wünschte, wenigstens dies mißfiele dir und dem doppelt ausgekochten Sufficius! – Wieder wirst du meinen Iamben zürnen, die es nicht verdienen, einzigartiger Feldherr.

## 55

Ist es dir nicht lästig, so erkläre, bitte, wo dein Versteck ist!

Dich hab ich auf dem kleineren Sportplatz gesucht, dich im Circus, dich in allen Buchläden, dich im heiligen Tempel des allerhöchsten Iuppiter. In der Wandelhalle des Pompeius[1] hielt ich, mein Freund, alle Frauenzimmerchen an, soweit ich an ihnen ein fröhliches Gesicht entdeckte, und verlangte folgendermaßen[2] deine Auslieferung: »Rückt den Camerius heraus, schlimme Mädchen!« Eine sagte, das Hemd zur Seite ziehend[3]: »Schau, hier in den rosigen Brüsten hat er sein Versteck.«

Jetzt ist es wirklich eine Herculesarbeit, dich zu ertragen. Entziehst du dich mit solchem Hochmut, Freund? Sag mir, wo du sein wirst, spuck es mutig aus, teil es mit, vertrau's dem Lichte an! Halten dich Mädchen in milchweißen Armen? Wenn du die Zunge hinter fest verschlossenen Lippen einsperrst, bringst du dich um alle Früchte der Liebe: Venus freut sich an wortreichem Plaudern. Oder, falls dir das lieber ist: Du darfst deinen Mund verriegeln, wenn du dir nur von meiner[4] Liebe erzählen läßt.

## 56

O rem ridiculam, Cato, et iocosam
dignamque auribus et tuo cachinno.
ride, quicquid amas, Cato, Catullum:
res est ridicula et nimis iocosa.
deprendi modo pupulum puellae
trusantem: hunc ego, si placet Dionae,
protelo rigida mea cecidi.

## 57

Pulcre convenit improbis cinaedis,
Mamurrae pathicoque Caesarique.
nec mirum: maculae paris utrisque,
urbana altera et illa Formiana,
impressae resident nec eluentur:
morbosi pariter, gemelli utrique,
uno in lectulo | erudituli ambo,
non hic quam ille magis vorax adulter,
rivales socii et puellularum:
pulcre convenit improbis cinaedis.

## 58

Caeli, Lesbia nostra, Lesbia illa,
illa Lesbia, quam Catullus unam
plus quam se atque suos amavit omnes:
nunc in quadriviis et angiportis
glubit magnanimi Remi nepotes.

## 58a

Non custos si fingar ille Cretum,
non Ladas ego pinnipesve Perseus, 3
non si Pegaseo ferar volatu, 2

## 56

O welch eine lustige, spaßige Geschichte, mein Cato[1]! Sie verdient, daß du sie anhörst und darüber lachst. Lach, mein Cato, so herzlich, wie du deinen Catull liebst. Die Geschichte ist zu lustig und spaßig! Beim Mädchen ertappt ich gerade ein kleines Bübchen, das sich nach Kräften die Hörner abstoßen wollte. Den hab ich – Venus steh mir bei! – mit meiner steifen Rute gezüchtigt.

## 57

Prächtig vertragen sich die schamlosen Wüstlinge: Strichjunge Mamurra und Caesar. Kein Wunder: Beide haben die gleichen Makel – römische der eine, der andere formianische[1] –, die sitzen tief, kein Wasser wäscht sie ab. Beide sind pervers, beide ein einziges Zwillingspärchen, in *einem* Bettchen aufgezogen, einer wie der andere im Ehebruch unersättlich, für die holde Weiblichkeit zugleich Konkurrenten und Bundesgenossen. Prächtig vertragen sich die schamlosen Wüstlinge.

## 58

O Caelius! Meine Lesbia, die du kennst, Lesbia, die einzige, die dein Catull mehr liebte als sich selbst, mehr als all die Seinen, schröpft[1] jetzt an Wegkreuzungen und in Seitensträßchen die Enkel des hochgemuten Remus.

## 58a[1]

Nicht wenn ich zu dem berühmten Wächter der Kreter[2] umgeschaffen würde, nicht zu Ladas[3] oder Perseus mit den Flügelschuhen, nicht wenn ich mit Pegasus' Flug dahineilte,

non Rhesi niveae citaeque bigae;
adde huc plumipedas volatilesque,
ventorumque simul require cursum,
quos vinctos, Cameri, mihi dicares:
defessus tamen omnibus medullis
et multis langoribus peresus
essem te mihi, amice, quaeritando.

## 59

Bononiensis Rufa Rufulum fellat
uxor Meneni, saepe quam in sepulcretis
vidistis ipso rapere de rogo cenam,
cum devolutum ex igne prosequens panem
ab semiraso tunderetur ustore.

## 60

Num te leaena montibus Libystinis
aut Scylla latrans infima inguinum parte
tam mente dura procreavit ac taetra,
ut supplicis vocem in novissimo casu
contemptam haberes, a, nimis fero corde?

## 61

Collis o Heliconiei
cultor, Uraniae genus,
qui rapis teneram ad virum
virginem, o Hymenaee Hymen,
o Hymen Hymenaee,

cinge tempora floribus
suave olentis amaraci,
flammeum cape, laetus huc
huc veni niveo gerens
luteum pede soccum,

nicht mit dem Schwung von Rhesus' schneeweißem schnellen Zweigespann[4]: Nimm Träger von Flügelschuhen und beschwingte Wesen hinzu und suche zugleich die Schnelligkeit der Winde! Magst du mir alle zusammen[5] gefesselt schenken, Camerius: Ermattet wäre ich doch bis ins Mark und von vielfältiger Erschöpfung ausgezehrt von meiner Suche nach dir, mein Freund.

59

Rufa[1] aus Bononia schröpft[2] den Rufulus[3]; sie ist die Frau des Menenius, die ihr oft an Grabstätten sogar vom brennenden Scheiterhaufen ihr Nachtmahl[4] rauben saht, wenn sie einem aus dem Feuer herabgerollten Brot nachjagte und dafür vom halbrasierten[5] Bestattersklaven berammelt wurde.

60

Hat dich etwa eine Löwin in Libyens Bergen geboren oder Scylla[1], deren Unterleib aus bellenden Hunden besteht? So hart und grausam ist dein Sinn, daß du einen Bittruf aus tiefster Not mit, ach, nur allzu gefühllosem Herzen verachtest?

61

Du Bewohner der Höhe des Helicon, Uranias Sproß[1], der du die zarte Jungfrau zum Manne ziehst, o Hymenaeus, Hymen, o Hymen, Hymenaeus!

Kränze die Schläfen mit Blüten des lieblich duftenden Majorans, nimm den feuerfarbenen Brautschleier, komm freudig hierher, den weißen Fuß im feinen, goldroten Schuh.

excitusque hilari die
nuptialia concinens
voce carmina tinnula
pelle humum pedibus, manu
pineam quate taedam!

namque Vinia Manlio,
qualis Idalium colens
venit ad Phrygium Venus
iudicem, bona cum bona
nubet alite virgo,

floridis velut enitens
myrtus Asia ramulis,
quos Hamadryades deae
ludicrum sibi roscido
nutriunt humore.

quare age huc aditum ferens
perge linquere Thespiae
rupis Aonios specus,
nympha quos super irrigat
frigerans Aganippe,

ac domum dominam voca,
coniugis cupidam novi
mentem amore revinciens,
ut tenax edera huc et huc
arborem implicat errans.

vosque item simul, integrae
virgines, quibus advenit
par dies, agite in modum
dicite 'O Hymenaee Hymen,
o Hymen Hymenaee',

Herbeigerufen am frohen Tag, singe Hochzeitslieder mit hellklingender Stimme, stampfe den Boden mit den Füßen, mit der Hand schwinge die fichtene Fackel.

Dem Manlius wird Vinia[2] angetraut – sie gleicht der auf dem Idalium[3] wohnenden Venus, die zu dem phrygischen Preisrichter[4] kam – unter gutem Vogelzeichen heiratet die gute Jungfrau:

Sie gleicht auch einer asiatischen Myrte, auf deren Zweiglein weiße Blüten prangen, von den Hamadryaden[5] zu ihrer Kurzweil mit tauendem Naß getränkt.

Darum wohlan, komm hierher, verlaß eilends die aonischen Höhlen des thespischen Felsens[6], welche die Nymphe Aganippe kühlend betaut!

Ruf die Herrin in ihr Haus; sie verlangt nach dem jungen Ehemann! Feßle ihr Herz mit Liebe, wie der sich festklammernde Efeu in allen Richtungen schweifend den Baum umschlingt.

Ihr zugleich, reine Jungfrauen, denen ein ähnlicher Tag bevorsteht, wohlan, sagt, in die Melodie einstimmend: »O Hymenaeus, Hymen, o Hymen, Hymenaeus!«,

ut lubentius, audiens
se citarier ad suum
munus, huc aditum ferat
dux bonae Veneris, boni
coniugator amoris.

quis deus magis est ama-
tis petendus amantibus?
quem colent homines magis
caelitum? o Hymenaee Hymen,
o Hymen Hymenaee.

te suis tremulus parens
invocat, tibi virgines
zonula soluunt sinus,
te timens cupida novos
captat aure maritus.

tu fero iuveni in manus
floridam ipse puellulam
dedis a gremio suae
matris, o Hymenaee Hymen,
o Hymen Hymenaee.

nil potest sine te Venus,
fama quod bona comprobet,
commodi capere: at potest
te volente. quis huic deo
compararier ausit?

nulla quit sine te domus
liberos dare, nec parens
stirpe nitier: at potest
te volente. quis huic deo
compararier ausit?

damit der Führer zur guten Venus, der Stifter guter Liebe, desto lieber seinen Schritt hierherlenkt, wenn er hört, daß er gerufen wird, seines Amtes zu walten.

Welchen Gott müssen Geliebte und Liebende eifriger anrufen?[7] Welchen der Himmlischen werden Menschen fleißiger verehren? O Hymenaeus, Hymen, o Hymen, Hymenaeus!

Dich ruft der altersschwache Vater für die Seinen an, für dich lösen Jungfrauen das Gürtelchen ihres Gewandes. Dich hört voll Ehrfurcht mit begierigem Ohr der jungverheiratete Mann.

Du selbst übergibst dem stürmischen Jüngling das blühende Mädchen vom Schoß ihrer Mutter, o Hymenaeus, Hymen, o Hymen, Hymenaeus.

Kein Glück kann sich Venus ohne dich verschaffen, das sich mit gutem Ruf verträgt, aber sie vermag es, wenn *du* nur willst. Wer möchte wagen, sich diesem Gott zu vergleichen?

Kein Haus kann ohne dich freigeborene Kinder hervorbringen, kein Vater sich auf Nachwuchs stützen: Aber sie können es, wenn *du* nur willst. Wer möchte wagen, sich diesem Gott zu vergleichen?

quae tuis careat sacris,
non queat dare praesides
terra finibus: at queat
te volente. quis huic deo
compararier ausit?

claustra pandite ianuae!
virgo, ades! viden, ut faces
splendidas quatiunt comas?
. . . . . . . .
. . . . . . . .

. . . . . . . .
. . . . . . . .
tardet ingenuus pudor:
quem tamen magis audiens
flet, quod ire necessest.

flere desine! non tibi, Au-
runculeia, periculumst,
ne qua femina pulcrior
clarum ab Oceano diem
viderit venientem.

talis in vario solet
divitis domini hortulo
stare flos hyacinthinus.
sed moraris, abit dies:
⟨prodeas, nova nupta.⟩

prodeas, nova nupta, si
iam videtur, et audias
nostra verba. vide, ut faces
aureas quatiunt comas:
prodeas, nova nupta.

Ein Land, das deinen heiligen Dienst nicht hätte, könnte seinen Grenzen keine Beschützer geben, doch kann es dies, wenn *du* nur willst. Wer könnte [75] wagen, sich diesem Gott zu vergleichen?

Öffnet die Riegel der Tür, Jungfrau, komm![8] Siehst du nicht, wie die geschwungenen Fackeln Lichtschweife nach sich ziehen? * * *

[83] Edle Schamhaftigkeit halte (die Braut nicht) auf! Dennoch hört sie mehr auf diese [85] und weint, weil sie gehen muß.

Laß ab zu weinen! Für dich, Aurunculeia, besteht keine Gefahr, daß je eine schönere Frau den strahlenden Tag vom Ozean her [90] kommen sah.

So steht im bunten Garten eines reichen Herrn die blühende Hyazinthe. Doch du verweilst, der Tag vergeht. [95] Tritt hervor, Neuvermählte!

Tritt hervor, Neuvermählte, wenn es dir jetzt recht ist und höre unsere Worte. Sieh, wie die Fackeln ihr Goldhaar schütteln: [100] Tritt hervor, Neuvermählte!

non tuus levis in mala
deditus vir adultera
probra turpia persequens
a tuis teneris volet
secubare papillis,

lenta quin velut adsitas
vitis implicat arbores,
implicabitur in tuum
complexum. sed abit dies:
prodeas, nova nupta.

o cubile, quod omnibus
. . . . . . .
. . . . . . .
. . . . . . .
candido pede lecti,

quae tuo veniunt ero,
quanta gaudia, quae vaga
nocte, quae medio die
gaudeat! sed abit dies:
prodeas, nova nupta.

tollite, o pueri, faces:
flammeum video venire.
ite, concinite in modum
'io Hymen Hymenaee io,
io Hymen Hymenaee'.

ne diu taceat procax
fescennina iocatio,
nec nuces pueris neget
desertum domini audiens
concubinus amorem.

Dein Mann wird nicht leichtsinnig einer bösen Ehebrecherin hörig schändlichem Schimpf nachjagen, er wird nicht fern von deinen zarten Brüsten schlafen wollen.

Vielmehr wird er, wie die biegsame Rebe die stützenden Bäume umschlingt, sich in deine Umarmung schmiegen. Doch der Tag vergeht: Tritt hervor, Neuvermählte!

O Hochzeitslager, das allen[9] * * * dem strahlend weißen Bein des Bettes.

Welche Freuden kommen zu deinem Herrn, welch große Freuden, die er in der dahineilenden Nacht, die er auch mitten am Tage genießen kann! Doch der Tag vergeht: Tritt hervor, Neuvermählte!

Hebt die Fackeln hoch, ihr Knaben! Ich sehe den Brautschleier kommen. Wohlan, stimmt in die Weise ein: »Io, Hymen, Hymenaeus, io, io, Hymen, Hymenaeus!«

Nicht lange schweige frecher fescenninischer Scherz[10] und der verlassene Geliebte des Herrn verweigere den Knaben die Nüsse[11] nicht, wenn er hört, daß der Herr ihn mit seiner Liebe im Stich gelassen hat.

da nuces pueris, iners
concubine! satis diu
lusisti nucibus: lubet
iam servire Talasio.
concubine, nuces da!

sordebant tibi vilicae,
concubine, hodie atque heri:
nunc tuum cinerarius
tondet os. miser a, miser
concubine, nuces da!

diceris male te a tuis
unguentate glabris marite
abstinere: sed abstine!
io Hymen Hymenaee io,
io Hymen Hymenaee.

scimus haec tibi quae licent
sola cognita: sed marito
ista non eadem licent.
io Hymen Hymenaee io,
io Hymen Hymenaee.

nupta, tu quoque, quae tuus
vir petet, cave ne neges,
ni petitum aliunde eat.
io Hymen Hymenaee io,
io Hymen Hymenaee.

en tibi domus ut potens
et beata viri tui:
quae tibi sine serviat
(io Hymen Hymenaee io,
io Hymen Hymenaee),

Gib den Knaben Nüsse, arbeitsloser Geliebter! Lange genug hast du mit Nüssen gespielt[12], es regt sich schon die Lust, dem Hochzeitsgott zu dienen; [135] Geliebter, gib die Nüsse!

Dir waren die Landmägde zu schmutzig, Geliebter, gestern und heute noch; jetzt aber schert dir der Haarkräusler das Gesicht[13]. Armer, ach du armer [140] Geliebter, gib die Nüsse!

Es heißt von dir, (Bräutigam,) du könntest dich nur mit Mühe von deinen enthaarten Knaben fernhalten, parfümierter Ehemann! Aber tu's! Io, Hymen, Hymenaeus, io, [145] io, Hymen, Hymenaeus!

Wir wissen, daß du nur solche Liebschaften kennst, die erlaubt sind, aber einem Ehemann ist ebendies nicht mehr erlaubt. Io, Hymen, Hymenaeus, io, [150] io, Hymen, Hymenaeus!

Du aber, Braut, hüte dich, deinem Mann das, worum er bittet, zu verweigern, damit er es sich nicht anderswo holen geht. Io, Hymen, Hymenaeus, io, [155] io, Hymen, Hymenaeus!

Sieh, das ist dein Haus, wie mächtig und reich! Deines Mannes Haus. Laß es dir dienen (Io, Hymen, Hymenaeus, io, [160] io, Hymen, Hymenaeus!)

usque dum tremulum movens
cana tempus anilitas
omnia omnibus adnuit,
io Hymen Hymenaee io,
io Hymen Hymenaee.

transfer omine cum bono
limen aureolos pedes,
rassilemque subi forem!
io Hymen Hymenaee io,
io Hymen Hymenaee.

adspice, unus ut accubans
vir tuus Tyrio in toro
totus immineat tibi!
io Hymen Hymenaee io,
io Hymen Hymenaee.

illi non minus ac tibi
pectore uritur intimo
flamma, sed penite magis.
io Hymen Hymenaee io,
io Hymen Hymenaee.

mitte bracchiolum teres,
praetextate, puellulae:
iam cubile adeat viri.
io Hymen Hymenaee io,
io Hymen Hymenaee.

vos bonae senibus viris
cognitae bene feminae,
collocate puellulam.
io Hymen Hymenaee io,
io Hymen Hymenaee.

immerfort, bis das grauhaarige Alter mit zitternder Schläfe allen in allem zustimmend zunickt! Io, Hymen, Hymenaeus, io, io, Hymen, Hymenaeus!

Trage deine goldbeschuhten Füße unter guten Vorzeichen über die Schwelle und tritt unter den wohlgeglätteten Türsturz. Io, Hymen, Hymenaeus, io, io, Hymen, Hymenaeus!

Sieh, wie dein Mann, auf dem purpurnen Bett allein[14] hingelagert, ganz Erwartung ist. Io, Hymen, Hymenaeus, io, io, Hymen, Hymenaeus!

Ihm brennt nicht weniger als dir im innersten Herzen die Flamme, sondern heftiger. Io, Hymen, Hymenaeus, io, io, Hymen, Hymenaeus!

Laß das schlanke Ärmchen des Mädchens los, Brautführer[15], jetzt soll sie zum Lager ihres Mannes gehen. Io, Hymen, Hymenaeus, io, io, Hymen, Hymenaeus!

Ihr, euren alten Ehemännern wohlvertraute Frauen, legt das Mädchen auf das Brautbett! Io, Hymen, Hymenaeus, io, io, Hymen, Hymenaeus!

iam licet venias, marite:
uxor in thalamo tibist
ore floridulo nitens
alba parthenice velut
lutcumve papaver.

at, marite, (ita me iuvent
caelites!) nihilo minus
pulcer es, neque te Venus
neglegit. sed abit dies:
perge, ne remorare!

non diu remoratus es.
iam venis. bona te Venus
iuverit, quoniam palam
quod cupis cupis et bonum
non abscondis amorem.

ille pulveris Africei
siderumque micantium
subducat numerum prius,
qui vostri numerare volt
multa milia ludei.

ludite, ut lubet, et brevi
liberos date! non decet
tam vetus sine liberis
nomen esse, sed indidem
semper ingenerari.

Torquatus volo parvulus
matris e gremio suae
porrigens teneras manus
dulce rideat ad patrem
semihiante labello.

Jetzt darfst du kommen, Ehemann. Deine Gattin ist in der Kammer, ihr blühendes Gesicht leuchtet wie eine Blume in jungfräulichem Weiß[16] [195] oder wie hellroter Mohn.

Du aber, Ehemann – so wahr mir die Himmlischen beistehen mögen –, bist nicht weniger schön und kein Stiefkind der Venus. Doch der Tag geht zur Neige. [200] Auf denn, säume nicht!

Nicht lange hast du dich verweilt, schon kommst du. Gütig stehe dir Venus bei, da du offen begehrst, was du begehrst, und deine rechtmäßige [205] Liebe nicht verhehlst.

Der könnte wohl die Anzahl der afrikanischen Sandkörner und der glitzernden Sterne errechnen, der [210] die vielen tausend Arten eures Liebesspiels zählen will.

Spielt, wie es euch beliebt, und bekommt bald Kinder! Es schickt sich nicht, daß ein so altes Geschlecht ohne Kinder bleibe, vielmehr muß es sich [215] immer wieder aus sich selbst erneuern.

Ich will, daß ein kleiner Torquatus vom Schoß seiner Mutter die zarten Händchen ausstreckt und dem Vater lieb zulächelt [220] mit halboffenem Mündchen.

sit suo similis patri
Manlio et facile inscieis
noscitetur ab omnibus
et pudicitiam suae
matris indicet ore.

talis illius a bona
matre laus genus approbet,
qualis unica ab optima
matre Telemacho manet
fama Penelopeo.

claudite ostia, virgines:
lusimus satis. at, bonei
coniuges, bene vivite et
munere assiduo valentem
exercete iuventam!

## 62

Vesper adest: iuvenes, consurgite! Vesper Olympo
expectata diu vix tandem lumina tollit.
surgere iam tempus, iam pinguis linquere mensas:
iam veniet virgo, iam dicetur hymenaeus.
  Hymen o Hymenaee, Hymen ades o Hymenaee!

Cernitis, innuptae, iuvenes? consurgite contra!
nimirum Oetaeos ostendit Noctifer ignes.
sic certest: viden, ut perniciter exiluere?
non temere exiluere: canent, quod vincere par est.
  Hymen o Hymenaee, Hymen ades o Hymenaee!

Möge er seinem Vater Manlius ähnlich sein, auch von allen Unkundigen leicht erkannt werden können und so durch seine Züge die Treue seiner Mutter bezeugen.

Solch guter Ruf bestätige seine Herkunft von einer guten Mutter, wie Penelopes Sohn Telemach seiner trefflichen Mutter für alle Zeiten einzigartigen Ruhm verdankt.

Schließt die Türen, ihr Mädchen! Wir haben genug gescherzt. Ihr aber, gute Eheleute, lebt in Freuden und übt eure jugendliche Kraft, indem ihr fleißig eure ehelichen Pflichten erfüllt.

## 62

Der Abendstern ist da, ihr Jünglinge[1], steht auf[2]! Der Abendstern führt am Himmel endlich sein lang erwartetes Licht herauf. Jetzt ist es Zeit, sich zu erheben und die üppige Tafel zu verlassen, jetzt wird die Braut kommen, jetzt wird das Hochzeitslied vorgetragen werden. Hymen, o Hymenaeus, Hymen, komm, o Hymenaeus!

Seht ihr, unverheiratete Mädchen, die jungen Männer? Steht auch ihr auf! Gewiß zeigt der Abendstern sein Feuer über dem Oeta[3]. Ja, bestimmt ist es so. Seht ihr nicht, wie flink sie aufgesprungen sind? Sie sind nicht ohne Absicht aufgesprungen. Singen werden sie etwas, womit sich ein siegreicher Wettstreit lohnt. Hymen, o Hymenaeus, Hymen, komm, o Hymenaeus!

Non facilis nobis, aequalis, palma paratast:
aspicite, innuptae secum ut meditata requirunt.
Non frustra meditantur: habent, memorabile quod sit;
nec mirum, penitus quae tota mente laborant.
nos alio mentes, alio divisimus aures;
iure igitur vincemur: amat victoria curam.
quare nunc animos saltem convertite vestros!
dicere iam incipient, iam respondere decebit.
  Hymen o Hymenaee, Hymen ades o Hymenaee!

Hespere, quis caelo fertur crudelior ignis?
qui natam possis conplexu avellere matris,
conplexu matris retinentem avellere natam
et iuveni ardenti castam donare puellam.
quid faciunt hostes capta crudelius urbe?
  Hymen o Hymenaee, Hymen ades o Hymenaee!

Hespere, quis caelo lucet iocundior ignis?
qui desponsa tua firmes conubia flamma,
quae pepigere viri, pepigerunt ante parentes
nec iunxere prius, quam se tuus extulit ardor.
quid datur a divis felici optatius hora?
  Hymen o Hymenaee, Hymen ades o Hymenaee!

Hesperus e nobis, aequalis, abstulit unam.

* * *

⟨Hymen o Hymenaee, Hymen ades o Hymenaee!⟩ 32b

* * *

namque tuo adventu vigilat custodia semper.
nocte latent fures, quos idem saepe revertens,
Hespere, mutato comprendis nomine Eous.
at lubet innuptis ficto te carpere questu.

Die Siegespalme wird für uns, Gefährten, nicht leicht zu erringen sein. Seht, wie die Mädchen sich in der Stille auf das Vorbereitete besinnen. Sie bereiten sich nicht umsonst vor, sie haben etwas, das vorgetragen zu werden verdient. Kein Wunder! Sie sind völlig in ihre Gedankenarbeit vertieft. [15] Unsere Aufmerksamkeit ist geteilt, der Geist denkt an eines, das Ohr lauscht auf anderes. Mit Recht also werden wir besiegt werden, der Sieg liebt die Sorgfalt. Darum seid wenigstens jetzt aufmerksam. Jetzt werden sie mit dem Vortrag beginnen, jetzt wird es sich ziemen, daß wir antworten. Hymen, o Hymenaeus, Hymen, komm, o Hymenaeus!

[20] Abendstern, welches Feuer am Himmel ist grausamer als du? Du bringst es fertig, die Tochter aus den Armen der Mutter zu reißen – die sich anklammernde Tochter aus den Armen der Mutter zu reißen! – und dem hitzigen Jüngling das keusche Mädchen zu schenken. Was tun Feinde in einer eroberten Stadt Grausameres? [25] Hymen, o Hymenaeus, Hymen, komm, o Hymenaeus!

Abendstern, welches Feuer am Himmel leuchtet lieblicher? Du bestätigst durch deine Flamme die versprochene Ehe, die zuvor die Männer, die zuvor die Eltern festgesetzt haben; aber sie schlossen den Bund nicht früher, als dein feuriges Licht aufging. [30] Was schenken uns die Götter Erwünschteres als diese glückliche Stunde? Hymen, o Hymenaeus, Hymen, komm, o Hymenaeus!

Der Abendstern hat aus unserem Kreise, ihr jungen Mädchen, eine hinweggenommen. * * * [32b] Hymen, o Hymenaeus, Hymen, komm, o Hymenaeus!

* * * Denn wenn du kommst, ist der Wächter stets auf der Hut[4]. Nachts bleiben Diebe verborgen, aber du kannst sie oft ertappen, [35] wenn du, Abendstern, unter verändertem Namen als Morgenstern zurückkehrst[5]. Den unverheirateten Mädchen macht es Spaß, dich mit gespielter Klage zu

quid tum, si carpunt, tacita quem mente requirunt?
  Hymen o Hymenaee, Hymen ades o Hymenaee!

Ut flos in saeptis secretus nascitur hortis,
ignotus pecori, nullo convolsus aratro,
quem mulcent aurae, firmat sol, educat imber ...
multi illum pueri, multae optavere puellae;
idem cum tenui carptus defloruit ungui,
nulli illum pueri, nullae optavere puellae:
sic virgo, dum intacta manet, dum cara suis est;
cum castum amisit polluto corpore florem,
nec pueris iocunda manet nec cara puellis.
  Hymen o Hymenaee, Hymen ades o Hymenaee!

Ut vidua in nudo vitis quae nascitur arvo,
numquam se extollit, numquam mitem educat uvam,
sed tenerum prono deflectens pondere corpus
iam iam contingit summum radice flagellum;
hanc nulli agricolae, nulli coluere iuvenci;
at si forte eademst ulmo coniuncta marito,
multi illam agricolae, multi coluere iuvenci:
sic virgo, dum intacta manet, dum inculta senescit;
cum par conubium maturo tempore adeptast,
cara viro magis et minus est invisa parenti.

At tu ne pugna cum tali coniuge, virgo!
non aequomst pugnare, pater cui tradidit ipse,
ipse pater cum matre, quibus parere necessest.
virginitas non tota tuast, ex parte parentumst:
tertia pars patrist, pars est data tertia matri,
tertia sola tuast: noli pugnare duobus,

schelten. Was aber, wenn sie den schelten, den sie doch in der Stille herbeisehnen? Hymen, o Hymenaeus, Hymen, komm, o Hymenaeus!

Wie eine Blume in der Abgeschiedenheit umzäumter Gärten wächst, dem Vieh unbekannt, von keinem Pflug versehrt, – Lüfte streicheln, Sonne kräftigt, Regen nährt sie – viele Knaben, viele Mädchen haben sie begehrt. Wenn aber dieselbe von zartem Fingernagel abgepflückt und verblüht ist, dann begehren keine Knaben, keine Mädchen sie mehr: So ist die Jungfrau, solange sie unberührt bleibt, den Ihren teuer; ist sie aber befleckt und hat die Blüte der Keuschheit verloren, ist sie Knaben nicht mehr lieb und Mädchen nicht mehr teuer. Hymen, o Hymenaeus, Hymen, komm, o Hymenaeus!

Wie eine einsame Rebe, die auf kahler Flur wächst, sich nie emporrankt, nie eine süße Traube hervorbringt, sondern den zarten Trieb, den sein Gewicht herabzieht, zur Erde beugt und mit der Spitze beinahe wieder die eigene Wurzel berührt: Keine Bauern, keine Stiere pflegen sie[6]; wenn aber dieselbe Rebe mit einer stützenden Ulme vermählt ist, dann pflegen viele Bauern und viele Stiere sie: So altert die Jungfrau, solange sie unberührt bleibt, und keiner kümmert sich um sie. Ist sie aber zur rechten Zeit eine würdige Ehe eingegangen, so ist sie dem Gemahl teurer und dem Vater weniger zur Last.[7]

Du aber, wehre dich nicht gegen einen solchen Gemahl, Jungfrau! Es ist nicht recht, sich gegen den zu wehren, dem dich dein eigener Vater gegeben hat, Vater und Mutter zusammen, denen man gehorchen muß. Dein Magdtum gehört nicht dir allein, zum Teil gehört es den Eltern: ein Drittel dem Vater, ein Drittel der Mutter; nur ein Drittel ist dein. Wehre dich nicht gegen die beiden, die ihre Rechte

qui genero sua iura simul cum dote dederunt.
Hymen o Hymenaee, Hymen ades o Hymenaee!

## 63

Super alta vectus Attis celeri rate maria
Phrygium ut nemus citato cupide pede tetigit
adiitque opaca, silvis redimita loca deae,
stimulatus ibi furenti rabie, vagus animi,
devolsit ilei acuto sibi pondera silice.
itaque ut relicta sensit sibi membra sine viro,
etiam recente terrae sola sanguine maculans
niveis citata cepit manibus leve typanum,
typanum tuom, Cybebe, tua, Mater, initia,
quatiensque terga taurei teneris cava digitis
canere haec suis adortast tremebunda comitibus:
'Agite ite ad alta, Gallae, Cybeles nemora simul,
simul ite, Dindymenae dominae vaga pecora,
aliena quae petentes velut exules loca
sectam meam executae duce me mihi comites
rapidum salum tulistis truculentaque pelagi
et corpus evirastis Veneris nimio odio,
hilarate erae citatis erroribus animum.
mora tarda mente cedat; simul ite, sequimini
Phrygiam ad domum Cybebes, Phrygia ad nemora deae,
ubi cymbalum sonat vox, ubi tympana reboant,
tibicen ubi canit Phryx curvo grave calamo,
ubi capita Maenades vi iaciunt ederigerae,
ubi sacra sancta acutis ululatibus agitant,
ubi suevit illa divae volitare vaga cohors:
quo nos decet citatis celerare tripudiis.'

zusammen mit der Mitgift dem Schwiegersohn gegeben haben. Hymen, o Hymenaeus, Hymen, komm, o Hymenaeus!

63

Über hohe See gefahren war Attis auf schnellem Schiff. Sobald er den phrygischen Hain[1] begierig mit eilendem Fuß betreten hatte und den düstern, von Wäldern umkränzten Stätten der Göttin genaht war, [5] schnitt er sich dort, aufgestachelt von besinnungsloser Raserei, geistesverwirrt mit scharfem Stein die Last der Lenden ab. Kaum hatte sie[2] also wahrgenommen, daß ihr die Glieder ohne Manneskraft geblieben waren, nahm sie, den Erdboden mit noch frischem Blut befleckend, eilends mit schneeweißen Händen das leichte Tamburin, dein Tamburin, Cybebe[3], dein Gerät der Einweihung, Mutter! [10] Und indem sie das hohlklingende Stierfell mit zarten Fingern schlug, begann sie erbebend, ihren Gefährtinnen folgendes zu singen:

»Wohlauf, zieht allzumal zu den hohen Hainen der Cybele, ihr Gallae, zieht allesamt, ihr schweifenden Schafe der Herrin von Dindyma[4], die ihr, Verbannten gleich, nach fremden Orten strebt, [15] die ihr in meiner Nachfolge, von mir geführt, als meine Begleiterinnen die raffgierige Salzflut erduldet habt und alle Grausamkeit der See, dann euern Leib entmanntet in überschwenglichem Haß auf Venus: Erfreut der Herrin Herz, indem ihr rastlos schweift! Träges Zaudern sei aus eurem Sinn verbannt! Geht mit, folgt mir allzumal [20] zu Cybeles phrygischem Hause, zu der Göttin phrygischem Hain, wo der Zimbeln[5] Stimme schallt, Tamburine widerhallen, wo ein phrygischer Bläser dunkle Töne einem krummen[6] Rohr entlockt, wo Mänaden efeutragend wild ihr Haupt zurückwerfen, wo sie heilige Orgien feiern, jauchzend mit hoher Stimme, [25] wo jene schweifende Schar der Göttin umherzuflattern pflegt: Dorthin ziemt es uns zu eilen in raschem Dreischritt.«

Simul haec comitibus Attis cecinit notha mulier,
thiasus repente linguis trepidantibus ululat,
leve tympanum remugit, cava cymbala recrepant,
viridem citus adit Idam properante pede chorus.
furibunda simul anhelans vaga vadit, animam agens,
comitata tympano Attis per opaca nemora dux,
veluti iuvenca vitans onus indomita iugi:
rapidae ducem secuntur Gallae properipedem.
itaque, ut domum Cybebes tetigere, lassulae
nimio e labore somnum capiunt sine Cerere.
piger his labante langore oculos sopor operit:
abit in quiete molli rabidus furor animi.
Sed ubi oris aurei Sol radiantibus oculis
lustravit aethera album, sola dura, mare ferum,
pepulitque noctis umbras vegetis sonipedibus,
ibi Somnus excitam Attin fugiens citus abiit:
trepidante eum recepit dea Pasithea sinu.
ita de quiete molli rapida sine rabie
simul ipsa pectore Attis sua facta recoluit,
liquidaque mente vidit, sine queis ubique foret,
animo aestuante rusum reditum ad vada tetulit.
ibi maria vasta visens lacrimantibus oculis,
patriam allocuta maestast ita voce miseriter:
'Patria o mei creatrix, patria o mea genetrix,
ego quam miser relinquens, dominos ut erifugae
famuli solent, ad Idae tetuli nemora pedem,
ut aput nivem et ferarum gelida stabula forem
et earum omnia adirem furibunda latibula:
ubinam aut quibus locis te positam, patria, reor?
cupit ipsa pupula ad te sibi dirigere aciem,

Kaum hat Attis – Frau, und doch nicht Frau – solches für ihre Begleiterinnen gesungen, da jauchzt der Reigen plötzlich mit bebenden Zungen auf, das leichte Tamburin hallt wider, die hohlen Zimbeln klappern nach, und der wirbelnde Chor strebt eilenden Fußes zum grünen Ida. Rasend in taumelndem Gang, keuchend und mit fliegendem Atem, vom Tamburin begleitet, zieht Attis durch düstre Haine als Anführerin, gleich einer ungebändigten jungen Kuh, welche die Last des Joches zu meiden sucht. Flink folgen die Gallae der schnellfüßigen Führerin. Sobald sie dann Cybebes Haus erreicht haben, sinken sie, erschöpft[7] von übergroßer Anstrengung, in Schlaf, ohne Ceres' Gaben[8] zu genießen. Mit Müdigkeit, die sie wanken läßt, deckt ihnen träg der Schlummer die Augen, und in wohliger Ruhe weicht der rasende Wahn.

Doch kaum hatte der Sonnengott mit den strahlenden Augen seines goldenen Antlitzes alles erleuchtet – den weißen Aether, das harte Erdreich, das tobende Meer – und mit dem Getrappel seiner starken Rosse die Schatten der Nacht vertrieben, da verzog sich der Schlafgott eilends, entwich von der[9] erwachten Attis, und ihn empfing die Göttin Pasithea[10] mit bebendem Busen. Als Attis nach sanfter Ruhe, frei von zerstörender Raserei, selbst[11] im Herzen ihre Taten überdachte und mit klarem Geist erblickte, was ihr fehlte und wo sie war, kehrte sie mit wogenden Gefühlen zurück zu den Wassern. Dort blickte sie auf die öde See mit Augen, von denen Tränen herabrannen; und so redete sie mit trauriger Stimme klagend ihre Heimat an:

»Heimat, die mich schuf, Heimat, du meine Mutter, dich verließ ich Unglücklicher, wie pflichtvergessene Diener sich ihrem Herrn entziehen, und lenkte meinen Schritt zu den Hainen des Ida-Gebirges, um nahe am Schnee und den eisigen Behausungen wilder Tiere zu weilen und all ihre Schlupfwinkel als Rasende zu besuchen. Wo, an welchen Orten sonst soll ich mir dich denken, Heimat? Mein Augapfel selbst will den Blick scharf auf dich richten, so-

rabie fera carens dum breve tempus animus est.
egone a mea remota haec ferar in nemora domo?
patria, bonis, amicis, genitoribus abero?
abero foro, palaestra, stadio et guminasiis?
miser ah miser, querendumst etiam atque etiam, anime!
quod enim genus figuraest, ego non quod obierim?
ego mulier – ego adolescens, ego ephebus, ego puer,
ego gymnasei fui flos, ego eram decus olei:
mihi ianuae frequentes, mihi limina tepida,
mihi floridis corollis redimita domus erat,
linquendum ubi esset orto mihi sole cubiculum.
ego nunc deum ministra et Cybeles famula ferar?
ego Maenas, ego mei pars, ego vir sterilis ero?
ego viridis algida Idae nive amicta loca colam?
ego vitam agam sub altis Phrygiae columinibus,
ubi cerva silvicultrix, ubi aper nemorivagus?
iam iam dolet quod egi, iam iamque paenitet.'
Roseis ut hinc labellis sonitus ◡ ◡ adiit
geminas deorum ad auris nova nuntia referens,
ibi iuncta iuga resolvens Cybele leonibus
laevumque pecoris hostem stimulans ita loquitur:
'Agedum' inquit, 'age ferox ⟨i,⟩ fac ut hunc furor ⟨agitet,⟩
fac uti furoris ictu reditum in nemora ferat,
mea libere nimis qui fugere imperia cupit.
age caede terga cauda, tua verbera patere,
fac cuncta mugienti fremitu loca retonent,
rutilam ferox torosa cervice quate iubam!'
Ait haec minax Cybebe religatque iuga manu.
ferus ipse sese adhortans rapidum incitat animo,
vadit, fremit, refringit virgulta pede vago.
at ubi humida albicantis loca litoris adiit

lange mein Geist kurze Zeit frei von wildem Wahn ist. Werd ich mich also in diese Haine stürzen, weitab von meinem Haus? Getrennt sein von Heimat, Gütern, Freunden, Eltern? [60] Fern von Forum, Ringschule, Stadion und Turnplätzen? Weh, armes Herz, immer wieder mußt du klagen. Denn welche Gestalt gibt es, die ich nicht angenommen, nicht durchlebt hätte?! Ich: Frau, junger Mann, Jüngling, Knabe. Ich war die Blüte des Turnplatzes, ich die Zierde der Ringschule; [65] meine Tür war dicht umlagert, meine Schwelle kühlte sich nie ab, mein Haus war mit Blütenkränzen geschmückt, wenn ich nach Sonnenaufgang mein Schlafzimmer verlassen mußte. Soll ich nun Dienerin der Götter, Sklavin der Cybele heißen? Ich: Mänade? Ich: nur noch ein Teil meiner selbst? Ich: ein unfruchtbarer Mann? [70] Werd ich des grünen Ida Gelände, das eisiger Schnee bedeckt, bewohnen? Mein Leben verbringen am Fuße der hohen Gipfel Phrygiens, wo der Hirsch in Wäldern haust, wo der Eber den Hain durchstreift? Jetzt schmerzt mich, was ich getan, ja, jetzt reut es mich.«

Kaum ist aus rosigen Lippen solcher Klang entflohen[12], [75] der die neue Nachricht den Göttern zu Ohren brachte, da löst Cybele ihren angeschirrten Löwen das Joch, stachelt den linken der beiden Schafwürger auf und spricht folgendermaßen:

»Auf, auf, mein Wilder, geh[13] und mache, daß diesen Raserei ergreife[14], mach, daß er von Wahnsinn geschlagen in den Hain zurückkehre, er, [80] der in allzu großer Freiheit meinen Befehlen entfliehen will. Wohlan, schlage deinen Rücken mit dem Schweif, erdulde deine eigenen Peitschenhiebe. Laß alle Orte von dröhnendem Knurren widerhallen, schüttle wild deine feuerrote Mähne an dem mächtigen Nacken.«

So spricht Cybebe drohend und bindet das Joch mit der Hand los. [85] Das wilde Tier treibt sich selbst zur Eile an. Schon läuft es, knurrt und knickt mit tappenden Pfoten das Strauchwerk. Doch kaum hat es die feuchte Gegend des

teneramque vidit Attin prope marmora pelagi,
facit impetum: illa demens fugit in nemora fera.
ibi semper omne vitae spatium famula fuit.
 Dea magna, dea Cybebe, dea domina Dindymei,
procul a mea tuos sit furor omnis, era, domo:
alios age incitatos, alios age rapidos.

## 64

Peliaco quondam prognatae vertice pinus
dicuntur liquidas Neptuni nasse per undas
Phasidos ad fluctus et fines Aeetaeos,
cum lecti iuvenes, Argivae robora pubis,
auratam optantes Colchis avertere pellem
ausi sunt vada salsa cita decurrere puppi,
caerula verrentes abiegnis aequora palmis.
diva quibus retinens in summis urbibus arces
ipsa levi fecit volitantem flamine currum,
pinea coniungens inflexae texta carinae.
illa rudem cursu prima imbuit Amphitriten.
quae simulac rostro ventosum proscidit aequor
tortaque remigio spumis incanduit unda,
emersere freti candenti e gurgite vultus
aequoreae monstrum Nereides admirantes.
illa, atque haud alia, viderunt luce marinas
mortales oculis nudato corpore nymphas
nutricum tenus extantes e gurgite cano.
tum Thetidis Peleus incensus fertur amore,
tum Thetis humanos non despexit hymenaeos,
tum Thetidi pater ipse iugandum Pelea sensit.
o nimis optato saeclorum tempore nati
heroes, salvete, deum genus, o bona matrum
progenies, salvete iterum, ⟨salvete, bonarum!⟩
vos ego saepe meo, vos carmine compellabo,

weißen Strandes erreicht und nah am Marmor des Meeres die zarte[15] Attis erblickt, da stürmt es auf sie ein: Attis[16] flieht besinnungslos in die Wildnis des Hains. Dort war sie ewig Dienerin – ihr ganzes Leben lang.

Große Göttin, große Cybebe, Göttin, Herrin vom Dindymus! Fern sei, Herrin, von meinem Hause all dein Wahnsinn. Andere stachle auf, andere mache rasend.

## 64

Fichten, einst gewachsen auf Pelions[1] Scheitel, schwammen, so geht die Sage, durch Neptuns klare Wellen zu den Fluten des Phasis[2] ins Land des Aeëtes[3], als auserlesene junge Männer, der Kern der argivischen Mannschaft, den Wunsch hegten, den Colchern das Goldene Vlies zu rauben, und es wagten, die salzigen Pfade auf raschem Kiel zu durcheilen, die blaue Meeresfläche mit Ruderblättern aus Tannenholz fegend. Die Göttin[4], die auf der Zinne der Städte die Burgen beherrscht, schuf ihnen selbst ein Fahrzeug, das, vom leichten Lufthauch bewegt, dahinflog, indem sie an den gebogenen Kiel einen Bau aus Fichtenholz fügte. Es berührte, als es fuhr, die noch unerfahrene Meeresgöttin Amphitrite zum ersten Mal. Kaum durchschnitt es mit dem Schnabel die windgepeitschte Meeresflut, und die vom Ruder aufgewühlte Woge schäumte weiß auf, da tauchten aus dem schimmernden Strudel des Gewässers[5] Gesichter auf: Nereiden des Meeres, die das Wunderwerk bestaunten. An jenem Tag und keinem andern[6] sahen Sterbliche mit eigenen Augen die Nymphen, entblößt bis an die Brust, aus dem weißlichen Strudel emportauchen. Damals soll Peleus sich in Thetis verliebt haben, damals verachtete Thetis die Ehe mit einem Menschen nicht, damals sah der Göttervater selbst ein, daß Peleus mit Thetis zu vermählen sei. O ihr Heroen, geboren in einer hocherwünschten Weltzeit, seid mir gegrüßt, Göttersöhne, trefflicher Nachwuchs trefflicher Mütter, [23b] und abermals gegrüßt![7] Euch, ja euch werd ich

teque adeo eximie, taedis felicibus aucte
Thessaliae columen Peleu, cui Iuppiter ipse,
ipse suos divum genitor concessit amores.
tene Thetis tenuit pulcerrima Nereine?
tene suam Tethys concessit ducere neptem
Oceanusque, mari totum qui amplectitur orbem?
Queis simul optatae finito tempore luces
advenere, domum conventu tota frequentat
Thessalia, oppletur laetanti regia coetu:
dona ferunt prae se, declarant gaudia vultu.
deseritur Cieros, linquunt Pthiotica Tempe
Crannonisque domos ac moenia Larisaea,
Pharsaliam coeunt, Pharsalia tecta frequentant.
rura colit nemo, mollescunt colla iuvencis,
non humilis curvis purgatur vinea rastris,
non glaebam prono convellit vomere taurus,
non falx attenuat frondatorum arboris umbram:
squalida desertis rubigo infertur aratris.
ipsius at sedes, quacumque opulenta recessit
regia, fulgenti splendent auro atque argento.
candet ebur soliis, collucent pocula mensae,
tota domus gaudet regali splendida gaza.
pulvinar vero divae geniale locatur
sedibus in mediis, Indo quod dente politum
tincta tegit roseo conchyli purpura fuco.
Haec vestis priscis hominum variata figuris
heroum mira virtutes indicat arte.
namque fluentisono prospectans litore Diae
Thesea cedentem celeri cum classe tuetur
indomitos in corde gerens Ariadna furores,
necdum etiam sese quae visit visere credit,
utpote fallaci quae tunc primum excita somno

oft in meinem Lied anreden und dich in ganz besonderem Maße, den glückbringende Hochzeitsfackeln erhöhten, du Stolz Thessaliens, Peleus! Iuppiter selbst, der Vater der Götter, hat dir seine Liebste überlassen. Hielt dich nicht Thetis im Arm, die schönste Nereustochter? Haben dir nicht Tethys[8] und Oceanus, der mit seiner Flut die ganze Welt umfängt, erlaubt, ihre Enkelin zu heiraten?

Als die Zeit erfüllt und für die Brautleute[9] der ersehnte Tag gekommen war, strömt ganz Thessalien zusammen, besucht den Palast, und die Königsburg füllt sich mit einer fröhlichen Schar: Geschenke tragen sie vor sich her, und aus ihren Gesichtern spricht Freude. Man verläßt Cieros, das phthiotische Tempe, die Hallen von Crannon und Larisas Mauern[10], sie ziehen alle nach Pharsalia und bringen Leben in Pharsalias Palast. Keiner bebaut mehr das Land, der Nacken der Pflugstiere verliert die Härte, die krumme Hacke befreit nicht mehr den niedrigen Weinstock vom Unkraut, der Stier reißt nicht mit vorwärtsgeneigter Pflugschar die Scholle auf, die Sichel der Laubscherer lichtet nicht mehr den Schatten des Baumes: schmutziger Rost frißt sich in die verlassenen Pflüge. Doch der Wohnsitz des Königs – der etwas abseits liegende reiche Palast in all seiner Größe – erstrahlt in gleißendem Gold und Silber. Weiß leuchtet Elfenbein an den Thronen, es blinken all die Becher auf dem Tisch, das ganze Haus frohlockt im Glanz königlicher Schätze. Das Hochzeitsbett aber wird für die Göttin mitten im Palast aufgestellt; es ist mit indischem Elfenbein verkleidet, darauf liegt eine Purpurdecke, mit dem rosenfarbenen Saft der Schnecke gefärbt.

Dieses Gewebe, bunt geschmückt mit Menschengestalten aus alter Zeit, kündet mit wundersamer Kunstfertigkeit von den Taten der Heroen. Denn da blickt Ariadne vom wellenumrauschten Strand von Dia[11] in die Ferne und sieht Theseus mit seiner schnellen Flotte entfliehen. Unbändige Leidenschaft hegt sie im Herzen und kann noch nicht glauben, daß sie sieht, was sie sieht. Denn erst jetzt ist

desertam in sola miseram se cernat harena.
immemor at iuvenis fugiens pellit vada remis,
irrita ventosae linquens promissa procellae.
quem procul ex alga maestis Minois ocellis
saxea ut effigies bacchantis prospicit, eheu,
prospicit et magnis curarum fluctuat undis,
non flavo retinens subtilem vertice mitram,
non contecta levi velatum pectus amictu,
non tereti strophio lactentis vincta papillas,
omnia quae toto delapsa e corpore passim
ipsius ante pedes fluctus salis adludebant:
sic neque tum mitrae neque tum fluitantis amictus
illa vicem curans toto ex te pectore, Theseu,
toto animo, tota pendebat perdita mente.
a, misera, assiduis quam luctibus externavit
spinosas Erycina serens in pectore curas
illa tempestate, ferox quo ex tempore Theseus
egressus curvis e litoribus Piraei
attigit iniusti regis Gortynia tecta.
  Nam perhibent olim crudeli peste coactam
Androgeoneae poenas exsolvere caedis
electos iuvenes simul et decus innuptarum
Cecropiam solitam esse dapem dare Minotauro.
quis angusta malis cum moenia vexarentur,
ipse suum Theseus pro caris corpus Athenis
proicere optavit potius quam talia Cretam
funera Cecropiae nec funera portarentur.
atque ita nave levi nitens ac lenibus auris
magnanimum ad Minoa venit sedesque superbas.
hunc simulac cupido conspexit lumine virgo
regia, quam suavis expirans castus odores
lectulus in molli complexu matris alebat,
quales Eurotae progignunt flumina myrtos
aurave distinctos educit verna colores,

sie aus trügerischem Schlaf aufgeschreckt und erkennt, daß sie elend und verlassen am einsamen Strand ist. Doch der treuvergessene Jüngling peitscht auf der Flucht das Wasser mit den Rudern und schlägt seine leeren Versprechungen in den Wind. [60] Ihm blickt von ferne Minos' Tochter am tangübersäten Strand mit traurigen Augen nach wie das steinerne Bildnis einer Bacchantin, wehe! Sie blickt ihm nach, und ihr Herz wogt sorgenschwer, am blonden Scheitel behält sie nicht die feine Mitra[12], den Busen verhüllt kein leichter Umhang, [65] die milchweißen Brüste beengt keine stramme Fessel, all dies war ihr ganz vom Leibe geglitten; und hier und dort spülten die salzigen Fluten es ihr spielend vor die Füße. Jetzt freilich kümmerte sie sich weder um ihre Mitra noch um ihren fließenden Mantel [70] und hing vielmehr mit ganzem Herzen, mit ganzer Seele und mit all ihren Geisteskräften an dir, Theseus, die Verlorene! Ach, die Ärmste, die Venus Erycina mit unablässigem Kummer verwirrte, indem sie dornenvolle Sorgen der Liebe in ihre Brust säte – zu der Zeit, als der grausame Theseus den geschwungenen Strand von Piraeus verlassen hatte [75] und zum gortynischen Palast des ungerechten Königs[13] kam.

Denn, so geht die Sage, einst war Cecropia[14] durch eine grausame Pest gezwungen worden, den Mord an Androgeos[15] zu sühnen; so mußte es regelmäßig ausgewählte Jünglinge und die edelsten Jungfrauen dem Minotaurus zum Fraß vorwerfen. [80] Da die engen Mauern seiner Stadt von diesen Übeln geplagt wurden, zog Theseus es vor, für sein geliebtes Athen sein Leben einzusetzen, statt daß Cecropien auf solche Art nach Kreta zu Grabe getragen würde, ohne ein Grab zu finden. So kam er auf leichtem Schiff mit Ruderkraft und sanften Winden [85] zu dem hochgesinnten Minos und seinem stolzen Palast. Kaum hat die Königstochter Theseus mit verlangendem Auge erblickt – sie war auf lieblich duftendem, keuschem Lager im zärtlichen Arm ihrer Mutter aufgewachsen, wie der Eurotas-Strom Myrten wachsen läßt [90] oder die Frühlingsluft bunte Blumen her-

non prius ex illo flagrantia declinavit
lumina, quam cuncto concepit corpore flammam
funditus atque imis exarsit tota medullis.
heu misere exagitans immiti corde furores
sancte puer, curis hominum qui gaudia misces,
quaeque regis Golgos quaeque Idalium frondosum,
qualibus incensam iactastis mente puellam
fluctibus in flavo saepe hospite suspirantem!
quantos illa tulit languenti corde timores!
quam tum saepe magis fulgore expalluit auri,
cum saevum cupiens contra contendere monstrum
aut mortem appeteret Theseus aut praemia laudis!
non ingrata tamen frustra munuscula divis
promittens tacito succepit vota labello.
nam velut in summo quatientem bracchia Tauro
quercum aut conigeram sudanti cortice pinum
indomitus turbo contorquens flamine robur
eruit (illa procul radicitus exturbata
prona cadit, late quaecumvis obvia frangens),
sic domito saevum prostravit corpore Theseus
nequiquam vanis iactantem cornua ventis.
inde pedem sospes multa cum laude reflexit
errabunda regens tenui vestigia filo,
ne labyrintheis e flexibus egredientem
tecti frustraretur inobservabilis error.
  Sed quid ego a primo digressus carmine plura
commemorem, ut linquens genitoris filia vultum,
ut consanguineae complexum, ut denique matris,
quae misera in gnata deperdita laetabatur,
omnibus his Thesei dulcem praeoptarit amorem,
aut ut vecta rati spumosa ad litora Diae
⟨venerit,⟩ aut ut eam devinctam lumina somno

vorlockt –, wandte sie ihre glutvollen Blicke nicht von ihm ab, bis das Liebesfeuer sie gänzlich ergriffen hatte und sie bis ins innerste Mark entflammt war. Wehe! Der du unheilvoll mit grausamem Herzen rasende Leidenschaft erregst, heiliger Knabe[16], der du unter die Sorgen der Menschen Freuden mischst, und du, Herrscherin von Golgi und vom belaubten Idalium[17]! In welchen Fluten habt ihr das von feuriger Liebe ergriffene Mädchen hin und her geworfen, während sie immer wieder nach dem blonden Fremden seufzte! Welch qualvolle Ängste ertrug sie in ihrem schmachtenden Herzen! Wie oft wurde sie damals[18] blasser als gelbliches Gold, wenn Theseus voll Begier, gegen das grausame Ungeheuer zu kämpfen, entweder den Tod oder ehrenvollen Ruhm suchte[19]! Mit geschlossenen Lippen betete sie und gelobte den Göttern willkommene Gaben – nicht ohne Erfolg[20], denn wie ein unbändiger Wirbelwind auf dem Gipfel des Taurus[21] eine Eiche mit schwankenden Ästen oder eine zapfentragende Pinie mit harziger Rinde durch sein Brausen umdreht und ausreißt (sie fällt entwurzelt vornüber in all ihrer Länge zu Boden und zerbricht weithin alles, was ihr im Wege steht), so streckte Theseus den Grausamen nieder, nachdem er ihn besiegt hatte, und jener stieß vergeblich mit den Hörnern in die leere Luft. Von dort lenkte der Ruhmreiche seinen Fuß wohlbehalten zurück und ließ sich bei seinen irrenden Schritten von einem dünnen Faden leiten, damit ihn nicht, während er die Windungen des Labyrinths verlassen wollte, die undurchschaubaren Irrwege des Gebäudes täuschten.

Aber was soll ich von meinem ursprünglichen Gedicht abschweifend das Weitere erwähnen, wie die Tochter den Anblick des Vaters, die Umarmung der Schwester und sogar der Mutter, der Ärmsten, verließ, die ihr Kind abgöttisch liebte?[22] Und wie Ariadne ihnen allen die süße Liebe des Theseus vorzog? Oder wie sie zu Schiff zum schäumenden Ufer von Dia gelangte[23], oder wie, während Schlaf ihre

liquerit immemori discedens pectore coniunx?
saepe illam perhibent ardenti corde furentem
clarisonas imo fudisse ex pectore voces,
ac tum praeruptos tristem conscendere montes,
unde aciem pelagi vastos per tenderet aestus,
tum tremuli salis adversas procurrere in undas
mollia nudatae tollentem tegmina surae,
atque haec extremis maestam dixisse querelis,
frigidulos udo singultus ore cientem:
'Sicine me patriis avectam, perfide, ab aris,
perfide, deserto liquisti in litore, Theseu?
sicine discedens neglecto numine divum
immemor, a, devota domum periuria portas?
nullane res potuit crudelis flectere mentis
consilium? tibi nulla fuit clementia praesto,
immite ut nostri vellet miserescere pectus?
at non haec quondam blanda promissa dedisti
voce mihi, non haec miserae sperare iubebas,
sed conubia laeta, sed optatos hymenaeos:
quae cuncta aërii discerpunt irrita venti.
nunc iam nulla viro iuranti femina credat,
nulla viri speret sermones esse fidelis;
quis dum aliquid cupiens animus praegestit apisci,
nil metuunt iurare, nihil promittere parcunt:
sed simulac cupidae mentis satiata libidost,
dicta nihil metuere, nihil periuria curant.
certe ego te in medio versantem turbine leti
eripui et potius germanum amittere crevi,
quam tibi fallaci supremo in tempore deessem:
pro quo dilaceranda feris dabor alitibusque
praeda neque iniacta tumulabor mortua terra.
quaenam te genuit sola sub rupe leaena,
quod mare conceptum spumantibus expuit undis,

Augen fesselte, der treuvergessene Gemahl sie verließ? Oft – so erzählt man – stieß sie rasend, mit brennendem Herzen, [125] helltönende Rufe aus innerster Brust hervor. Voll Trauer bestieg sie bald steil emporragende Berge, um von dort ihren Blick auf das weite, wogende Meer zu lenken[24], bald lief sie hinaus in die ihr entgegenrauschenden Wogen des unruhigen Salzmeeres, hob das weiche Gewand, die Wade zu entblößen, [130] und brach zuletzt betrübt in folgende Klagen aus, während sich ihren tränenfeuchten Lippen fröstelnde Seufzer entrangen:

»Hast du, Treuloser, mich so von den heimischen Altären entführt, mich am einsamen Strande verlassen, treuloser Theseus? Scheidest du so, Pflichtvergessener, verachtest die Macht der Götter [135] und trägst, ach!, den Fluch des Meineids nach Hause? Konnte nichts deinen grausamen Sinn in diesem Entschluß wankend machen? Hattest du keine Milde in dir, so daß sich dein fühlloses Herz hätte meiner erbarmen wollen? Vorher freilich hast du mir nicht solche Versprechungen gemacht [140] mit deiner schmeichelnden Stimme, hattest mich Arme nicht solches erwarten lassen, sondern eine glückliche Ehe, ein erwünschtes Hochzeitsfest. Dies alles verweht nun unerfüllt im Winde. Jetzt soll keine Frau mehr dem Schwur eines Mannes glauben, keine soll hoffen, eines Mannes Wort sei verläßlich. [145] Solange ihr begieriger Sinn etwas zu erlangen trachtet, schrecken Männer vor keinem Eid zurück und sparen nicht mit Versprechungen; sobald aber die Lust ihres begierigen Herzens gesättigt ist, haben sie keine Scheu[25] vor ihrem früheren Wort und scheren sich nicht um Meineide. Gewiß hab ich dich, als du mitten im Rachen des Todes warst, [150] gerettet; lieber wollt ich den Bruder verlieren[26] als dich, Betrüger, in höchster Not allein lassen. Dafür bin ich nun wilden Tieren anheimgegeben, damit sie mich zerfleischen, falle Vögeln zur Beute und werde, wenn ich gestorben bin, unbestattet bleiben. Welche Löwin hat dich unter einsamem Felsen geboren? [155] Welches Meer dich empfangen und mit schäumen-

quae Syrtis, quae Scylla rapax, quae vasta Charybdis,
talia qui reddis pro dulci praemia vita?
si tibi non cordi fuerant conubia nostra,
saeva quod horrebas prisci praecepta parentis,
at tamen in vostras potuisti ducere sedes,
quae tibi iocundo famularer serva labore
candida permulcens liquidis vestigia lymphis
purpureave tuum consternens veste cubile. –
sed quid ego ignaris nequiquam conqueror aureis
externata malo, quae nullis sensibus auctae
nec missas audire queunt nec reddere voces?
ille autem prope iam mediis versatur in undis,
nec quisquam apparet vacua mortalis in alga.
sic nimis insultans extremo tempore saeva
Fors etiam nostris invidit questibus auris.
Iuppiter omnipotens, utinam ne tempore primo
Gnosia Cecropiae tetigissent litora puppes,
indomito nec dira ferens stipendia tauro
perfidus in Creta religasset navita funem,
nec malus hic celans dulci crudelia forma
consilia in nostris requiesset sedibus hospes!
nam quo me referam? quali spe perdita nitar?
Idaeosne petam montes? a, gurgite lato
discernens ponti truculentum ubi dividit aequor?
an patris auxilium sperem? quemne ipsa reliqui
respersum iuvenem fraterna caede secuta?
coniugis an fido consoler memet amore?
quine fugit lentos incurvans gurgite remos?
praeterea nullo litus, sola insula, tecto,
nec patet egressus pelagi cingentibus undis:
nulla fugae ratio, nulla spes: omnia muta,
omnia sunt deserta, ostentant omnia letum.
non tamen ante mihi languescent lumina morte

den Wellen ausgespien? Welche Syrte[27], welche räuberische Scylla, welche gewaltige Charybdis? Solchen Lohn erstattest du mir für Leib und Leben? Lag dir schon unsere Ehe nicht am Herzen, weil du die grausamen Vorschriften deines strengen Vaters fürchtetest, so hättest du mich wenigstens in euer Land mitnehmen können, daß ich dir als Sklavin mit willkommener Arbeit diente, deine weißen Füße mit klarem Wasser wüsche und dein Bett mit Purpur deckte. Doch was stoße ich – das Unglück bringt mich aus der Fassung – meine Klagen vergebens in ahnungslose Lüfte aus, die ja keine Sinne haben und gesprochene Worte weder hören noch erwidern können? Er aber ist wohl schon mitten auf hoher See, und keine Menschenseele zeigt sich am leeren, algenübersäten Strand. So hat der grausame Zufall, der meiner nur allzusehr spottet, zu guter Letzt auch noch meinen Klagen ein mitfühlendes Ohr mißgönnt. Allgewaltiger Iuppiter! Hätten doch nicht am Anfang cecropische[28] Schiffe Cnossos' Küste berührt, hätte doch nie der treulose Schiffer sein Tau in Creta festgebunden, um dem ungezähmten Stier seinen gräßlichen Tribut zu bringen! Hätte doch dieser Tückische, der unter lieblicher Gestalt grausame Pläne verbarg, nie als Gast in unserer Wohnstatt geruht! Denn wohin soll ich mich wenden? Auf welche Hoffnung soll[29] ich Verlorene bauen? Zu den idaeischen Bergen ziehen? Ach! Wo mich doch das wilde Meer durch einen weiten Abgrund von ihnen trennt! Soll ich etwa vom Vater Hilfe erhoffen? Hab ich ihn nicht selbst verlassen und folgte dem jungen Mann, der vom Blut meines ermordeten Bruders besprengt war? Soll ich mich etwa mit der treuen Liebe meines Ehemannes trösten, der vor mir flieht, daß sich die zähen Ruder im Wasser biegen? Außerdem ist die Insel einsam, am Strand steht kein Haus,[30] und kein Fluchtweg tut sich mir auf, da Meerwasser das Eiland umschließt. Keine Möglichkeit zu fliehen, keine Hoffnung! Alles stumm, alles verlassen! Alles stellt mir den Tod vor Augen. Nicht eher freilich soll mein Aug im Tode

nec prius a fesso secedent corpore sensus,
quam iustam a divis exposcam prodita mulctam
caelestumque fidem postrema comprecer hora.
quare, facta virum mulctantes vindice poena
Eumenides, quibus anguino redimita capillo
frons expirantis praeportat pectoris iras,
huc huc adventate, meas audite querelas,
quas ego, vae, misera extremis proferre medullis
cogor inops, ardens, amenti caeca furore.
quae quoniam verae nascuntur pectore ab imo,
vos nolite pati nostrum vanescere luctum,
sed quali solam Theseus me mente reliquit,
tali mente, deae, funestet seque suosque!'

Has postquam maesto profudit pectore voces
supplicium saevis exposcens anxia factis,
annuit invicto caelestum numine rector,
quo motu tellus atque horrida contremuerunt
aequora concussitque micantia sidera mundus.
ipse autem caeca mentem caligine Theseus
consitus oblito dimisit pectore cuncta,
quae mandata prius constanti mente tenebat,
dulcia nec maesto sustollens signa parenti
sospitem Erectheum se ostendit visere portum.
namque ferunt olim, classi cum moenia divae
linquentem gnatum ventis concrederet Aegeus,
talia complexum iuveni mandata dedisse:
'Gnate mihi longe iocundior unice vita,
gnate, ego quem in dubios cogor dimittere casus,
reddite in extrema nuper mihi fine senectae!
quandoquidem fortuna mea ac tua fervida virtus
eripit invito mihi te, cui languida nondum
lumina sunt gnati cara saturata figura:
non ego te gaudens laetanti pectore mittam

brechen, nicht eher sollen die Sinne den erschöpften Leib verlassen, bis ich Verratene die Götter um gerechte Vergeltung bitte und in meiner letzten Stunde ihre Treue anrufe. Daher, Eumeniden, die ihr der Menschen Taten mit rächender Strafe heimsucht, ihr, deren von Schlangenhaar umkränzte Stirn von eurem zornigen Wesen kündet, herbei, kommt herbei, hört meine Klagen, die ich Ärmste, weh mir!, aus tiefster Seele vorbringen muß, hilflos, in brennendem Schmerz, blind und besinnungslos rasend. Da meine Klage wahrhaftig von Herzensgrund kommt, dürft ihr nicht dulden, daß meine Trauer ihre Wirkung verliere; vielmehr soll Theseus ebenso[31], wie er mich allein zurückließ, ihr Göttinnen, sich und die Seinen mit Fluch beladen!«

In solchen Worten hatte sie ihre Trauer verströmt und inständig eine Bestrafung der grausamen Tat gefordert; zustimmend nickte der Götterkönig, dessen Wink[32] allmächtig ist; von dieser Bewegung erbebte die Erde, die Wasserfläche kräuselte sich, und der Himmel ließ die blitzenden Sterne erzittern. Theseus' Geist aber wurde von verblendendem Nebel umnachtet, und aus seiner vergeßlichen Brust ließ er alles entschwinden, was ihm zuvor anvertraut war, was er unbeirrt im Gedächtnis behalten hatte. So hißte er das freudeverkündende Segel nicht, das seinem bangenden Vater zeigen sollte, daß er wohlbehalten zu Erechtheus'[33] Hafen zurückkehre. Man erzählt nämlich: Einst, als Aegeus seinen Sohn, der Athens Mauern mit seiner Flotte verließ, den Winden anvertraute, umarmte er den Jüngling und gab ihm folgenden Auftrag: »Sohn, einziger, mir viel lieber als mein Leben! Sohn, den ich ins Ungewisse fortschicken muß, obwohl du mir erst jüngst im hohen Alter wiedergeschenkt wurdest! Da nun mein Schicksal und deine feurige Tapferkeit dich mir gegen meinen Willen entreißen, während meine müden Augen sich noch nicht an der geliebten Gestalt des Sohnes satt gesehen haben, so wisse: Nicht freudig noch leichten Herzens will ich

nec te ferre sinam fortunae signa secundae,
sed primum multas expromam mente querelas
canitiem terra atque infuso pulvere foedans,
inde infecta vago suspendam lintea malo,
nostros ut luctus nostraeque incendia mentis
carbasus obscurata dicet ferrugine Hibera.
quod tibi si sancti concesserit incola Itoni,
quae nostrum genus ac sedes defendere Erecthei
annuit, ut tauri respergas sanguine dextram,
tum vero facito ut memori tibi condita corde
haec vigeant mandata nec ulla oblitteret aetas,
ut simulac nostros invisent lumina collis,
funestam antennae deponant undique vestem
candidaque intorti sustollant vela rudentes,
quam primum cernens ut laeta gaudia mente
agnoscam, cum te reducem aetas prospera sistet.'
haec mandata prius constanti mente tenentem
Thesea ceu pulsae ventorum flamine nubes
aërium nivei montis liquere cacumen.
at pater, ut summa prospectum ex arce petebat
anxia in assiduos absumens lumina fletus,
cum primum infecti conspexit lintea veli,
praecipitem sese scopulorum e vertice iecit
amissum credens immiti Thesea fato.
sic funesta domus ingressus tecta paterna
morte ferox Theseus, qualem Minoidi luctum
obtulerat mente immemori, talem ipse recepit.
Quae tum prospectans cedentem maesta carinam
multiplices animo volvebat saucia curas. –
At parte ex alia florens volitabat Iacchus
cum thiaso Satyrorum et Nysigenis Silenis
te quaerens, Ariadna, tuoque incensus amore.
. . . . . . . . . . . . . . . . . . . .

dich ziehen lassen und nicht erlauben, daß du Zeichen des Glücks tragest[34], vielmehr will ich zuerst aus meinem Herzen Klagen strömen lassen, mein graues Haar mit Erde und häßlichem Staub bestreuen. Dann lasse ich gefärbte Segel am schwankenden Mast hissen, damit ein mit iberischem Rost dunkelgetöntes Tuch von dem lodernden Leid in meinem Inneren künde.[35] Wenn aber dir die Bewohnerin des heiligen Itonos[36], die unser Geschlecht und den Palast des Erechtheus zu verteidigen zugesagt hat, gewährt, deine Rechte mit dem Blut des Stieres[37] zu besprengen, dann präge dir folgenden Auftrag fest in Herz und Gedächtnis, so daß ihn keine Zeit auszulöschen vermag: Sobald deine Augen unsre Hügel erblicken, laß die Segelstangen allenthalben den Trauerflor ablegen und die gedrehten Taue strahlend weiße Segel emporziehen, daß ich so bald wie möglich meine Freude sehen und mit erleichtertem Herzen erkennen kann, wenn dich ein glücklicher Tag nach Hause bringt.« Dieses Gebot hatte Theseus bisher fest im Gedächtnis; nun aber entfiel es ihm wie Wolken, die, vom Wehen des Windes verjagt, den luftigen Gipfel eines Schneeberges verlassen. Der Vater aber hielt Ausschau von der Zinne der Burg – seine rastlos forschenden Augen waren vom ständigen Weinen angegriffen. Kaum hatte er das gefärbte[38] Leinensegel erblickt, stürzte er sich kopfüber von der Höhe des Felsens, glaubte er doch, der grausame Tod habe ihm Theseus entrissen. So betrat der rücksichtslose Theseus den vom Tod des Vaters befleckten Palast und mußte selbst gleiches Leid erfahren, wie er es der Tochter des Minos durch seine Vergeßlichkeit zugefügt hatte. Sie aber blickte damals betrübt dem entweichenden Kiel nach und bewegte, tief verletzt, mancherlei Sorgen in ihrem Herzen.

Aber von der anderen Seite flog der blühende Iacchus herbei mit seiner Satyrnschar und den aus Nysa[39] stammenden Silenen. Dich suchte er, Ariadne, von Liebe zu dir war er entflammt. ... Da schwärmten heitere Maenaden ver-

quae tum alacres passim lymphata mente furebant,
euhoe, bacchantes, euhoe, capita inflectentes.
harum pars tecta quatiebant cuspide thyrsos,
pars e divolso iactabant membra iuvenco,
pars sese tortis serpentibus incingebant,
pars obscura cavis celebrabant orgia cistis,
orgia, quae frustra cupiunt audire profani;
plangebant aliae proceris tympana palmis
aut tereti tenuis tinnitus aere ciebant,
multis raucisonos efflabant cornua bombos
barbaraque horribili stridebat tibia cantu.
  Talibus amplifice vestis decorata figuris
pulvinar complexa suo velabat amictu.
quae postquam cupide spectando Thessala pubes
expletast, sanctis coepit decedere divis.
hic, qualis flatu placidum mare matutino
horrificans Zephyrus proclivas incitat undas
Aurora exoriente vagi sub limina Solis,
quae tarde primum clementi flamine pulsae
procedunt, leviterque sonant plangore cachinni,
post vento crescente magis magis increbescunt
purpureaque procul nantes ab luce refulgent:
sic tum vestibuli linquentes regia tecta
ad se quisque vago passim pede discedebant.
  Quorum post abitum princeps e vertice Pelei
advenit Chiron portans silvestria dona:
nam quoscumque ferunt campi, quos Thessala magnis
montibus ora creat, quos propter fluminis undas
aura parit flores tepidi fecunda Favoni,
hos indistinctis plexos tulit ipse corollis,
quo permulsa domus iocundo risit odore.
confestim Penios adest, viridantia Tempe,
Tempe, quae silvae cingunt super impendentes,

zückt umher in bacchischem Taumel, riefen »euhoe« und warfen das Haupt zurück. Manche von ihnen schüttelten Thyrsusstäbe mit laubumwundener[40] Spitze, manche warfen Glieder eines zerrissenen Stieres, manche gürteten sich mit gewundenen Schlangen, manche feierten mit hohlen Kästchen geheime Orgien, von denen Uneingeweihte vergeblich zu hören wünschen, andere schlugen mit ausgestreckten Händen Tamburine oder ließen dünnes Geklingel aus feinem Erz[41] ertönen, bei vielen von ihnen verströmten Hörner rauhes Gebrumm, und die barbarische Schalmei[42] kreischte in schrecklichem Singsang.

Mit solchen Gestalten verschwenderisch verziert war die Decke, die das Lager rings als Überwurf umhüllte. Nachdem sich die thessalische Mannschaft voll Begeisterung daran satt gesehen hatte, begann sie, den heiligen Göttern den Platz zu räumen. Wie der Zephyr ein ruhiges Meer durch sein morgendliches Wehen schaudern läßt und leicht gestaffelte Wellen erregt beim Aufgang der Morgenröte vor der Schwelle, an der die rasch wandernde Sonne ihren Lauf beginnt: Erst ziehen die Wellen, von sanftem Wehen getrieben, langsam voran, und leicht erklingt ein plätscherndes Gelächter, dann aber, wenn der Wind sich verstärkt, folgen sie immer dichter aufeinander, schwimmen immer weiter fort und erstrahlen in purpurnem Licht: So verließen die Sterblichen damals den königlichen Bau der Vorhalle, und alle zogen mit beschwingtem Schritt von dannen, ein jeglicher in sein Heim.

Nach ihrem Weggang kam als erster von Pelions Gipfel Chiron und brachte Gaben des Waldes: Alle Blumen, die das Feld hervorbringt, Blumen, die Thessalien auf hohen Bergen wachsen läßt, Blumen, die neben den Wellen des Flusses der fruchtbare Hauch des warmen Westwinds erzeugt; diese trug er selbst, geflochten in bunten Kränzen. Von ihrem lieblichen Duft gestreichelt, lächelte das Haus. Eilends stellt sich Peneios ein und überläßt das grünende Tempe-Tal – Tempe, oben von schirmenden Wäldern

Naiasin linquens doctis celebranda choreis,
non vacuos: namque ille tulit radicitus altas
fagos ac recto proceras stipite laurus
non sine nutanti platano lentaque sorore
flammati Phaëthontis et aëria cupressu.
haec circum sedes late contexta locavit,
vestibulum ut molli velatum fronde vireret.
post hunc consequitur sollerti corde Prometheus
extenuata gerens veteris vestigia poenae,
quam quondam silici restrictus membra catena
persoluit pendens e verticibus praeruptis.
inde pater divum sancta cum coniuge natisque
advenit, caelo te solum, Phoebe, relinquens
unigenamque simul cultricem montibus Idri:
Pelea nam tecum pariter soror aspernatast
nec Thetidis taedas voluit celebrare iugalis.
  Qui postquam niveis flexerunt sedibus artus,
large multiplici constructae sunt dape mensae,
cum interea infirmo quatientes corpora motu
veridicos Parcae coeperunt edere cantus.
his corpus tremulum complectens undique vestis
candida purpurea talos incinxerat ora,
at roseae niveo residebant vertice vittae
aeternumque manus carpebant rite laborem.
laeva colum molli lana retinebat amictum,
dextera tum leviter deducens fila supinis
formabat digitis, tum prono in pollice torquens
libratum tereti versabat turbine fusum,
atque ita decerpens aequabat semper opus dens,
laneaque aridulis haerebant morsa labellis,
quae prius in levi fuerant extantia filo.
ante pedes autem candentis mollia lanae
vellera virgati custodibant calathisci.
haec tum clarisona vellentes vellera voce

umschlossen – den Naiaden[43] für ihre kunstvollen[44] Reigentänze: Er kommt nicht mit leeren Händen, hat er doch entwurzelte hohe Buchen mitgebracht, schlanke Lorbeerbüsche mit aufrechtem Stamm, [290] nicht zu vergessen die nickende Platane, die geschmeidige Schwester des vom Blitz getroffenen Phaëthon[45] und die hochragende Zypresse. All dies stellte er am Palast ringsum in langer, dichter Reihe auf, damit die Vorhalle von zartem Laub grün umschleiert sei. Auf ihn folgt der schlaue Prometheus; [295] er trägt noch verblichene Spuren seiner alten Strafe, die er einst abbüßen mußte, als er, mit einer Kette an einen Fels geschmiedet, an steilen Berggipfeln hing. Hierauf kam der Göttervater mit seiner heiligen Gemahlin und seinen Söhnen. Nur dich, Phoebus, ließ er im Himmel zurück [300] und mit dir Diana-Hecate, die zusammen mit dir Geborene[46], deren Wohnstatt die Berge von Idrus[47] sind. Denn deine Schwester hat mit dir zusammen dem Peleus keine Ehre erwiesen und wollte nicht an der Hochzeitsfeier der Thetis teilnehmen.

Nachdem sich alle auf schneeweißen Sitzen niedergelassen hatten, wurden auf den Tischen allerlei Speisen verschwenderisch aufgetürmt. [305] Unterdessen begannen die von Altersschwäche geschüttelten Parzen ein die Wahrheit offenbarendes Lied zu singen. Ihr weißes Kleid, das ihre zitternde Gestalt ganz umhüllte, schmückte rings ein Purpursaum; um den schlohweißen Scheitel schmiegten sich rosenfarbene Binden; [310] fleißig regten sich die Hände über der unendlichen Arbeit. Die Linke hielt den Spinnrocken, den weiche Wolle umgab, dann formte die Rechte unter leichtem Ziehen den Faden mit den Fingern, wobei der Handrücken unten lag, schließlich gab ihr abwärts gewendeter Daumen der Spindel mit dem Wirtel eine Drehung. [315] Dabei biß ständig ihr Zahn Überflüssiges ab und glättete den Faden, und an den trocknen Lippen hingen abgebissene Wollflocken, die zuvor am glatten Faden hervorgestanden hatten; vor ihren Füßen aber hüteten aus Ruten geflochtene Körbchen die weiße, weiche Wolle. [320] Während

talia divino fuderunt carmine fata,
carmine, perfidiae quod post nulla arguet aetas:
'O decus eximium magnis virtutibus augens,
Emathiae tutamen, Opis carissime nato,
accipe, quod laeta tibi pandunt luce sorores,
veridicum oraclum. sed vos, quae fata secuntur,
currite ducentes subtegmina, currite, fusi!
Adveniet tibi iam portans optata maritis
Hesperus, adveniet fausto cum sidere coniunx,
quae tibi flexanimo mentem perfundat amore
languidulosque paret tecum coniungere somnos
levia substernens robusto bracchia collo.
currite ducentes subtegmina, currite, fusi!
Nulla domus umquam tales contexit amores,
nullus amor tali coniunxit foedere amantes,
qualis adest Thetidi, qualis concordia Peleo.
currite ducentes subtegmina, currite, fusi!
Nascetur vobis expers terroris Achilles,
hostibus haud tergo, sed forti pectore notus,
qui persaepe vago victor certamine cursus
flammea praevertet celeris vestigia cervae.
currite ducentes subtegmina, currite, fusi!
Non illi quisquam bello se conferet heros,
cum Phrygii Teucro manabunt sanguine campi
Troicaque obsidens longinquo moenia bello
periuri Pelopis vastabit tertius heres.
currite ducentes subtegmina, currite, fusi!
Illius egregias virtutes claraque facta
saepe fatebuntur gnatorum in funere matres,
cum incultum cano solvent a vertice crinem

sie die rohe Wolle zupften, ließen sie mit hellklingender Stimme folgende Schicksalssprüche als göttlichen Gesang erklingen, Sprüche, deren Glaubwürdigkeit keine spätere Zeit wird bestreiten können:

»Der du strahlenden Glanz durch große Heldentaten vermehrst, o Beschützer Thessaliens, der du Iuppiter, dem Sohn der Ops[48], besonders lieb bist! [325] Vernimm, was dir die Schwestern[49] an deinem Freudentag offenbaren, ein Wahrheit verkündendes Orakel! Ihr aber, zieht den Faden, dem das Schicksal folgt! Lauft, ihr Spindeln, zieht den Faden, lauft, ihr Spindeln!

Schon wird zu dir kommen der Abendstern, der den Jungvermählten das Erwünschte bringt, kommen wird zu dir unter glücklichem Stern die Gattin, [330] um dein Herz über und über mit betörender Liebe zu füllen, bereit, mit dir wohlig ermattet den Schlummer zu teilen, indem sie ihre schimmernden Arme unter deinen kräftigen Nacken legt. Lauft, ihr Spindeln, zieht den Faden, lauft, ihr Spindeln!

Kein Haus hat jemals solche Liebe in sich geborgen, [335] keine Liebe jemals Liebende in einem solchen Bund vereint wie die Eintracht, die zwischen Thetis und Peleus herrscht. Lauft, ihr Spindeln, zieht den Faden, lauft, ihr Spindeln!

Euch wird der furchtlose Achill geboren werden, von dem die Feinde nicht den Rücken, nur die tapfere Brust kennen, [340] der gar oft als Sieger den blitzschnellen Lauf der flinken Hirschkuh übertreffen wird. Lauft, ihr Spindeln, zieht den Faden, lauft, ihr Spindeln!

Kein Held wird sich im Krieg mit ihm messen können, wenn die phrygischen Felder in Teucrer-Blut schwimmen und der dritte Erbe des meineidigen Pelops[50] [345] Troias Mauern in einem langen Krieg belagern und verwüsten wird. Lauft, ihr Spindeln, zieht den Faden, lauft, ihr Spindeln!

Seine hervorragenden Leistungen und ruhmreichen Taten werden Mütter oft bei der Bestattung ihrer Söhne verkünden, [350] wenn sie an grauem Scheitel ihr ungepflegtes Haar

putridaque infirmis variabunt pectora palmis.
currite ducentes subtegmina, currite, fusi!
Namque velut densas praecerpens messor aristas
sole sub ardenti flaventia demetit arva,
Troiugenum infesto prosternet corpora ferro.
currite ducentes subtegmina, currite, fusi!
Testis erit magnis virtutibus unda Scamandri,
quae passim rapido diffunditur Hellesponto,
cuius iter caesis angustans corporum acervis
alta tepefaciet permixta flumina caede.
currite ducentes subtegmina, currite, fusi!
Denique testis erit morti quoque reddita praeda,
cum teres excelso coacervatum aggere bustum
excipiet niveos percussae virginis artus.
currite ducentes subtegmina, currite, fusi!
Nam simulac fessis dederit Fors copiam Achivis
urbis Dardaniae Neptunia solvere vincla,
alta Polyxenia madefient caede sepulcra,
quae, velut ancipiti succumbens victima ferro,
proiciet truncum submisso poplite corpus.
currite ducentes subtegmina, currite, fusi!
Quare agite optatos animi coniungite amores!
accipiat coniunx felici foedere divam,
dedatur cupido iamdudum nupta marito.
currite ducentes subtegmina, currite, fusi!
Non illam nutrix orienti luce revisens
hesterno collum poterit circumdare filo
[currite ducentes subtegmina, currite, fusi],
anxia nec mater discordis maesta puellae

lösen und ihre welken Brüste mit schwachen Händen wund schlagen. Lauft, ihr Spindeln, zieht den Faden, lauft, ihr Spindeln!

Denn wie ein Schnitter, der, dichte Ähren köpfend, unter glutheißer Sonne gelbe Felder abmäht, so wird er mit feindseligem Eisen Troer-Leiber niederstrecken. Lauft, ihr Spindeln, zieht den Faden, lauft, ihr Spindeln!

Zeugin großer Heldentaten wird die Woge des Scamander[51] sein, die sich weithin in den reißenden Hellespont ergießt. Der Held wird das Flußbett mit Leichenhaufen verengen und das tiefe Wasser mit Mordblut mischen und erwärmen. Lauft, ihr Spindeln, zieht den Faden, lauft, ihr Spindeln!

Schließlich wird von ihm auch das Opfer zeugen, das man ihm noch im Tode darbringt, wenn der gerundete, hoch aufgetürmte Grabhügel die schneeweißen Glieder der geopferten Jungfrau aufnimmt. Lauft, ihr Spindeln, zieht den Faden, lauft, ihr Spindeln!

Denn sobald das Glück den erschöpften Achivern Gelegenheit gibt, die von Neptun erbauten Mauern der dardanischen Stadt zu schleifen, wird das hohe Heldengrab von Polyxenas Blut feucht, deren enthaupteter Leib, wie ein Opfertier von der Doppelaxt gefällt, mit versagenden Kniegelenken zu Boden sinkt. Lauft, ihr Spindeln, zieht den Faden, lauft, ihr Spindeln!

Darum, wohlan! Verbindet euch in innig ersehnter Liebe! Es empfange der Gemahl die Göttin zu glücklichem Ehebund, man übergebe die Braut dem Gatten, der sie schon lange begehrt! Lauft, ihr Spindeln, zieht den Faden, lauft, ihr Spindeln!

Wenn die Amme die Braut bei Sonnenaufgang aufsucht, wird sie ihr den gestrigen Faden nicht mehr um den Hals legen können[52], und die Mutter braucht keinen Streit des Mädchens mit dem Gatten zu befürchten, nicht über getrennte Schlafzimmer traurig zu sein und keineswegs die

secubitu caros mittet sperare nepotes.
currite ducentes subtegmina, currite, fusi!'
 Talia praefantes quondam felicia Pelei
carmina divino cecinere ⟨e⟩ pectore Parcae.
praesentes namque ante domos invisere castas
heroum et sese mortali ostendere coetu
caelicolae nondum spreta pietate solebant.
saepe pater divum templo in fulgente revisens,
annua cum festis venissent sacra diebus,
conspexit terra centum procumbere tauros.
saepe vagus Liber Parnasi vertice summo
Thyiadas effusis euantis crinibus egit,
cum Delphi tota certatim ex urbe ruentes
acciperent laeti divum fumantibus aris.
saepe in letifero belli certamine Mavors
aut rapidi Tritonis era aut Rhamnusia virgo
armatas hominumst praesens hortata catervas.
sed postquam tellus scelerest imbuta nefando,
iustitiamque omnes cupida de mente fugarunt,
perfudere manus fraterno sanguine fratres,
destitit extinctos natus lugere parentes,
optavit genitor primaevi funera nati,
liber ut innuptae poteretur flore novercae,
ignaro mater substernens se impia nato
impia non veritast divos scelerare parentes:
omnia fanda nefanda malo permixta furore
iustificam nobis mentem avertere deorum.
quare nec talis dignantur visere coetus
nec se contingi patiuntur lumine claro.

Hoffnung auf liebe Enkel aufzugeben. Lauft, ihr Spindeln, zieht den Faden, lauft, ihr Spindeln!«

Solchen glückbringenden Vorspruch für Peleus sangen[53] einst die Parzen aus gottbegeisterter Brust. Vordem nämlich pflegten die Himmelsbewohner die unbescholtenen Häuser der Heroen zu besuchen und sich in menschlicher Gesellschaft zu zeigen, solange frommer Sinn noch nicht verachtet war. Oft kam der Göttervater als Besucher, wenn an den Festtagen das jährliche Opfer in seinem gleißenden Tempel fällig war, und sah zu, wie hundert Stiere zur Erde sanken. Oft erschien Bacchus hoch auf dem Gipfel des Parnaß und lief mit schnellem Schritt an der Spitze des Zuges der Bacchantinnen, die mit offenem Haar ihr Euhoe schrien, wenn die Bewohner von Delphi um die Wette aus der ganzen Stadt zusammenströmten und den Gott freudig an rauchenden Altären empfingen. Oft zeigte sich Mars oder die Herrin des reißenden Triton[54] oder die rhamnusische Jungfrau[55] in todbringender Schlacht und sprach Scharen bewaffneter Männer Mut zu. Aber nachdem die Erde von verruchtem Frevel befleckt war und alle aus ihren habgierigen Herzen die Gerechtigkeit vertrieben hatten, netzten Brüder ihre Hände mit Bruderblut, der Sohn trauerte nicht mehr über den Tod der Eltern, der Vater wünschte das Ende des blühenden Sohnes herbei, um frei zu sein, ein frisches junges Mädchen zur Stiefmutter zu machen, die gottlose Mutter legte sich unter ihren unwissenden Sohn und scheute sich nicht, die Ahnengötter mit Frevel zu besudeln: Die Vermischung aller Dinge – von Recht und Unrecht, Sagbarem wie Unsäglichem – in rasender Bosheit brachte die Götter dazu, ihren gerechten Sinn von uns abzuwenden. Darum würdigen sie eine solche Gesellschaft nicht mehr ihres Besuches und entziehen sich unserer Berührung bei Tageslicht.

## 65

Etsi me assiduo confectum cura dolore
sevocat a doctis, Ortale, virginibus,
nec potis est dulcis Musarum expromere fetus
mens animi (tantis fluctuat ipsa malis:
namque mei nuper Lethaeo gurgite fratris
pallidulum manans alluit unda pedem,
Troia Rhoeteo quem subter litore tellus
ereptum nostris obterit ex oculis.
⟨alloquar, audiero numquam tua {facta} loquentem,⟩
numquam ego te, vita frater amabilior,
aspiciam posthac; at certe semper amabo,
semper maesta tua carmina morte canam,
qualia sub densis ramorum concinit umbris
Daulias absumpti fata gemens Itylei) –
sed tamen in tantis maeroribus, Ortale, mitto
haec expressa tibi carmina Battiadae,
ne tua dicta vagis nequiquam credita ventis
effluxisse meo forte putes animo,
ut missum sponsi furtivo munere malum
procurrit casto virginis e gremio,
quod miserae oblitae molli sub veste locatum,
dum adventu matris prosilit, excutitur;
atque illud prono praeceps agitur decursu,
huic manat tristi conscius ore rubor.

## 66

Omnia qui magni dispexit lumina mundi,
qui stellarum ortus comperit atque obitus,
flammeus ut rapidi solis nitor obscuretur,
ut cedant certis sidera temporibus,
ut Triviam furtim sub Latmia saxa relegans
dulcis amor guro devocet aërio,

## 65

Untröstliche Trauer[1] hat mich erschöpft[2]; Kummer entfremdet mich, mein Ortalus[3], den jungfräulichen Musen und ihrem gelehrten Spiel. Mein Geist und Sinn vermag keine lieblichen Musenfrüchte hervorzubringen, denn er selbst schwebt in tiefstem Leid. Hat doch erst jüngst Wasser vom Lethestrom meines Bruders blassen Fuß bespült. Ihn hat troianischer Boden am rhoeteischen[4] Strand meinen Augen entrissen und bedeckt ihn nun. Niemals werd ich zu dir sprechen, nie dich von deinen Taten erzählen hören,[5] nie dich, Bruder, der mir lieber als mein Leben, wiedersehen, gewiß aber dich immer lieben, immer Lieder singen, voll Schmerz über deinen Tod, gleich wie im dichten Schatten der Zweige die Daulias[6] um den toten Itylus seufzt. Dennoch schicke ich dir, Ortalus, trotz all meiner tiefen Trauer diese Übersetzung von Gedichten des Battus-Sohnes[7], damit du nicht glaubst, du hättest deine Worte in den Wind geredet und sie seien mir entfallen: So fällt vom keuschen Schoß eines Mädchens ein ihr heimlich vom Verlobten zugeschickter Apfel, den die Ärmste unter ihr weiches Gewand gesteckt und dort vergessen hat. Jetzt, da sie bei der Ankunft der Mutter aufspringt, wird er herausgeschleudert und rollt unaufhaltsam abwärts; dem Mädchen aber schießt schuldbewußte Röte ins Gesicht.

## 66

Er[1], der alle Lichter[2] des Weltalls zu unterscheiden weiß,[3] der Auf- und Untergänge der Sterne kennt, der erklären kann, wie sich der feurigen Sonne flammender Glanz verfinstert, wie sich Gestirne zu bestimmten Zeiten entfernen, wie innige Liebe Luna heimlich von ihrer Himmelsbahn herabruft und sie unter latmische Felsen verbannt[4] – der-

idem me ille Conon caelesti lumine vidit
  e Bereniceo vertice caesariem
fulgentem clare, quam multis illa dearum
  levia protendens bracchia pollicitast,
qua rex tempestate novo | auctus hymenaeo
  vastatum finis iverat Assyrios,
dulcia nocturnae portans vestigia rixae,
  quam de virgineis gesserat exuviis.
estne novis nuptis odio Venus? anne parentum
  frustrantur falsis gaudia lacrimulis,
ubertim thalami quas intra limina fundunt?
  non, ita me divi, vera gemunt, iuerint!
id mea me multis docuit regina querelis
  invisente novo proelia torva viro.
an tu non orbum luxti deserta cubile,
  sed fratris cari flebile discidium?
quam penitus maestas exedit cura medullas!
  ut tibi tunc toto pectore sollicitae
sensibus ereptis mens excidit! at ⟨te⟩ ego certe
  cognoram a parva virgine magnanimam.
anne bonum oblita 's facinus, quo regium adepta 's
  coniugium, quod non fortior ausit alis?
sed tum maesta virum mittens quae verba locuta 's!
  Iuppiter, ut tristi lumina saepe manu!
quis te mutavit tantus deus? an quod amantes
  non longe a caro corpore abesse volunt?
atque ibi me cunctis pro dulci coniuge divis
  non sine taurino sanguine pollicita 's,
sei reditum tetulisset: is haut in tempore longo
  captam Asiam Aegypti finibus addiderat.
quis ego pro factis caelesti reddita coetu
  pristina vota novo munere dissoluo.
invita, o regina, tuo de vertice cessi,
  invita: adiuro teque tuumque caput,

selbe berühmte Conon[5] hat mich in himmlischem Lichte[6] hell erstrahlen sehen, eine Haarflechte von Berenices Scheitel, die diese vielen Göttinnen darbrachte, indem sie betend die schimmernden Arme ausstreckte, als der König, frisch mit ihr vermählt, ausgezogen war, das assyrische Gebiet zu verwüsten, während er noch die süßen Spuren des nächtlichen Kampfes an sich trug, in dem er die Jungfrau entwaffnet[7] hatte. Ist Venus jungen Bräuten verhaßt? Oder foppen sie ihre freudig erwartungsvollen Eltern[8], indem sie im Ehegemach[9] falsche Tränlein in Strömen vergießen? Bei den Göttern! Die Seufzer sind nicht echt. Darüber hat mich meine Königin dadurch belehrt, daß sie so viel klagte, während ihr frischgebackener Ehemann in schreckliche Schlachten zog. Trauertest du in deiner Verlassenheit etwa nicht über das leere Lager, sondern über die schmerzliche Trennung von deinem lieben Bruder[10]? O wie verzehrte dich, Todtraurige, der Kummer bis ins innerste Mark! Wie schwanden dir, da du dich von ganzer Seele sorgtest, die Sinne, wie verließ dich das Bewußtsein! Und doch hatte ich dich[11] seit deinen frühesten Mädchenjahren als tapferes Kind gekannt. Hast du etwa die edle Tat vergessen, durch die du des Königs Hand errangst, eine Tat, wie sie auch ein Beherzterer nicht wagen würde[12]. Doch damals, als du beim Abschied von deinem Mann traurig warst, was für Worte sprachst du, beim Iuppiter!, wie oft riebst[13] du dir die Augen mit der Hand! Welcher so mächtige Gott hat dich verwandelt? Oder liegt es daran, daß Liebende die körperliche Nähe des Geliebten nicht entbehren wollen? Da[14] gelobtest du mich für deinen geliebten Gemahl allen Gottheiten, samt einem Stieropfer, wenn er heimkehre. Er hatte in kurzer Zeit dem ägyptischen Gebiet das eroberte Asien hinzugefügt. Zum Dank für diese Erfolge werde ich der Schar der Himmlischen dargebracht und löse das alte Gelübde durch eine neue Gabe ein. Wider meinen Willen, Königin, wich ich von deinem Scheitel, wider meinen Willen! Ich schwör's bei dir und deinem

digna ferat quod si quis inaniter adiurarit:
sed qui se ferro postulet esse parem?
ille quoque eversus mons est, quem maximum in oris
progenies Thiae clara supervehitur,
cum Medi peperere novum mare, cumque iuventus
per medium classi barbara navit Athon.
quid facient crines, cum ferro talia cedant?
Iuppiter, ut Chalybon omne genus pereat,
et qui principio sub terra quaerere venas
institit ac ferri fingere duritiem!
abiunctae paulo ante comae mea fata sorores
lugebant, cum se Memnonis Aethiopis
unigena, impellens nutantibus aëra pennis,
optulit Arsinoes Locricos ales equos.
isque per aetherias me tollens avolat umbras
et Veneris casto collocat in gremio.
ipsa suum Zephyritis eo famulum legarat,
Graiia Canopitis incola litoribus.
inde Venus vario ne solum in lumine caeli
ex Ariadneis aurea temporibus
fixa corona foret, sed nos quoque fulgeremus,
devotae flavi verticis exuviae,
uvidulam a fletu cedentem ad templa deum me
sidus in antiquis diva novum posuit:
Virginis et saevi contingens namque Leonis
lumina, Callisto iuncta Lycaoniae,
vertor in occasum, tardum dux ante Booten,
qui vix sero alto mergitur Oceano.
sed quamquam me nocte premunt vestigia divum,
lux autem canae Tethyi restituit
(pace tua fari hic liceat, Rhamnusia virgo;
namque ego non ullo vera timore tegam
nec, si me infestis discerpent sidera dictis,
condita quin verei pectoris evoluam):

Haupte. Möge die verdiente Strafe den treffen, der einen Meineid schwört – aber wer darf von sich behaupten, er könne dem Stahl Widerstand leisten? Auch jener Berg wurde beseitigt – von allen Küstenfelsen der höchste[15], über dem Thias[16] leuchtender Sohn seine Bahn zieht –, als[17] die Meder ein neues Stück Meer schufen[18] und als die barbarische Mannschaft auf ihrer Flotte mitten durch den Athos fuhr. Was können Haare ausrichten, wenn sogar so Gewaltiges dem Stahl weichen muß? Beim Iuppiter! Möge das ganze Geschlecht der Chalyber[19] zugrunde gehen samt dem Mann, der als erster unter der Erde Metalladern suchte und Eisen schweißte und härtete! Die von mir getrennten Schwesterhaare beweinten soeben noch mein Los, als sich des Aethiopen Memnon beschwingter Bruder[20], mit flatternden Fittichen die Lüfte schlagend, einstellte, Arsinoes locrisches[21] Flügelroß. Dieses trägt mich empor, fliegt durch aetherische Schatten davon und setzt mich auf den heiligen Schoß der Venus. Dorthin hatte Zephyritis[22] selbst ihren Diener entboten, die griechische Einwandrerin an den Küsten von Canopus. Damit[23] nun am glänzenden Himmel nicht nur die goldene Krone von Ariadnes Schläfen befestigt sei, sondern auch ich – abgelegte[24] Zier eines blonden Scheitels – dort als Weihegabe glänze, setzte die Göttin Venus mich, die ich noch tränenfeucht[25] zum Götterhimmel entschwand, als neues Sternbild mitten unter die alten. Denn ich bin den Lichtern der Jungfrau und des wilden Löwen benachbart, stehe neben der Lycaontochter Callisto[26], und wenn ich mich zum Untergang wende, so ziehe ich dem trägen Bootes voran, der nur mit Mühe und spät in den tiefen Ozean taucht. Doch obwohl nachts die Götter auf mir wandeln und der Tag mich der grauen Tethys zurückgibt[27] – (laß mich reden, ohne daß du mir zürnst, Rhamnusische Jungfrau[28], denn ich will die Wahrheit nicht ängstlich verhehlen, selbst auf die Gefahr hin, daß mich die Gestirne mit feindseligen Reden zausen! So will ich aussprechen, was in meinem wahrheitsliebenden[29] Herzen verborgen ist):

non his tam laetor rebus quam me afore semper,
afore me a dominae vertice discrucior,
quicum ego, dum virgo quondam fuit, † omnibus † expers
unguentis, una vilia multa bibi.
nunc vos, optato quom iunxit lumine taeda,
non prius unanimis corpora coniugibus
tradite nudantes reiecta veste papillas,
quam iocunda mihi munera libet onyx,
vester onyx, casto colitis quae iura cubili.
sed quae se impuro dedit adulterio,
illius a! mala dona levis bibat irrita pulvis:
namque ego ab indignis praemia nulla peto.
sed magis, o nuptae, semper concordia vostras,
semper amor sedes incolat assiduus.
tu vero, regina, tuens cum sidera divam
placabis festis luminibus Venerem,
unguinis expertem non siris esse tuam me,
sed potius largis affice muneribus.
sidera corruerint utinam! coma regia fiam:
proximus Hydrochoi fulguret Oarion!

## 67

O dulci iocunda viro, iocunda parenti,
salve, teque bona Iuppiter auctet ope,
ianua, quam Balbo dicunt servisse benigne
olim, cum sedes ipse senex tenuit,
quamque ferunt rursus nato servisse maligne,
postquam 's porrecto facta marita sene:
dic agedum nobis, quare mutata feraris
in dominum veterem deseruisse fidem.

Ich freue mich über all diese Ehren nicht so sehr, wie ich darunter leide, daß ich auf immer und ewig dem Scheitel meiner Herrin fernbleiben muß, mit dem zusammen ich einst, solange sie noch ein junges Mädchen war und kein teures[30] Parfum nehmen durfte, viel billiges[31] Öl getrunken habe.

Ihr aber, wenn euch am ersehnten Tag die Hochzeitsfakkel vermählt hat, schenkt euren trauten Gatten euren Leib, entblößt mit zurückgeworfenem Gewand die Brüste – doch erst, nachdem euer Onyxfläschchen mir ein liebliches Opfer gespendet hat, *euer* Onyx, die ihr auf keuschem Lager Gesetz und Recht achtet. Diejenige aber, die sich unreinem Ehebruch hingibt, deren, ach!, so fluchbringende Gaben trinke der leichte Staub und lasse sie versickern. Von Unwürdigen verlange ich nämlich keine Gaben. In euren Häusern jedoch, ihr verheirateten Frauen, soll immer Eintracht und beständige Liebe wohnen. Du aber, Königin, wenn du zu den Sternen aufblickend die Göttin Venus an festlichen Tagen mit Opfern versöhnst, laß mich, die ich dein eigen bin, nicht dein Salböl entbehren, beschenke mich vielmehr mit reichen Gaben. Möge der Sternenhimmel einstürzen![32] Ich möchte wieder Königshaar werden! Mag Orion dicht neben dem Wassermann blitzen![33]

67

Sei gegrüßt, o Tür, lieblich dem trauten Gemahl, lieblich dem Vater, und Iuppiter segne dich mit gnädiger Hilfe! Dem Balbus sollst du gefällig gedient haben, einst, als der alte Herr selbst diesen Wohnsitz innehatte. Von dir heißt es freilich auch, du hättest dem Sohn ungefällig gedient, nachdem der Greis die Beine ausgestreckt hatte und du zur Hüterin einer Ehe geworden warst. Wohlan, sag mir, warum man berichtet, daß du dich wandeltest und die Treue zum früheren Herrn verrietest.

'Non (ita Caecilio placeam, cui tradita nunc sum)
culpa meast, quamquam dicitur esse mea,
nec peccatum a me quisquam pote dicere quidquam:
verum isti populo ianua quidque facit!
qui, quacumque aliquid reperitur non bene factum,
ad me omnes clamant: "Ianua, culpa tuast."'
Non istuc satis est uno te dicere verbo,
sed facere, ut quivis sentiat et videat.
'Qui possum? nemo quaerit nec scire laborat.'
Nos volumus: nobis dicere ne dubita.
'Primum igitur, virgo quod fertur tradita nobis,
falsumst. non illam vir prior attigerat,
languidior tenera cui pendens sicula beta
numquam se mediam sustulit ad tunicam;
sed pater illius gnati violasse cubile
dicitur et miseram conscelerasse domum,
sive quod impia mens caeco flagrabat amore,
seu quod iners sterili semine natus erat
et quaerendus ⟨homo⟩, unde foret nervosius illud,
quod posset zonam solvere virgineam.'
Egregium narras mira pietate parentem,
qui ipse sui gnati minxerit in gremium!
'Atqui non solum hoc dicit se cognitum habere
Brixia Cycneae supposita speculae,
flavus quam molli praecurrit flumine Mella,
Brixia, Veronae mater amata meae;
sed de Postumio et Corneli narrat amore,
cum quibus illa malum fecit adulterium.
dixerit hic aliquis: "Qui tu istaec, ianua, nosti,
cui numquam domini limine abesse licet
nec populum auscultare, sed hic suffixa tigillo
tantum operire soles aut aperire domum?"

»So wahr ich Caecilius gefallen will, dem ich jetzt übergeben bin: es ist nicht meine Schuld, obwohl man behauptet, sie sei's, und keiner kann mir auch nur den geringsten Fehler nachsagen, sondern nach Meinung dieses Volkes ist immer die Tür der Täter[1]. Wo immer das Volk eine Missetat sieht, schreit es zuhauf mich an: ›Tür, du bist schuld.‹«

Es genügt nicht, daß du dies mit *einem* Wort sagst, sondern du mußt bewirken, daß jeder Beliebige es versteht und einsieht.

»Wie kann ich das? Keiner fragt danach oder schert sich darum, es zu wissen.«

*Ich* will es: Trage keine Bedenken, es mir zu sagen!

»Nun denn! Erstens ist die Behauptung falsch, sie sei mir als Jungfrau übergeben worden. Zwar hatte[2] ihr früherer Ehemann sie nicht berührt, da sein Dölchlein schlaffer herabhing als zarte Mangoldblätter und sich nie zur Mitte des Hemdes erhob; aber der Vater soll das Bett jenes Sohnes geschändet und so das unglückliche Haus mit Fluch beladen haben, sei es, daß sein gottloser Sinn von verblendender Liebe entflammt war oder daß sein unfähiger Sprößling eine taube Ähre war und man einen Kerl[3] mit mehr Spannkraft ausfindig machen mußte, um den Jungferngürtel zu lösen.«

Du erzählst von einem hervorragenden, wunderbar frommen Vater, der höchstpersönlich in seines Sohnes Port schiffte.

»Freilich sagt das am Fuße der Schwanenwarte gelegene Brixia[4], es habe nicht nur dies in Erfahrung gebracht, Brixia, vor[5] dem der gelbliche Mella mit sanfter Strömung vorbeifließt, Brixia, meines Verona geliebte Mutter; es berichtet vielmehr auch von Postumius und der Liebe des Cornelius, mit denen jene Frau schlimmen Ehebruch beging. Hier mag einer einwenden: Wie[6] kannst du, Türe, das wissen, denn du darfst dich ja nie von der Schwelle deines Herrn entfernen, nie das Volk belauschen; vielmehr pflegst du hier, unter einem Balken verankert, nur das Haus zu öffnen

saepe illam audivi furtiva voce loquentem
solam cum ancillis haec sua flagitia,
nomine dicentem quos diximus, utpote quae mi
speraret nec linguam esse nec auriculam.
praeterea addebat quendam, quem dicere nolo
nomine, ne tollat rubra supercilia:
longus homost, magnas cui lites intulit olim
falsum mendaci ventre puerperium.'

## 68a

Quod mihi fortuna casuque oppressus acerbo
conscriptum hoc lacrimis mittis epistolium,
naufragum ut eiectum spumantibus aequoris undis
sublevem et a mortis limine restituam,
quem neque sancta Venus molli requiescere somno
desertum in lecto caelibe perpetitur,
nec veterum dulci scriptorum carmine Musae
oblectant, cum mens anxia pervigilat,
id gratumst mihi, me quoniam tibi dicis amicum
muneraque et Musarum hinc petis et Veneris.
sed tibi ne mea sint ignota incommoda, mi Alli,
neu me odisse putes hospitis officium,
accipe, quis merser fortunae fluctibus ipse,
ne amplius a misero dona beata petas.
tempore quo primum vestis mihi tradita purast,
iocundum cum aetas florida ver ageret,
multa satis lusi; non est dea nescia nostri,
quae dulcem curis miscet amaritiem:
sed totum hoc studium luctu fraterna mihi mors
abstulit. o misero frater adempte mihi,
tu mea tu moriens fregisti commoda, frater,
tecum una totast nostra sepulta domus,

oder zu schließen? Oft hab ich gehört, wie sie verstohlen mit ihren Mägden über diese Untaten flüsterte; dabei nannte sie die von uns Erwähnten namentlich, da sie ja offensichtlich hoffte[7], ich hätte weder Zunge noch Ohr. Außerdem fügte sie einen hinzu, dessen Namen ich nicht nennen möchte, damit er nicht seine roten Augenbrauen hochzieht. Es ist ein langer Kerl, dem einst ein aus dem hohlen Bauch erfundenes Kindbett einen großen Prozeß beschert hat.«

## 68a

Wenn du[1], von bittrem Ungemach geschlagen, mir diesen mit Tränen geschriebenen Brief schickst und bittest, dich wie einen von schäumenden Meereswellen an den Strand geworfenen Schiffbrüchigen aufzuheben und von der Schwelle des Todes zurückzuholen – denn weder läßt dich die heilige Venus in sanftem Schlaf ruhen, während du auf einsamem Lager verlassen liegst, noch erfreuen dich die Musen mit dem lieblichen Lied alter Dichter, während dein Geist sorgenvoll ganze Nächte durchwacht –, so ist mir doch willkommen, daß du mich deinen Freund nennst und von mir Gaben der Musen und der Venus erbittest.

Aber damit dir meine Nöte nicht unbekannt bleiben, mein Allius[2], und damit du nicht glaubst, mir sei meine Pflicht als Gastfreund zuwider, vernimm, in welchen Fluten des Unheils ich selbst versinke, damit du nicht mehr von einem Unglücklichen beglückende Gaben erbittest. Damals, als ich zum erstenmal die reinweiße[3] Männertoga anlegen durfte, als meine blühende Jugend ihren lieblichen Frühling erlebte, trieb ich so manchen Scherz. Die Göttin kennt mich wohl, die den Sorgen bittere Süße beimischt. Aber diese ganzen Neigungen hat mir der Tod des Bruders genommen und in Trauer verkehrt. O Bruder, mir Armem entrissen! Sterbend hast du mein Glück zerbrochen, Bruder, mit dir zusammen ist unser ganzes Haus zu Grabe

omnia tecum una perierunt gaudia nostra,
  quae tuus in vita dulcis alebat amor.
cuius ego interitu tota de mente fugavi
  haec studia atque omnes delicias animi.
quare, quod scribis Veronae turpe Catullo
  esse, quod hic quisquis de meliore nota
frigida deserto tepefactet membra cubili,
  id, mi Alli, non est turpe, magis miserumst.
ignosces igitur, si, quae mihi luctus ademit,
  haec tibi non tribuo munera, cum nequeo.
nam, quod scriptorum non magnast copia apud me,
  hoc fit, quod Romae vivimus: illa domus,
illa mihi sedes, illic mea carpitur aetas;
  huc una ex multis capsula me sequitur.
quod cum ita sit, nolim statuas nos mente maligna
  id facere aut animo non satis ingenuo,
quod tibi non utriusque petenti copia postast:
  ultro ego deferrem, copia si qua foret.

## 68b

Non possum reticere, deae, qua me Allius in re
  iuverit aut quantis iuverit officiis,
ne fugiens saeclis obliviscentibus aetas
  illius hoc caeca nocte tegat studium:
sed dicam vobis, vos porro dicite multis
  milibus et facite haec carta loquatur anus
. . . . . . . . . . . . . . . . . . .
  notescatque magis mortuus atque magis,
nec tenuem texens sublimis aranea telam
  in deserto Alli nomine opus faciat.
nam, mihi quam dederit duplex Amathusia curam,
  scitis, et in quo me torruerit genere,

getragen worden. Zusammen mit dir sind all meine Freuden dahin, denen deine innige Liebe, solange du lebtest, Nahrung gab. Durch deinen Untergang hab ich diese Neigungen und alle Freuden aus meinem Herzen vertrieben. Wenn du daher schreibst, es sei für Catull eine Schande, in Verona zu sein, denn jeder, der etwas auf sich halte, müsse hier seine kalten Glieder im einsamen Bett wärmen, so höre: Das, mein Allius[4], ist keine Schande, sondern ein Unglück. Du wirst also verzeihen, wenn ich dir die Gaben, welche die Trauer mir geraubt hat, nicht schenke, da ich es nicht vermag. Wenn mir hier nicht viele Autoren zugänglich sind, so liegt dies ja daran, daß mein eigentliches Leben sich in Rom abspielt: Dort ist mein Heim, dort mein Wohnsitz, dort verrinnt meine Lebenszeit; hierher aber folgt mir nur eine von vielen Bücherkapseln.

Daher glaube ja nicht, ich handle aus Mißgunst oder aus Mangel an Großzügigkeit, wenn dir nun trotz deiner Bitte beides nicht zuteil geworden ist: Ich würde es dir aus freien Stücken darbringen, wenn ich nur selbst etwas hätte.

## 68b

Ich kann nicht verschweigen, in welcher Sache und mit welch großer Gefälligkeit mir Allius geholfen hat, ihr Göttinnen[1], damit ja nicht in Jahrhunderten des Vergessens die flüchtige Zeit seinen so freundschaftlichen Eifer mit undurchdringlicher Nacht bedecke. Vielmehr will ich es euch verkünden; sagt ihr es vielen Tausenden weiter und macht, daß dies Blatt noch davon rede, wenn es alt und grau geworden ist . . . damit er nach seinem Tod immer bekannter werde und die Spinne, die hoch oben ihr feines Netz webt, mit ihrem Werk nicht den verschollenen Namen des Allius überziehe.

Wißt ihr doch, welches Leid mir die unzuverlässige Amathusia[2] antat und wie sie mich ausdörrte[3], als ich so heftig

cum tantum arderem quantum Trinacria rupes
  lymphaque in Oetaeis Malia Thermopylis,
maesta neque assiduo tabescere lumina fletu
  cessarent tristique imbre madere genae.
qualis in aërii perlucens vertice montis
  rivus muscoso prosilit e lapide,
qui, cum de prona praeceps est valle volutus,
  per medium densi transit iter populi,
dulce viatori lasso in sudore levamen,
  cum gravis exustos aestus hiulcat agros,
ac velut in nigro iactatis turbine nautis
  lenius aspirans aura secunda venit
iam prece Pollucis, iam Castoris implorata:
  tale fuit nobis Allius auxilium.
is clausum lato patefecit limite campum,
  isque domum nobis isque dedit dominae,
ad quam communes exerceremus amores.
  quo mea se molli candida diva pede
intulit et trito fulgentem in limine plantam
  innixa arguta constituit solea,
coniugis ut quondam flagrans advenit amore
  Protesilaeam Laudamia domum
inceptam frustra, nondum cum sanguine sacro
  hostia caelestis pacificasset eros.
nil mihi tam valde placeat, Rhamnusia virgo,
  quod temere invitis suscipiatur eris.
quam ieiuna pium desideret ara cruorem,
  doctast amisso Laudamia viro,
coniugis ante coacta novi dimittere collum,
  quam veniens una atque altera rursus hiemps
noctibus in longis avidum saturasset amorem,
  posset ut abrupto vivere coniugio:
quod scibant Parcae non longo tempore abisse,
  si miles muros isset ad Iliacos:
nam tum Helenae raptu primores Argivorum
  coeperat ad sese Troia ciere viros,

brannte wie der sizilische Fels[4] und das malische Wasser[5] bei den Thermopylen am Oeta und meine traurigen Augen vom unaufhörlichen Weinen matt und die Wangen von dem bittern Tau feucht wurden, wie auf dem Scheitel eines hoch in die Luft ragenden Berges aus bemoostem Gestein ein durchsichtiger Bach hervorspringt, der kopfüber das steile Tal hinabstürzt und dann mitten über den Weg des dichtgedrängten Volkes fließt, eine liebliche Labsal für den erschöpften, in Schweiß gebadeten Wanderer, wenn sengende Hitze die verbrannten Äcker aufspringen läßt. Und[6] wie Seefahrern, die ein schwarzer Wirbelsturm hin- und herwirft, plötzlich ein sanfter wehendes Lüftchen zuhilfe kommt, nachdem man schon Pollux und Castor[7] flehentlich angerufen hatte: solch eine Hilfe war Allius für uns. Er erschloß uns ein versperrtes Gebiet mit einem breiten Weg, er gab mir und meiner Geliebten[8] das Haus, um dort gemeinsam der Liebe zu leben. Dorthin begab sich meine strahlend weiße Göttin mit sanftem Schritt. Sie setzte ihren glänzenden Fuß auf die abgetretene Schwelle und blieb auf der hörbar nachschwingenden Sandale stehen, gleich Laodamia, die einst glühend vor Liebe zu ihrem Gemahl ins Haus des Protesilaus kam, den ach! vergebens gestifteten Hausstand, als noch nicht mit geweihtem Blut das Opfertier die himmlischen Herren versöhnt hatte. Nichts möge mir so sehr gefallen, Rhamnusische Jungfrau[9], daß ich es blindlings gegen den Willen der Götter unternehme. Wie durstig der Altar nach frommem Opferblut lechzt, mußte Laodamia durch den Verlust ihres Mannes lernen; ward sie doch gezwungen, den Hals ihres jungen Gemahls loszulassen, ehe ein Winter und noch ein weiterer in langen Nächten die begierige Liebe gesättigt hatten, so daß sie, auch nachdem das Band ihrer Ehe zerrissen war, hätte weiterleben können. Die Parzen wußten, diese Verbindung würde nach kurzer Zeit zu Ende sein, wenn er als Krieger gegen Ilions Mauern zöge.

Damals hatte nämlich wegen Helenas Entführung Troia

Troia (nefas) commune sepulcrum Asiae Europaeque,
  Troia virum et virtutum omnium acerba cinis:
quaene etiam nostro letum miserabile fratri
  attulit. ei misero frater adempte mihi,
ei misero fratri iocundum lumen ademptum!
  tecum una totast nostra sepulta domus,
omnia tecum una perierunt gaudia nostra,
  quae tuus in vita dulcis alebat amor.
quem nunc tam longe non inter nota sepulcra
  nec prope cognatos compositum cineris,
sed Troia obscena, Troia infelice sepultum
  detinet extremo terra aliena solo.
ad quam tum properans fertur simul undique pubes
  Graeca penetralis deseruisse focos,
ne Paris abducta gavisus libera moecha
  otia pacato degeret in thalamo.
quo tibi tum casu, pulcerrima Laudamia,
  ereptumst vita dulcius atque anima
coniugium: tanto te absorbens vertice amoris
  aestus in abruptum detulerat barathrum,
quale ferunt Grai Pheneum prope Cylleneum
  siccari emulsa pingue palude solum,
quod quondam caesis montis fodisse medullis
  audit falsiparens Amphitryoniades,
tempore quo certa Stymphalia monstra sagitta
  perculit imperio deterioris eri,
pluribus ut caeli tereretur ianua divis,
  Hebe nec longa virginitate foret.
sed tuus altus amor barathro fuit altior illo,
  qui tunc indomitam ferre iugum docuit:
nam nec tam carum confecto aetate parenti
  una caput seri nata nepotis alit,

begonnen, die edelsten Argiver anzulocken, Troia, wehe!, Asiens und Europas gemeinsames Grab, Troia, aller Helden und edlen Taten bittre Asche!

Hat es nicht auch meinem Bruder einen jammervollen Tod gebracht?! Wehe! Bruder, mir Unglücklichem geraubt! Weh dem unglücklichen Bruder geraubtes süßes Licht! Mit dir ist unser ganzes Haus zu Grabe getragen worden. Zusammen mit dir sind all meine Freuden dahin, denen, solange du lebtest, deine innige Liebe Nahrung ab. Jetzt, in so weiter Ferne – und inmitten unbekannter Gräber –, nicht bei verwandter Asche, sondern im verruchten, unseligen Troia bestattet, birgt dich fremde Erde am Ende der Welt.

Dorthin, so heißt es, strömte von überall die griechische Mannschaft eilends zusammen[10] und verließ den heimischen Herd, damit Paris nicht im friedlichen Schlafgemach, froh über die Entführung der Ehebrecherin, ungestört der Muße fröne.

Durch dieses Unglück wurde dir damals, schönste Laodamia, der Ehebund zerstört, der dir süßer war als Leib und Leben: In einem solchen Wirbel der Liebe hatte dich die Leidenschaft verschlungen und in einen jäh abfallenden Abgrund gezogen – nicht anders als nahe am cyllenischen Phenëus[11], wie die Griechen berichten, ein Kanal den fetten Sumpfboden austrocknet[12]; diesen soll einst der fälschlich so genannte Amphitryonsohn[13] bis tief ins Innere des Berges gegraben haben –, damals, als er auf Weisung eines weniger edlen[14] Gebieters mit treffsicherem Pfeil die gräßlichen stymphalischen Vögel durchbohrte, um die Zahl der Götter, die an der Himmelstür die Schwelle abnützen, zu vermehren und Hebe nicht zur alten Jungfer werden zu lassen.[15]

Aber deine tiefe Liebe war tiefer als jener Abgrund; sie lehrte dich damals, Jungfrau, das Ehejoch zu tragen: Denn so teuer ist keinem altersschwachen Großvater das Haupt des späten Enkels, den ihm die einzige Tochter

qui, cum divitiis vix tandem inventus avitis
  nomen testatas intulit in tabulas,
impia derisi gentilis gaudia tollens
  suscitat a cano volturium capiti:
nec tantum niveo gavisast ulla columbo
  compar, quae multo dicitur improbius
oscula mordenti semper decerpere rostro
  quam quae praecipue multivolast mulier:
sed tu horum magnos vicisti sola furores,
  ut semel es flavo conciliata viro.
aut nihil aut paulo cui tum concedere digna
  lux mea se nostrum contulit in gremium,
quam circumcursans hinc illinc saepe Cupido
  fulgebat crocina candidus in tunica.
quae tametsi uno non est contenta Catullo,
  rara verecunde furta feremus erae,
ne nimium simus stultorum more molesti:
  saepe etiam Iuno, maxima caelicolum,
coniugis in culpa flagrantem concoquit iram
  noscens omnivoli plurima furta Iovis.
atqui nec divis homines componier aequumst:
  ingratum tremuli tolle parentis onus.
nec tamen illa mihi dexstra deducta paterna
  fragrantem Assyrio venit odore domum,
sed furtiva dedit rara munuscula nocte
  ipsius ex ipso dempta viri gremio.
quare illud satis est, si nobis is datur unis
  quem lapide illa dies candidiore notat.

## 68c

Hoc tibi, quod potui, confectum carmine munus
  pro multis, Alli, redditur officiis,
ne vostrum scabra tangat rubigine nomen
  haec atque illa dies atque alia atque alia.

nährt, ein endlich gefundener Erbe für die Güter der Ahnen, dessen Name sogleich vor Zeugen in das Testament eingetragen wird und so dem enttäuschten Verwandten die ruchlose Freude nimmt und den Aasgeier[16] vom ergrauten Haupte verscheucht; [125] und keine Taube hat sich je so innig über ihren schneeweißen Tauber gefreut, von der es doch heißt, sie hole sich stets mit beißendem Schnabel die Küsse – viel hemmungsloser als die sinnlichste Frau. All ihre rasende Leidenschaft hast du allein übertroffen, [130] sobald du deinem blonden Gatten anvertraut warst.

Meine Geliebte stand dieser in nichts oder nur wenig nach, als sie, mein Licht, sich in meinen Schoß begab. Rings um sie flatterte bald hier, bald da, Cupido unablässig und schimmerte weiß in seiner gelben Tunika. [135] Sie begnügt sich zwar nicht mit Catull allein, doch wollen wir die seltenen Seitensprünge der Gebieterin rücksichtsvoll[17] ertragen, um nicht nach Art der Toren kleinlich zu sein. Auch Iuno, die oberste der Göttinnen, schluckt oft bei Verfehlungen des Gemahls ihren glühenden Zorn hinunter, [140] wenn sie die zahllosen Heimlichkeiten ihres allliebenden Gatten erfährt. Freilich ist es nicht recht, Menschen mit Göttern zu vergleichen[18] ... lege die undankbare Rolle eines greisen Vaters ab! Nicht kam sie zu mir, von Vaterhand geführt, in ein Haus, das von assyrischem Balsam duftete, [145] sondern schenkte mir in seltenen[19] Nächten kleine, verstohlene Gaben – frisch aus den Armen ihres Mannes genommen. Darum ist das genug, wenn dieser Tag mir allein gehören soll, den sie im Kalender weiß bezeichnet.

## 68c

Dieses Gedicht – nur so viel konnte ich leisten – bekommst du als Geschenk [150] für deine so zahlreichen Dienste, Allius[1], damit nicht im Wandel der Tage und Zeiten schäbiger Rost deinen Namen befalle. Dem werden die Götter

huc addent divi quam plurima, quae Themis olim
antiquis solita est munera ferre piis.
sitis felices et tu simul et tua vita
et domus, in qua ⟨nos⟩ lusimus et domina,
† et qui principio nobis terram dedit aufert †
a quo sunt primo | omnia nata bona,
et longe ante omnes mihi quae me carior ipsost,
lux mea, qua viva vivere dulce mihist!

69

Noli admirari, quare tibi femina nulla,
Rufe, velit tenerum supposuisse femur,
non si illam rarae labefactes munere vestis
aut perluciduli deliciis lapidis.
laedit te quaedam mala fabula, qua tibi fertur
valle sub alarum trux habitare caper.
hunc metuunt omnes; neque mirum: nam mala valdest
bestia, nec quicum bella puella cubet.
quare aut crudelem nasorum interfice pestem,
aut admirari desine, cur fugiunt!

70

Nulli se dicit mulier mea nubere malle
quam mihi, non si se Iuppiter ipse petat.
dicit: sed mulier cupido quod dicit amanti,
in vento et rapida scribere oportet aqua.

71

Si quoi iure bono sacer alarum obstitit hircus,
aut si quem merito tarda podagra secat,

möglichst viele Geschenke hinzufügen, die einst Themis den Frommen der Vorzeit zu geben pflegte: Seid glücklich, du und deine Geliebte sowie das Haus, in dem ich[2] mit meiner Liebsten scherzte, und er, der mir zuerst den Mann geschenkt[3] hat, von welchem alles weitere Glück ausging, und allen weit voran sie, die mir teurer ist als ich selbst, mein Licht! Solange sie lebt, ist das Leben mir lieb.

69

Wundre dich nicht, Rufus, warum keine Frau ihre zarte Hüfte unter die deine legen will, auch nicht, wenn du sie durch das Geschenk eines erlesenen[1] Kleides verführen willst oder durch die Freude, die du ihr mit einem durchsichtigen Edelstein machst. Dir schadet ein böses Gerede, das munkelt, tief im Tal deiner Achseln wohne ein garstiger Bock. Vor dem fürchten sich alle; kein Wunder: Denn es ist ein sehr widerliches Tier, bei dem kein hübsches Mädchen liegen möchte. Daher vernichte entweder den grausamen Pestgeruch oder hör auf, dich zu wundern, warum alle vor dir davonlaufen.

70

Meine Geliebte sagt, sie wolle keinen lieber heiraten als mich, nicht einmal, wenn Iuppiter selbst um sie würbe. So sagt sie; aber, was eine Frau einem Liebenden sagt, der sie begehrt, sollte man in den Wind und ins reißende Wasser schreiben.

71

Stand jemals einem mit gutem Recht der verfluchte Bocksgeruch unter den Achseln im Wege, oder quält einen verdientermaßen das lähmende Podagra: dann ist es eine wun-

aemulus iste tuus, qui vostrum exercet amorem,
mirificest fato nactus utrumque malum.
nam quotiens futuit, totiens ulciscitur ambos:
illam affligit odore, ipse perit podagra.

72

Dicebas quondam solum te nosse Catullum,
Lesbia, nec prae me velle tenere Iovem.
dilexi tum te non tantum, ut vulgus amicam,
sed pater ut gnatos diligit et generos.
nunc te cognovi: quare etsi impensius uror,
multo mi tamen es vilior et levior.
'qui potis est?' inquis. quod amantem iniuria talis
cogit amare magis, sed bene velle minus.

73

Desine de quoquam quicquam bene velle mereri
aut aliquem fieri posse putare pium.
omnia sunt ingrata, nihil fecisse benigne
⟨prodest⟩, immo etiam taedet obestque magis:
ut mihi, quem nemo gravius nec acerbius urget,
quam modo qui me unum atque unicum amicum habuit.

74

Gellius audierat patruum obiurgare solere,
si quis delicias diceret aut faceret.
hoc ne ipsi accideret, patrui perdepsuit ipsam
uxorem et patruum reddidit Harpocratem.

dersame Fügung[1], daß dieser dein Nebenbuhler[2], der ständig eure Liebe stört, von beiden Übeln befallen ist. [5] Denn sooft er vögelt, ist's eine Strafe für beide: Sie erstickt im Gestank, ihn wirft das Podagra nieder.

72

Einst sagtest du, du kennest nur Catull, Lesbia, und wolltest nicht einmal Iuppiter lieber im Arm halten als mich. Damals liebt' ich dich – nicht wie der Pöbel die Freundin, sondern wie ein Vater seine Söhne und Schwiegersöhne liebt. [5] Jetzt hab ich dich durchschaut: Darum bist du, obwohl meine Leidenschaft heftiger glüht, in meiner Achtung gesunken und zu leicht befunden worden. Wie ist das möglich? So fragst du. Weil einen Liebenden eine solche Kränkung zwingt, heißer zu begehren, aber weniger herzlich zu lieben.

73

Laß ab, dich noch um irgend jemanden in irgendeiner Sache verdient machen zu wollen oder zu glauben, irgendeiner könnte noch wahrhaft einem anderen treu ergeben sein. Alles ist undankbar; es nützt[1] nichts, großzügig gehandelt zu haben, ja es schadet und erweckt noch mehr Abscheu. [5] So ist's auch mir geschehen: Keiner setzt mir schwerer und boshafter zu, als der, für den ich soeben noch der einzige Freund auf der Welt war.

74

Gellius hatte gehört, sein Onkel pflege zu schimpfen, wenn jemand von zärtlichen Dingen rede oder sie gar tue. Damit ihm das nicht widerfahre, hat er ausgerechnet des Onkels Eheliebste durchgeknetet und so den Onkel zum stummen

quod voluit fecit: nam, quamvis irrumet ipsum
  nunc patruum, verbum non faciet patruus.

## 75

Huc est mens deducta tua, mea Lesbia, culpa
  atque ita se officio perdidit ipsa suo,
ut iam nec bene velle queat tibi, si optuma fias,
  nec desistere amare, omnia si facias.

## 76

Si qua recordanti benefacta priora voluptas
  est homini, cum se cogitat esse pium
nec sanctam violasse fidem, nec foedere nullo
  divum ad fallendos numine abusum homines:
multa parata manent in longa aetate, Catulle,
  ex hoc ingrato gaudia amore tibi.
nam quaecumque homines bene cuiquam aut dicere possunt
  aut facere, haec a te dictaque factaque sunt:
omnia quae ingratae perierunt credita menti.
  quare cur te iam | amplius excrucies?
quin tu animo offirmas atque istinc teque reducis
  et dis invitis desinis esse miser?
difficilest longum subito deponere amorem;
  difficilest, verum hoc, qua lubet, efficias:
una salus haec est, hoc est tibi pervincendum;
  hoc facias, sive id non pote sive pote. –
O di, si vestrumst misereri, aut si quibus umquam
  extremo, iam ipsa in morte, tulistis opem,

Fisch[1] gemacht. [5] Was er wollte, hat er erreicht: Denn jetzt wird der Onkel, selbst wenn[2] ihm Gellius mit der Rute das Maul stopft, kein Sterbenswörtchen sagen.

75

So weit ist es mit meinem Herzen durch dein Verschulden gekommen, meine Lesbia, und so sehr hat es in deinem Dienst sein eigenstes Wesen verloren, daß es dir weder gut sein kann, auch wenn du eine Heilige würdest, noch aufhören dich zu begehren, selbst wenn du das Schlimmste tätest.

76

Wenn es für einen Menschen, der sich früherer guter Taten erinnert, eine innere Befriedigung gibt, indem er bedenkt, daß er seine menschlichen Verpflichtungen in reiner Hingabe erfüllt, das unverbrüchliche Treuwort nicht verletzt, und in keinem[1] Bunde die Majestät der Götter mißbraucht hat, um Menschen zu täuschen, [5] dann bleiben dir, Catull, aus dieser undankbaren Liebe viele Freuden, die für dich in einem langen Leben bereitstehen.

Denn alles, was Menschen einem anderen Gutes sagen oder tun können, ist von dir gesagt und getan. All dies ist verloren, weil es einem undankbaren Herzen anvertraut wurde, [10] warum sollst du dich also weiter martern? Wieso wirst du nicht fest in deinem Sinn, ziehst dich von da zurück und hörst auf, gegen den Willen der Götter unglücklich zu sein?

Schwer ist es, eine lange Liebe plötzlich aufzugeben, schwer ist es, aber dies mußt du vollbringen, gleichgültig, auf welchem Wege: [15] Dies ist die einzige Rettung, dies mußt du bis zum Sieg durchfechten, dies tun, ob es nun möglich ist oder nicht.

O ihr Götter, wenn es zu eurem Wesen gehört, erbarmend zu sein, oder wenn ihr jemals Menschen im Angesicht

me miserum aspicite et, si vitam puriter egi,
  eripite hanc pestem perniciemque mihi!
hei mihi, subrepens imos ut torpor in artus
  expulit ex omni pectore laetitias.
non iam illud quaero, contra me ut diligat illa,
  aut, quod non potis est, esse pudica velit:
ipse valere opto et taetrum hunc deponere morbum.
  o di, reddite mi hoc pro pietate mea!

## 77

Rufe mihi frustra ac nequiquam credite amice
  (frustra? immo magno cum pretio atque malo),
sicine subrepsti mi atque intestina perurens
  ei misero eripuisti omnia nostra bona?
eripuisti, eheu nostrae crudele venenum
  vitae, eheu nostrae pestis amicitiae!

## 78

Gallus habet fratres, quorumst lepidissima coniunx
  alterius, lepidus filius alterius.
Gallus homost bellus: nam dulces iungit amores,
  cum puero ut bello bella puella cubet.
Gallus homost stultus nec se videt esse maritum,
  qui patruus patrui monstret adulterium.

## 78a

. . . . . . . . . . . . . . . . . . .

Sed nunc id doleo, quod purae pura puellae
  savia conminxit spurca saliva tua.

des Todes Hilfe in der Not[2] gebracht habt, so seht mich in meinem Unglück an und nehmt, so wahr ich mein Leben in Reinheit geführt habe, diese verderbliche Pest von mir! Wehe mir[3], wie die Lähmung heimlich von unten in die Glieder kroch und aus meinem ganzen Herzen alle Freude vertrieben hat!

Nicht mehr bitte ich darum, daß sie mir Gegenliebe schenke, auch nicht mehr um das Unmögliche, daß sie sich schamhaft verhalte; ich wünsche nur selbst, gesund zu sein und diese gräßliche Krankheit[4] abzulegen. Ihr Götter, erstattet mir dies für die Reinheit meiner Hingabe!

## 77

Rufus, umsonst hab ich geglaubt, du seist mein Freund. Wirklich umsonst? Vielmehr um einen hohen Preis und mit hohem Verlust. *So* hast du dich also eingeschlichen, meine Eingeweide verbrannt und mir Armem alles Gute, was ich hatte, geraubt? Geraubt hast du mir's, wehe!, du grausames Gift meines Lebens, wehe!, du Pest unserer Freundschaft!

## 78

Gallus hat Brüder: Der eine hat eine ganz entzückende Frau, der andere einen entzückenden Sohn. Gallus ist ein netter Mann, denn er knüpft süße Liebesbande, so daß das nette Frauchen bei dem netten Jungen liegt. Gallus ist töricht und durchschaut es nicht: Er ist ein Ehemann und gibt als Onkel Unterricht, wie man des Onkels Ehe bricht.

## 78a

... Nun aber schmerzt mich dies, daß die reinen Küsse des reinen Mädchens dein[1] schmutziger Speichel verseucht hat. Aber dies soll dir nicht ungestraft hingehen: Denn alle Zei-

verum id non impune feres: nam te omnia saecla
noscent et, qui sis, fama loquetur anus.

79

Lesbius est pulcer: quid ni? quem Lesbia malit
quam te cum tota gente, Catulle, tua.
sed tamen hic pulcer vendat cum gente Catullum,
si tria notorum savia reppererit.

80

Quid dicam, Gelli, quare rosea ista labella
hiberna fiant candidiora nive,
mane domo cum exis et cum te octava quiete
e molli longo suscitat hora die?
nescioquid certest: an vere fama susurrat
grandia te medii tenta vorare viri?
sic certest: clamant Victoris rupta miselli
ilia et emulso labra notata sero.

81

Nemone in tanto potuit populo esse, Iuventi,
bellus homo, quem tu diligere inciperes,
praeterquam iste tuus moribunda ab sede Pisauri
hospes inaurata pallidior statua?
qui tibi nunc cordist, quem tu praeponere nobis
audes: et nescis, quid facinus facias.

82

Quinti, si tibi vis oculos debere Catullum
aut aliud si quid carius est oculis,

ten sollen von dir hören, und die Fama wird noch im höchsten Alter davon reden, was du für einer bist.

79

Lesbius[1] ist schön; warum nicht? Lesbia mag ihn lieber als dich, Catull, samt deiner ganzen Sippe. Doch dieser Schöne möge den Catull samt seiner ganzen Sippe verkaufen, wenn er drei Bekannte findet, die ihn küssen wollen.

80

Was soll ich sagen, Gellius? Warum werden diese deine rosigen Lippen weißer als winterlicher Schnee, wenn du am Morgen dein Haus verläßt oder wenn dich im Lauf des lieben langen Tages die achte Stunde[1] von sanfter Ruhe aufscheucht? Irgend etwas ist sicher der Grund: Flüstert die Fama die Wahrheit, daß du das große Ding in der Mitte des Mannes verschlingst? Ja, so ist es gewiß: Davon künden laut und deutlich die erschöpften Lenden des armen Victor und der Milchbart an deinen Melkerlippen.

81

Hat sich denn in einem so großen Volk kein schöner Mensch gefunden, mein Iuventius, in den du dich verlieben könntest, außer diesem Fremden aus dem sterbenskranken Nest Pisaurum[1], der bleicher ist als eine vergoldete Statue? Der liegt dir jetzt am Herzen. Du bringst es fertig, ihn mir vorzuziehen und weißt nicht, was du damit anrichtest.

82

Willst du, Quintius, daß Catull dir seine Augen verdanke oder etwas, das ihm teurer als seine Augen ist, so entreiße ihm nicht, was ihm viel teurer ist als seine Augen, ja teu-

eripere ei noli, multo quod carius illi
est oculis seu quid carius est oculis.

83

Lesbia mi praesente viro mala plurima dicit:
haec illi fatuo maxima laetitiast.
mule, nihil sentis. si nostri oblita taceret,
sana esset; nunc quod gannit et obloquitur,
non solum meminit, sed, quae multo acrior est res,
iratast: hoc est, uritur et loquitur.

84

'Chommoda' dicebat, si quando 'commoda' vellet
dicere, et 'insidias' Arrius 'hinsidias',
et tum mirifice sperabat se esse locutum,
cum, quantum poterat, dixerat 'hinsidias'.
credo, sic mater, sic liber avunculus eius,
sic maternus avus dixerat atque avia.
hoc misso in Syriam requierant omnibus aures:
audibant eadem haec leniter et leviter
nec sibi postilla metuebant talia verba,
cum subito affertur nuntius horribilis
Ionios fluctus, postquam illic Arrius isset,
iam non Ionios esse, sed – Hionios.

85

Odi et amo. quare id faciam, fortasse requiris.
nescio, sed fieri sentio et excrucior.

rer als alles, was ihm etwa noch teurer sein könnte als die Augen.

83

Lesbia schilt in Gegenwart ihres Mannes heftig auf mich; das macht jenem Trottel ein diebisches Vergnügen. Maulesel, du begreifst nichts! Hätte sie mich vergessen und schwiege, so wäre sie von ihrer Liebe geheilt. Wenn sie jetzt belfert und kläfft, so besagt dies, daß sie sich nicht nur erinnert, sondern noch weit mehr: daß sie zornig ist. Das heißt: Ihr Herz steht in Flammen, und deshalb muß sie reden[1].

84

»Hangenehm« sagte Arrius, wenn er »angenehm« sagen wollte, und »Hanschlag« statt »Anschlag«. Und er glaubte dann wunderschön gesprochen zu haben, wenn er aus tiefster Brust »Hanschlag« gesagt hatte. Ich bin überzeugt, so hatte seine Mutter gesprochen, so sein freier[1] Onkel, so Ahn und Ahne mütterlicherseits. Nachdem Arrius nach Syrien geschickt war, ruhten aller Ohren aus, man hörte ebendiese Wörter sanft und leicht ausgesprochen und man befürchtete nicht mehr, künftig solche Laute hören zu müssen, als plötzlich eine Schreckensnachricht eintraf: Das Ionische Meer sei, nachdem Arrius darüber[2] gefahren, kein Ionisches mehr, sondern ein Hionisches.

85

Ich hasse und liebe. Warum ich das tue, fragst du vielleicht. Ich weiß es nicht; aber ich fühle, daß es mir widerfährt, und leide Qualen.

## 86

Quintia formosast multis, mihi candida, longa,
rectast. haec ego sic singula confiteor,
totum illud 'formosa' nego: nam nulla venustas,
nulla in tam magnost corpore mica salis.
Lesbia formosast, quae cum pulcerrima tota est,
tum omnibus una omnis subripuit veneres.

## 87

Nulla potest mulier tantum se dicere amatam
vere, quantum a me Lesbia amata meast;
nulla fides ullo fuit umquam ⟨in⟩ foedere tanta,
quanta in amore tuo ex parte reperta meast.

## 88

Quid facit is, Gelli, qui cum matre atque sorore
prurit et abiectis pervigilat tunicis?
quid facit is, patruum qui non sinit esse maritum?
ecquid scis, quantum suscipiat sceleris?
Suscipit, o Gelli, quantum non ultima Tethys
nec genitor nympharum abluit Oceanus:
nam nihil est quicquam sceleris, quo prodeat ultra,
non si demisso se ipse voret capite.

## 89

Gellius est tenuis: quid ni? cui tam bona mater
tamque valens vivat tamque venusta soror
tamque bonus patruus tamque omnia plena puellis
cognatis, quare is desinat esse macer?
qui ut nihil attingat, nisi quod fas tangere non est,
quantumvis quare sit macer invenies.

86

Quintia halten viele für schön, ich für strahlend weiß, lang, gerade gewachsen. Jedes für sich gebe ich zu, aber alles zusammen »schön«? Nein! Da ist keine Anmut, in dem ganzen so großen Körper kein Fünkchen Witz. [5] Lesbia aber ist schön, sie ist es ganz und hat alles, was Anmut heißt, allen auf einmal entwendet.

87

Keine Frau kann von sich sagen, sie sei so sehr geliebt worden, wie Lesbia von mir geliebt worden ist. In[1] keinem Liebesbund gab es solche Treue wie in meiner Liebe zu dir – von meiner Seite.

88

Was macht der, mein Gellius, der mit Mutter und Schwester geil ist und mit weggeworfener Tunika Nächte durchwacht? Was macht der, der dem Oheim nicht erlaubt, Ehemann zu sein? Weißt du denn, wieviel Schuld der auf sich lädt? [5] So viel, o Gellius, wie nicht die ferne Tethys[1], nicht der Nymphen Vater Oceanus abspülen kann, denn es gibt keinen weiteren Schritt im Frevel, auch nicht, wenn einer mit gesenktem Kopf sich selbst verschlänge.

89

Gellius ist dünn. Warum nicht? Hat er doch eine so gefällige Mutter, eine so blühende und reizende Schwester, einen so gefälligen Onkel, und die ganze Verwandtschaft ist so reich an Mädchen! Warum sollte er aufhören, mager zu sein? [5] Selbst wenn er nur anrührt, was man nicht anrühren darf, wird man doch eine Menge Gründe finden, warum er mager ist.

## 90

Nascatur magus ex Gelli matrisque nefando
coniugio et discat Persicum aruspicium:
nam magus ex matre et gnato gignatur oportet,
si verast Persarum impia religio,
gratus ut accepto veneretur carmine divos
omentum in flamma pingue liquefaciens.

## 91

Non ideo, Gelli, sperabam te mihi fidum
in misero hoc nostro, hoc perdito amore fore,
quod te non nossem bene constantemve putarem
aut posse a turpi mentem inhibere probro,
sed neque quod matrem nec germanam esse videbam
hanc tibi, cuius me magnus edebat amor;
et quamvis tecum multo coniungerer usu,
non satis id causae credideram esse tibi.
tu satis id duxti: tantum tibi gaudium in omni
culpast, in quacumque est aliquid sceleris.

## 92

Lesbia mi dicit semper male nec tacet umquam
de me: Lesbia me dispeream nisi amat.
quo signo? quia sunt totidem mea: deprecor illam
assidue, verum dispeream nisi amo.

## 93

Nil nimium studeo, Caesar, tibi velle placere
nec scire, utrum sis albus an ater homo.

90

Aus dem frevelhaften Ehebund zwischen Gellius und seiner Mutter möge ein Magus geboren werden und die persische Wahrsagekunst lernen! Denn ein Magus muß aus Mutter und Sohn entstehen, wenn die unheilige Religion der Perser die Wahrheit lehrt, damit er den Göttern lieb[1] sei und sein Gebetsspruch angenommen werde, während er das Opferfett in der Flamme zergehen läßt.

91

Ich hoffte, Gellius, du würdest mir in dieser meiner unglücklichen, aussichtslosen Liebe deine Freundestreue beweisen, nicht etwa, weil ich dich nicht[1] gründlich kennengelernt hätte oder für beständig hielte oder glaubte, du könntest deinen Sinn von schimpflichem Tun zurückhalten, sondern weil ich sah, daß sie, nach der ich mich in großer Liebe verzehrte, weder deine Mutter noch deine Schwester ist. Und obwohl ich mit dir häufig verkehrte, hatte ich geglaubt, dies[2] allein sei für dich nicht Grund genug. Du hieltest es für genug: So große Freude macht dir jeder Fehltritt, dem ein Hauch von Verbrechen anhaftet.

92

Lesbia beschimpft mich ständig und schweigt nie über mich: Hol mich der Henker, wenn Lesbia mich nicht liebt! Woran ich das erkenne? An den gleichen Zeichen wie bei mir: Ich verfluche sie beharrlich, aber hol mich der Henker, wenn ich sie nicht liebe.

93

Keineswegs reiße ich mich darum, dir, Caesar, gefallen zu wollen, und es ist mir einerlei, ob deine Seele weiß oder schwarz ist.

## 94

'Mentula moechatur.' moechatur mentula certe.
hoc est, quod dicunt: 'ipsa olera olla legit.'

## 95

Zmyrna mei Cinnae nonam post denique messem
quam coepta est nonamque edita post hiemem,
milia cum interea quingenta Hortensius uno
⟨versiculorum anno putidus evomuit.⟩
Zmyrna cavas Satrachi penitus mittetur ad undas,
Zmyrnam cana diu saecula pervoluent.
at Volusi annales Paduam morientur ad ipsam
et laxas scombris saepe dabunt tunicas.
parva mei mihi sint cordi monumenta ⟨sodalis⟩:
at populus tumido gaudeat Antimacho.

## 96

Si quicquam mutis gratum acceptumve sepulcris
accidere a nostro, Calve, dolore potest,
quo desiderio veteres renovamus amores
atque olim missas flemus amicitias:
certe non tanto mors immatura dolorist
Quintiliae, quantum gaudet amore tuo.

## 97

Non (ita me di | ament) quicquam referre putavi,
utrum os an culum | olfacerem Aemilio.

94

Schwänzel[1] treibt Ehebruch, Ehebruch treibt Schwänzel – natürlich! Da trifft die Redensart zu: Die Katze läßt das Mausen nicht.

95

Die *Zmyrna*[1] meines Cinna ist endlich erschienen – neun Ernten und neun Winter, nachdem sie begonnen worden ist. Indessen hat freilich der geschmacklose Hortensius[2] fünfhunderttausend Verse jeweils in einem einzigen (Jahr ausgespuckt[3]). Die *Zmyrna* wird bis fern an die tiefen Fluten des Satrachus[4] geschickt werden, die *Zmyrna* werden noch lange Zeit viele altersgraue Jahrhunderte durchstudieren. Aber die *Annalen* des Volusius[5] werden gleich hinter Padua sterben und oft für Makrelen als reichlich bemessenes Einwickelpapier dienen. Das kleine Denkmal meines Freundes[6] soll mir am Herzen liegen! Das Volk aber mag sich am schwülstigen Antimachus[7] freuen.

96

Wenn unser Schmerz, mein Calvus[1], stummen Gräbern etwas Willkommenes oder Liebes tun kann – unsere Sehnsucht[2], mit der wir alte Liebe erneuern und längst verlorene Freundschaft beweinen –, dann ist Quintilias Schmerz über ihren unzeitigen Tod gewiß nicht so groß wie ihre Freude über deine Liebe.

97

Ich hätte nicht gedacht – so wahr mir die Götter hold sein mögen –, daß es irgendein Unterschied ist, ob ich Aemilius' Mund oder After rieche. Jener ist kein bißchen reiner, die-

nilo mundius hoc, nihiloque immundior ille,
verum etiam culus mundior et melior:
nam sine dentibus est. os dentis sesquipedalis,
gingivas vero ploxeni habet veteris,
praeterea rictum, qualem diffissus in aestu
meientis mulae cunnus habere solet.
hic futuit multas et se facit esse venustum,
et non pistrino traditur atque asino?
quem si qua attingit, non illam posse putemus
aegroti culum lingere carnificis?

## 98

In te, si in quemquam, dici pote, putide Vitti,
id quod verbosis dicitur et fatuis:
ista cum lingua, si usus veniat tibi, possis
culos et crepidas lingere carpatinas.
si nos omnino vis omnes perdere, Vitti,
hiscas: omnino quod cupis efficies.

## 99

Surrupui tibi, dum ludis, mellite Iuventi,
suaviolum dulci dulcius ambrosia.
verum id non impune tuli: namque amplius horam
suffixum in summa me memini esse cruce,
dum tibi me purgo nec possum fletibus ullis
tantillum vestrae demere saevitiae.
nam simul id factumst, multis diluta labella
guttis abstersti | omnibus articulis,
ne quicquam nostro contractum ex ore maneret,
tamquam commictae spurca saliva lupae.
praeterea infesto miserum me tradere Amori
non cessasti omnique excruciare modo,
ut mi ex ambrosia mutatum iam foret illud
suaviolum tristi tristius elleboro.

ser[1] kein bißchen schmutziger; ja, der After ist sogar noch reiner und besser, denn er hat keine Zähne. Der Mund[2] hat Zähne von anderthalb Fuß, Zahnfleisch, zerschlissen wie ein alter Wagenkorb, außerdem einen Rachen wie die in der Hitze geöffnete Scham einer pissenden Eselin. Aemilius beschläft viele und spielt den Charmeur – und man schickt ihn dafür nicht zum Esel in die Mühle[3]? Wenn eine ihn berührt, möchte man da nicht glauben, sie könnte auch einem kranken Henkersknecht das Gesäß lecken?

98

Auf dich, wenn auf irgendeinen, paßt, du stinkender Vittius[1], was man zu Schwätzern und Narren sagt: Mit dieser deiner Zunge könntest du bei Bedarf auch Ärsche lecken und rohlederne Schuhsohlen. Willst du uns alle völlig zugrunde richten, Vittius, so öffne den Mund: Voll und ganz wirst du deinen Zweck erreichen.

99

Während du spieltest, süßer Iuventius, raubte ich dir ein Küßchen, lieblicher als liebliche Ambrosia. Aber ich tat es nicht ungestraft, denn länger als eine Stunde – so kann ich mich entsinnen – ließest du mich auf dem Marterpfahl zappeln, während ich mich bei dir entschuldigte und doch durch meine Tränen kein Quentchen von Ihro Gnaden Sprödigkeit abhandeln konnte. Sobald es geschehen war, wuschest du dir nämlich mit vielen Tropfen die Lippen und wischtest sie mit allen Fingern ab, damit ja keine Spur von meinem Munde bleibe, als wäre es der schmutzige Speichel einer Dirne, die Lippendienste[1] geleistet hat. Außerdem hörtest du nicht auf, mich Unglücklichen dem feindseligen Amor zur Bestrafung zu übergeben und mich auf alle Arten zu quälen, so daß sich jenes Küßchen für mich wandelte:

quam quoniam poenam misero proponis amori,
numquam iam posthac basia surripiam.

100

Caelius Aufilenum et Quintius Aufilenam
flos Veronensum depereunt iuvenum,
hic fratrem, ille sororem. hoc est quod dicitur illud
'fraternum' vere 'dulce sodalicium'.
cui faveam potius? Caeli, tibi: nam tua nobis
per facta exhibitast unica amicitia,
cum vesana meas torreret flamma medullas.
sis felix, Caeli, sis in amore potens!

101

Multas per gentes et multa per aequora vectus
advenio has miseras, frater, ad inferias,
ut te postremo donarem munere mortis
et mutam – nequiquam! – alloquerer cinerem,
quandoquidem fortuna mihi tete abstulit ipsum,
heu, miser indigne frater adempte mihi!
nunc tamen interea haec, prisco quae more parentum
tradita sunt tristis munera ad inferias,
accipe fraterno multum manantia fletu
atque in perpetuum, frater, ave atque vale!

102

Si quicquam tacito commissumst fido ab amico,
cuius sit penitus nota fides animi,
meque esse invenies illorum iure sacratum,
Corneli, et factum me esse puta Harpocratem.

Was erst Ambrosia war, wurde bittrer noch als bittre Nieswurz[2]. Da du über einen armen Verliebten solche Strafe verhängst, werde ich dir künftig keine Küsse mehr rauben.

100

Caelius liebt Aufilenus, und Quintius liebt Aufilena; sie sind die Blüte der Veroneser Jugend. Dieser liebt den Bruder, jener die Schwester. Wahrlich, das ist's, was man ›süße brüderliche Gemeinschaft‹ nennt. Fragst du, wem ich geneigter bin? Dir, Caelius; denn deine Freundschaft hat sich für mich durch Taten als einzigartig erwiesen[1], als mir rasende Liebesglut das Herz verbrannte. Sei du glücklich, Caelius, sei du in der Liebe erfolgreich!

101

Durch viele Völker, über viele Meere gefahren komm ich, Bruder, zu diesem traurigen Totenopfer, um dich im Tode mit der letzten Gabe zu beschenken und die stumme Asche vergebens anzureden, da mir nun einmal das Schicksal dich, dich selbst geraubt hat. Weh! Armer Bruder, mir ungerecht entrissen! Jetzt aber nimm indessen diese Gaben an, die ich dir nach alter Väter Sitte zum ernsten[1] Totenopfer dargebracht habe, nimm sie an, mit vielen Brudertränen betaut, und auf ewig, Bruder, sei mir gegrüßt und leb wohl!

102

Ist einem Verschwiegenen etwas anvertraut von einem treuen Freund, dessen Zuverlässigkeit durch und durch bewährt ist, so wirst du finden, Cornelius, daß ich in den Orden der Verschwiegenen aufgenommen bin, und sei überzeugt: Ich bin Harpocrates[1] geworden.

## 103

Aut sodes mihi redde decem sestertia, Silo,
deinde esto quamvis saevus et indomitus:
Aut, si te nummi delectant, desine quaeso
leno esse atque idem saevus et indomitus!

## 104

Credis me potuisse meae maledicere vitae,
ambobus mihi quae carior est oculis?
non potui, nec, si possem, tam perdite amarem:
sed tua, mi Tappo, crimina nostra facis.

## 105

Mentula conatur Pipleium scandere montem:
Musae furcillis praecipitem eiciunt.

## 106

Cum puero bello praeconem qui videt esse,
quid credat, nisi se vendere discupere?

## 107

Si quoi quid cupido | optantique optigit umquam
insperanti, hoc est gratum animo proprie.
quare hoc est gratum nobis quoque, carius auro,
quod te restituis, Lesbia, mi cupido,
restituis cupido atque insperanti, ipsa refers te
nobis: o lucem candidiore nota!
quis me uno vivit felicior aut magis hac re
optandam in vita dicere quis poterit?

103

Gib mir, Silo, gefälligst entweder die zehntausend Sesterzen[1] zurück und sei danach so ruppig und unbeherrscht wie du willst, oder, wenn dir die klingende Münze Freude macht, hör bitte auf, den Zuhälter zu spielen und noch dazu ruppig und unbeherrscht zu sein.

104

Glaubst du, ich hätte sie, die mein Leben ist, lästern können, sie, die mir teurer ist als beide Augen? Nein, ich hätte es nicht vermocht. Könnt ich's, so würde ich sie nicht so selbstvergessen lieben. Du[1] aber, mein Tappo[2], unterstellst mir deine eigenen Verbrechen.

105

Schwänzel[1] versucht, den Musenberg zu besteigen, aber die Musen werfen ihn mit Gabeln kopfüber hinab.

106

Sieht man neben einem hübschen Knaben einen Ausrufer[1] stehen, was soll man sonst glauben als: er wolle sich verkaufen?

107

Ist jemals einem[1], der sich sehnlich etwas wünscht, dies unverhofft zuteil geworden, so ist das eine rechte Herzensfreude. Darum ist mir[2] dies eine Herzensfreude, lieber als Gold, daß du dich mir, der dich ersehnt, neu schenkst, Lesbia, [5] dich unverhofft neu schenkst mir, der dich ersehnt, zu mir aus freien Stücken wiederkehrst. O Tag, mit Weiß[3] als Glückstag zu bezeichnen! Wer auf Erden ist glücklicher als ich? Wer kennt etwas Wünschenswerteres im Leben?[4]

## 108

Si, Comini, populi arbitrio tua cana senectus
spurcata inpuris moribus intereat,
non equidem dubito, quin primum inimica bonorum
lingua execta avido sit data vulturio,
effossos oculos voret atro gutture corvus,
intestina canes, cetera membra lupi.

## 109

Iocundum, mea vita, mihi proponis amorem
hunc nostrum inter nos perpetuumque fore. –
Di magni, facite, ut vere promittere possit
atque id sincere dicat et ex animo,
ut liceat nobis tota perducere vita
aeternum hoc sanctae foedus amicitiae.

## 110

Aufilena, bonae semper laudantur amicae:
accipiunt pretium, quae facere instituunt.
tu, quod promisti, mihi quod mentita inimica 's,
quod nec das et fers saepe, facis facinus.
aut facere ingenuaest, aut non promisse pudicae,
Aufilena, fuit: sed data corripere
fraudandost facinus plus quam meretricis avarae,
quae sese toto corpore prostituit.

## 111

Aufilena, viro contentam vivere solo,
nuptarum laus e laudibus eximiis:
sed cuivis quamvis potius succumbere par est,
quam matrem fratres ex patruo parere.

## 108

Wenn, Cominius, dein grauhaariges Alter, das nach dem Urteil des Volkes mit unreinen Sitten besudelt ist, zugrunde geht, so wird – ich zweifle nicht daran – zuerst die Zunge, die den Guten feind ist, ausgeschnitten und dem gierigen Geier gegeben; die ausgekratzten Augen verschlingt mit schwarzer Gurgel der Rabe, die Eingeweide fressen die Hunde, die übrigen Glieder die Wölfe.

## 109

Du, mein Leben, stellst mir vor Augen, daß diese Liebe zwischen uns glücklich und beständig sein werde. Große Götter, macht, daß sie dies in Wahrheit versprechen kann und es aufrichtig und von Herzen meint, daß wir unser ganzes Leben lang diesen ewigen Bund unverbrüchlicher Freundschaft aufrechterhalten können.

## 110

Aufilena, gute Freundinnen werden immer gelobt; sie empfangen ihren Lohn dafür, was sie zu tun erbötig sind. Damit, daß du mich bei deinem Versprechen feindselig belogen hast, nichts gibst, aber öfter nimmst, tust du Unrecht. Eine Anständige erfüllt ihr Versprechen, eine Keusche hätte es nicht gegeben, Aufilena. Doch solche Unterschlagung der Dienstleistung[1] ist schlimmer als die Handlungsweise einer habgierigen Dirne, die sich immerhin mit dem ganzen Körper verkauft.

## 111

Aufilena, sich mit einem Mann fürs Leben zu begnügen ist für eine Verheiratete einer der[1] höchsten Ruhmestitel. Aber es ist immer noch anständiger, sich jedem Beliebigen hinzugeben, als vom Onkel Mutter zu werden und Brüder zu gebären[2].

## 112

Multus homo 's, Naso, neque tecum multus homost, qui
descendit: Naso, multus es et – pathicus.

## 113

Consule Pompeio primum duo, Cinna, solebant
Maeciliam; facto consule nunc iterum
manserunt duo, sed creverunt milia in unum
singula: fecundum semen adulterio!

## 114

Firmanus saltus non falso, Mentula, dives
fertur, qui tot res in se habet egregias,
aucupium, omne genus piscis, prata, arva ferasque.
nequiquam: fructus sumptibus exuperat.
quare concedo sit dives, dum omnia desint;
saltum laudemus, dummodo | ipse egeat.

## 115

Mentula habet instar triginta iugera prati,
quadraginta arvi: cetera sunt maria.
cur non divitiis Croesum superare potis sit
uno qui in saltu tot bona possideat,
prata, arva, ingentis silvas saltusque paludesque
usque ad Hyperboreos et mare ad Oceanum?
omnia magna haec sunt, tamen ipsest maximus ultro,
non homo, sed vero mentula magna minax.

## 112

Ein betriebsamer Mann bist du, Naso, und doch treibt es nur wenige, mit dir aufs Forum zu gehen. Naso, betriebsam bist du und läßt alle es mit dir treiben[1].

## 113

Als Pompeius zum erstenmal Consul war, mein Cinna, trieben es zwei Männer mit Maecilia[1], jetzt, da er zum zweitenmal Consul geworden ist, sind es immer noch zwei – aber zweitausend: Jede Eins hat sich vertausendfacht[2]. Der Ehebruch ist fruchtbar und mehrt sich.

## 114

Schwänzel[1], dein Landbesitz in Firmum gilt für reich; das ist nicht falsch, denn er birgt viel Vorzügliches in sich: Geflügel, Fische aller Art, Wiesen, Äcker und Wild. Doch alles umsonst! Die Ausgaben sind höher als der Ertrag. Darum mag er immerhin reich sein – ich gebe es zu –, aber so, daß es an allen Enden hapert. Gern loben wir den Besitz, wenn nur der Besitzer nichts hat.

## 115

Schwänzel[1] hat etwa dreißig Morgen Wiesen, vierzig Morgen Äcker, der Rest ist Meer – oder Moor. Warum könnte er nicht Croesus an Reichtum übertreffen, wo er doch in einem einzigen Landbesitz so viele Güter hat: Wiesen, Äcker, riesige Wälder, Ödland und Sümpfe bis fern nach Lappland[2] und an den Ozean? All dies ist groß, doch er selbst ist allein schon der Größte: Kein Mensch, sondern ein einziger großer, drohender SCHWANZ.

## 116

Saepe tibi studioso animo venante requirens
  carmina uti possem mittere Battiadae,
qui te lenirem nobis, neu conarere
  tela infesta ⟨meum⟩ mittere in usque caput,
hunc video mihi nunc frustra sumptum esse laborem,
  Gelli, nec nostras hinc valuisse preces.
contra nos tela ista tua evitamus amictu:
  at fixus nostris tu dabi(s) supplicium.

116

Oft suchte ich mit eifrig forschendem Geist, daß ich dir Gedichte des Battus-Sohnes[1] schicken könnte, um dich so[2] für mich milde zu stimmen, damit du nicht immerfort versuchst, feindselige Geschosse auf mein[3] Haupt zu schießen; [5] jetzt aber seh ich: Vergeblich hab ich diese Mühe auf mich genommen, Gellius, und meine Bitten haben nichts für mich[4] ausrichten können. Deine Wurfgeschosse fange ich mit vorgehaltenem Mantel[5] ab, aber die meinigen treffen dich; so wirst du deine Strafe bekommen.

# Zum Text

Der Catulltext ist, was die handschriftliche Überlieferung betrifft, am sorgfältigsten von Schuster (s. Bibliographische Hinweise) wiedergegeben, ein Eindruck, den ein genauer Vergleich mit der Handschrift O bestätigt. Wir haben gerne – wo die Überlieferung auf sie hinweist – die kleinen Spuren alter Schreibungen übernommen: *quoi*, *karum*, *loedere*, *-umus* statt des jüngeren *-imus*, *-uo* für *-uu*, Akkusativformen des Plurals auf *-is*, nicht assimilierte Formen mit *inm-* (später *imm-*) und *inr-* (später *irr-*). Doch wurde das in dieser Beziehung uneinheitliche Bild, das die Handschriften bieten, nicht angetastet. Wo assimilierte und sonstwie ›normalisierte‹ Formen überliefert sind, haben wir diese beibehalten, um den Zustand der Überlieferung nicht zu beschönigen.

Bei griechischen Namen freilich wurden – der Klarheit und Leserfreundlichkeit zuliebe – *ph* und *th* durchweg ›korrekt‹ geschrieben, obwohl die Handschriften hier sehr oft auf die altlateinische Schreibung (*p* für *ph* und *t* für *th*) führen. Andernfalls hätte die Verständlichkeit und Auffindbarkeit der Eigennamen unverhältnismäßig gelitten. Dagegen schien die überlieferte altlateinische Schreibung *carta* (statt *charta*) dem Leser durchaus zumutbar. Die Überlieferung bestätigt eindeutig, was auch die Sprachgeschichte nahelegt: Beim Vortrag der Gedichte sollte man in jedem Fall *ph* nicht als *f*, sondern als behauchtes *p*, *ch* nicht als deutsches *ch*, sondern als behauchtes *k*, und *th*, wie es dem Deutschen ohnehin naheliegt, als behauchtes *t* sprechen.

Bei der Herausgabe des Catulltextes ist es nicht möglich, eine bestimmte frühere Edition zugrunde zu legen. Die große Zahl der Korruptelen zwingt dazu, über die Feststellung des handschriftlich Überlieferten hinaus in ungewöhnlichem Umfang auf die Vermutungen von Gelehrten verschiedener Epochen zurückzugreifen. Lesarten, die in unseren Anmerkungen mit einem Gelehrtennamen verbunden sind, haben keine handschriftliche Autorität, sind aber zur Herstellung des Catulltextes oft unentbehrlich. Für die Feststellung des ›ersten Erfinders‹ bestimmter Textverbesserungen ist die Ausgabe von Goold (s. Bibliographische Hinweise) sehr hilfreich; derselbe Herausgeber hat auch vieles dafür getan, die Leistungen der Konjekturalkritik wieder zu Ehren zu bringen. Daß er dabei gelegentlich des Guten zuviel tat, versteht sich beinahe von selbst; trotzdem ist die Lektüre seiner Ausgabe ein intellektuelles Vergnügen.

Einen gangbaren Mittelweg zwischen Anbetung und Verachtung der Handschriften muß jeder Herausgeber selbst suchen. Ein sicherer – wenn auch nicht unfehlbarer – Führer ist Kroll in seiner kommentierten Ausgabe, die in ihrer Verbindung von Intelligenz und unprätentiösem Auftreten auch nach Jahrzehnten immer noch und immer wieder erfrischend wirkt.

Bei dieser Sachlage ist der Herausgeber häufig gezwungen, in den Anmerkungen auf textkritische Probleme einzugehen. Die wichtigsten Abkürzungen, die in diesem Zusammenhang vorkommen, sind folgende:

| | |
|---|---|
| G | die Handschrift von Saint-Germain (s. Nachwort) |
| O | die Handschrift von Oxford (s. Nachwort) |
| V | die (verlorene) Veroneser Handschrift |
| add. | Ergänzungen (*addidit*) |
| alii | andere Herausgeber |
| ed. | herausgegeben (*edidit*) |
| in marg. | Randnotizen in den Handschriften (*in margine*) |
| Itali | Gelehrte der italienischen Renaissance, deren Arbeit in späte Handschriften eingegangen ist |
| om. | Auslassungen (*omisit*) |
| recc. | jüngere Handschriften (*recentiores*) |
| scil. | nämlich (*scilicet*) |
| suppl. | Ergänzungen (*supplevit*) |
| vulgo | die Mehrheit der Ausgaben |

An erster Stelle wird die von mir akzeptierte Lesart genannt; sie ist von den übrigen, wie in philologischen Ausgaben üblich, durch Doppelpunkt abgetrennt.

# Anmerkungen

## 1

1 Widmungsgedicht in Elfsilblern (phalaekische Hendekasyllaben), wie sehr viele der folgenden Gedichte. Zum Thema: Meleagros Anth. Pal. 4,11.

2 Mit Bimsstein glättete man die Buchrolle oben und unten, so daß ein einheitlicher Schnitt entstand.

3 Catulls Landsmann, Cornelius Nepos, der Biograph. Das Widmungsgedicht schrieb man oft außen auf die Buchrolle.

4 Das Wort *nugae* ist nicht unbedingt auf kleine Gedichte beschränkt: Goethe sagt ›Sächelchen‹ von *Egmont* und *Faust.* »Du hieltest meine Spielereien gern für etwas von Wert.« Die Terminologie des Gedichtes ist kallimacheisch: *lepidum*, *novum*, *expolitum*, *nugas*, *doctis*, *laboriosis*.

5 *tum* recc.: *tamen* V.

6 *cartis*: altertümliche Schreibung für *chartis*.

7 Die Muse. Das *o* ist in V ausgelassen; es steht in jüngeren Handschriften.

## 2

1 *ut* recc.: *et* V; *est* Hand.

## 2a

1 Hippomenes mußte mit Atalanta um die Wette laufen, um ihre Hand zu gewinnen. Dabei ließ er drei ihm von Venus geschenkte goldene Äpfel auf die Bahn rollen. Atalanta bückte sich nach ihnen und verlor so den Kampf. Dieses Textstück gehört wohl nicht zu dem vorhergehenden Gedicht; will man es anschließen, so muß man in 2,9 *posse* lesen (Vossius).

## 3

1 *illuc* O in marg.: *illud* V.

2 *o factum male, o miselle passer* recc.: *bonum factum, male bonus ille passer* V.

## 4

1 *Cytorus:* Berg in Paphlagonien, reich an Buchsbaum.
2 Gemeint ist: gerade vor dem Winde laufen.
3 Zu religiösen Gelübden nahm man nur in höchster Not seine Zuflucht; die Jacht war also noch nie in Seenot.
4 *novissimo* recc.: *novissime* V.
5 Castor und Pollux, die Schutzpatrone der Seefahrer, das Sternbild der Zwillinge.

## 5

1 Wissen ist Macht: Der Schadenzauber der Schwarzen Magie benötigt exakte Angaben über Personen, um Macht über sie zu gewinnen. In unserer Zeit würde Catull für Datenschutz eintreten. Die Gedichte 5, 7 und 48 wurden von F. Cairns treffend als geistreiche Abwandlungen des hellenistischen Typus der versifizierten Rechenaufgabe gedeutet.

## 6

1 *nam nil ista valet* Lachmann: *nam nil stupra valet* Haupt; *ni ista prevalet* V.
2 *Ad caelum ... vocare* scheint nicht dasselbe zu sein wie »in den Himmel heben«.

## 7

1 Silphion ist der Hauptausfuhrartikel von Cyrene, es wurde zu Heilzwecken verwendet.
2 Die Oase mit dem Ammonsorakel.
3 Sagenhafter Gründer von Cyrene, Ahnherr des Dichters Kallimachos, der für Catull ein wichtiges Vorbild ist.

## 8

1 Das Versmaß ist der Hinkiambus, der gut zum ›eigensinnigen‹ Charakter des Gedichts paßt.
2 D. h. »von mir« (wegen der Selbstanrede wurde der Plural auch im Deutschen beibehalten).
3 *cum* V: *tum* Ellis mit dem Korrektor von G.
4 *inpotens, noli* Avantius: *inpote* V.

9

1 *Penaten:* Hausgötter.

10

1 Catull war im Gefolge des Propraetors Memmius in Bithynien (57/56 v. Chr.); die Hoffnung, sich dort zu bereichern, schlug fehl.
2 Zur metaphorischen Bedeutung von *irrumator* siehe Anm. 1 zu c. 16.

11

1 *ut* »wo«: altertümliche Bedeutung. Das Gedicht besteht aus sapphischen Strophen (wie c. 34 und 51).
2 *resonans* Achilles Statius: *resonante* V.
3 *Hyrcaner:* Volk in Asien, zwischen Medern, Parthern und Kaspischem Meer. – *Saker:* Nomaden nördlich von Persien.
4 Vgl. 62,39; später bei Verg. Aen. 9,435 f.; 11,68 (ohne *genaues* homerisches Vorbild).

12

1 Marruciner, ein biederer italischer Volksstamm in der Nähe der Adria. Der Adressat, ein Bruder des geistreichen Asinius Pollio, war Marruciner von Geburt.
2 *ein Talent:* hoher Geldbetrag.
3 *differtus* Passeratius: *dis(s)ertus* V. Bei ›langem‹ *s* erklärt sich die Korruptel sehr leicht.

13

1 Parodie auf ein Einladungsgedicht.

14

1 Vatinius war von Calvus dreimal angeklagt worden (c. 53).
2 *litterator:* eigentlich der Elementarlehrer; wenn es hier auf einen *grammaticus* (Literaturlehrer) angewandt wird, klingt dies despektierlich.
3 Catull vermutet, der Anwalt Calvus habe diese schlechten Gedichte von seinem Klienten Sulla als Honorar erhalten.
4 *scrinium:* zylindrische Kapsel für Schriftrollen. Vielleicht sind die

genannten Werke bei den Buchhändlern nicht ausgestellt, sondern müssen erst aus den Kapseln hervorgeholt werden.

5 Anspielung auf die mißratenen Versfüße.

### 14a

1 Vermutlich der Rest einer poetischen Vorrede.

### 15

1 *pudentem* Enallage; die Änderung *pudenter* ist unnötig.

2 Eine Strafe für Ehebrecher.

### 16

1 Catull verwahrt sich hier weniger gegen den Vorwurf der Unmoral als gegen den Vorwurf mangelnder Männlichkeit. Die *immissio penis in anum et in os* ist eine hyperbolische Drohung: Die *pedicatio* hat als Metapher oft eine ›strafende‹ Nuance (vgl. auch 56,6 f.), bei der *irrumatio* steht die Demütigung des Betroffenen im Vordergrund. Daher schwingt bei dem Schimpfwort *irrumator* auch die Bedeutung »hochmütiger Mensch«, »Leuteschinder« mit (vgl. 10,12). Die hier betonte Trennung von Dichtung und Leben wird Ovid in seiner Apologie (trist. 2,353 f.) übernehmen.

### 17

1 Spottgedicht im priapeischen Maß, das aus einem Glyconeus und einem Pherecrateus besteht. In der Nähe von Verona gibt es ein Städtchen Colonia (heute: Colognola), doch kann Catull auch an eine beliebige andere Kleinstadt gedacht haben.

### 21

1 *inrumatione;* zur Bedeutungsnuance (Zeichen der Verachtung) siehe Anm. 1 zu c. 16.

2 *a temet* Fröhlich: *me me* V.

## 22

1 Spottgedicht in Hinkiamben.
2 *scitius* Lucian Mueller: *tristius* V; *tritius* vulgo.
3 Vgl. die bekannte Fabel Phaedrus 4,10.

## 23

1 *Arca* ist die Kasse bzw. ihr Inhalt.
2 *Sestertia* (pl.) bezeichnet 1000 Sesterzen.
3 *sat es beatus* edd.: *satis beatus* V; *satis beatu's* Bergk (vielleicht richtig).

## 25

1 Spottgedicht im katalektischen iambischen Tetrameter (versus Hipponacteus).
2 *mulierarios* Haupt: *balnearios* Riese; *mulier aries* O. Falls es sich um unaufmerksame Garderobiers im Bade handelt, deren Müdigkeit sich der Dieb zunutze macht, könnte mit der ›Göttin‹ Luna gemeint sein. Der Text ist noch nicht geheilt; *cum dives arca rimulas* Skutsch.

## 26

1 *ur̅a̅* (für *uostra* oder *uestra*) O: *vestra* recc.; *nostra* G; vermutlich schrieb Catull *uostra*.
Die Tatsache, daß es sich um eine relativ geringe Summe handelt, erhöht die Komik; vgl. c. 23.

## 27

1 *ebria acina* Gellius 6,20,6 (mit nachdrücklicher Verteidigung der Lesart, einschließlich des Hiats): *ebriose acino* V.

## 28

1 Doppelsinn: Welche Dinge bringt ihr nach Hause?
2 Beamte vom Schlage des *irrumator* Memmius; zur metaphorischen Bedeutung siehe Anm. 1 zu c. 16.

## 29

1 Schmähgedicht in iambischen Trimetern (zum Versmaß vgl. c. 4).
2 *ante* Achilles Statius: *cum te* V; *uncti* Faernus (vielleicht richtig).
3 Caesar.
4 *ista vostra* vulgo: *ista nostra* V. – Die »fernste Insel« ist Britannien; mit »Feldherr« (V. 11) ist Caesar, mit »Schwiegervater und Schwiegersohn« (V. 24) sind Caesar und Cn. Pompeius Magnus gemeint.
5 Die »pontische Beute« fiel Pompeius im Mithridatischen Krieg der Jahre 64 – 63 v. Chr. zu.
6 *malum* zwischen Kommata.
7 *o piissime* Lachmann; *opulentissime* V. Wer an dem Umlaut in dem Wort »brävster« Anstoß nimmt, möge bedenken, daß auch die Form *piissimus* von Cicero verspottet wurde und somit in den ironischen Zusammenhang vorzüglich paßt.

## 30

1 Anredegedicht im Asclepiadeus maior, dem sogenannten sapphischen Sechzehnsilbler.
2 *quos* deteriores: *que* (*quae*) V.
3 *eheu: o heu* V.
4 Die personifizierte Treue, eine der ältesten und ehrwürdigsten Gottheiten Roms.

## 31

1 Neptun ist Gott des Süß- und Salzwassers. Anredegedicht in Hinkiamben.
2 *Thynien und Bithynien:* Gebiet(e) in Kleinasien; Catull ist dort im Gefolge des Memmius gewesen.
3 Der *Lar* ist der Hausgott.
4 Alternative (hier wohl weniger passend): »Das ist der ganze Lohn für so große Mühen« (bekanntlich ist Catull mit dem finanziellen Ertrag seiner Reise unzufrieden).
5 Die Vermutung *gaudente* (Bergk) ist verlockend, weil dadurch das *vosque* entschuldigt wird; für Catull vielleicht zu elegant.
6 Etruskische; die Vermutung *limpidae* (Avantius) ist eine Vereinfachung.

## 34

1 Ein Götterhymnus im griechischen Stil; jede Strophe besteht aus drei Glyconeen und einem Pherecrateus. Eine Verteilung der Strophen 2–5 auf Halbchöre (Mädchen bzw. Knaben) ist möglich, aber keine zwingende Annahme.

## 35

1 Den Comer See.
2 Die Göttermutter, auch »Große Mutter« genannt.

## 36

1 Vulcan; mit dem »schlechtesten Dichter« dürfte das Mädchen Catull gemeint haben, dieser aber entdeckt in Volusius einen Sündenbock.
2 Unfruchtbares Holz – das weder gepflanzt wurde noch Frucht trug – diente zur Verbrennung von *portenta.*
3 Im folgenden werden Kultorte der Venus genannt, einige davon sind allerdings nicht gerade vornehm.
4 *ruris* Palladius: *turis* V.

## 37

1 Schmähgedicht in Hinkiamben.
2 Castor und Pollux; das Haus liegt, vom Castortempel aus gerechnet, am neunten der durch Pfeiler bezeichneten Ladeneingänge.
3 *irrumare* als Ausdruck der Verachtung; vgl. Anm. 1 zu c. 16.

## 38

1 *hercule et* V. Der Hiat nach dem Ausruf ist erträglich, daher kann man von Konjekturen wohl absehen (*hercule ei et* Lachmann).
2 *Simonides:* griechischer Lyriker (6.–5. Jh.), dessen Stärke im Klagelied lag.

## 39

1 Hinkiamben; vgl. c. 37.
2 Genannt werden im folgenden Bewohner verschiedener Gegenden und Orte Italiens.

40

1 Iamben sind aggressive Dichtung, vgl. 36,5; man reizt einen Iambendichter nicht ungestraft.
2 Catull spielt auf die lange Lebensdauer seiner (unsterblichen) Gedichte an.

41

1 Zu schreiben ist wohl *Ammiana*.
2 Stadt an der Küste von Latium (vgl. 43,5); der Bankrotteur ist wohl Mamurra, vgl. c. 57.
3 *aes* Fröhlich: *et* V.

42

1 Ein antikes Notizbuch bestand aus zusammengebundenen, mit Wachs überzogenen Täfelchen. V. 4 *vostra* (*vestra*) recc.: *nostra* V.

44

1 Tibur war eine vornehme Adresse; Catulls Villa lag vermutlich in der entfernteren Umgebung. Ein Spottgedicht in Hinkiamben.
2 Dahinter verbirgt sich wohl auch ein Stilurteil; vgl. 14,19. Zum folgenden: Geschmacklosigkeit wird oft als *frigidum* oder ähnlich bezeichnet.

45

1 Interpunktion hier nach Kroll: *sinistra, ut ante dextra, sternuit*; doch ist auch die übliche Interpunktion sinnvoll: *Amor, sinistra ut ante, dextra*.
2 Amor, dem Liebesgott.

47

1 Die linke Hand galt als bevorzugtes Werkzeug der Diebe; vgl. c. 33.
2 *Priapus:* Schutzgott der Gärten, erschreckt unerwünschte Besucher und Diebe durch sein steifes Glied; hier im übertragenen Sinne: ein lüsterner Mensch.

### 48

1 Vgl. c. 5 und 7.

### 49

1 Doppelsinn: »der beste Anwalt aller« (auch solcher, die es nicht verdienen). Das Epigramm ist an Cicero gerichtet.

### 50

1 Die Vergeltung.

### 51

1 Sapphische Strophen; die ersten drei Strophen sind einem (erhaltenen) Gedicht Sapphos nachgebildet.

### 52

1 Dieser Amtssessel stand Consuln, Praetoren und (was in diesem Fall zutrifft) curulischen Aedilen zu. Schmähgedicht in Iamben.
2 Vatinius macht sich nur Hoffnungen auf ein Consulat (das er erst 47 bekleiden wird).

### 53

1 *Licinius Calvus:* Bekannter Redner und Dichterkollege Catulls, vgl. z. B. c. 50; zu Vatinius vgl. 14,3.
2 Gestus des Staunens.
3 Oder: »der Stibbich«: Spott über die kleine Statur des Calvus; ähnlich nennt Augustus den Horaz *purissimum penem.*

### 54

1 Catull greift unwürdige Günstlinge Caesars an (vgl. c. 29). Das Gedicht ist besonders schlecht überliefert.

### 55

1 Die Porticus Pompei stieß an das Pompeiustheater.
2 Text korrupt; *ac te vel* Klotz: *a velte* V.

3 Text korrupt; *tunicae sinum reducens* Fröhlich: *nudum reduc* V.
4 *nostri* recc.: *vestri* O, G.

**56**

1 Vermutlich der Dichter Valerius Cato.

**57**

1 Mamurra ist wohl der »Bankrotteur aus Formiae« (41,4; 43,5); Caesar ist Stadtrömer.

**58**

1 *schröpft:* kann auch obszön gemeint sein.

**58a**

1 Vgl. die Suche nach Camerius in c. 55. Das Gedicht ist sehr schlecht tradiert; die überlieferte Satzkonstruktion ist auch für Catull ungewöhnlich unlogisch und holperig. Die Erklärung, es handle sich um einen Entwurf, liegt nahe, hilft aber nicht weiter. Ich halte zumindest die Umstellung von Vers 3 vor Vers 2 (Muretus) für unausweichlich. Unbefriedigend bleibt das Ganze dennoch.
2 Talōs, von Minos zum Wächter bestellt, auf Münzen geflügelt dargestellt, soll Kreta dreimal täglich umkreist haben. – *Pegasus:* das geflügelte Musenpferd. – *Ladas:* berühmter Schnelläufer. – *Perseus:* Heros mit Flügelschuhen. – Die Pferde des Rhesus galten als besonders schnell (*Ilias* 10,438).
3 Vers 3 ist vor Vers 2 umzustellen (s. Anm. 1).
4 Die Erklärung von *bigae* als gen. sg. bleibt störend.
5 *vinctos* recc.: *iunctos* G; *victos* O.

**59**

1 Schmähgedicht in Hinkiamben.
2 Obszön zu verstehen.
3 *Rufulum* Palladius: *Rufum* V.
4 Für die Toten bestimmte Opfer.
5 Kennzeichnung eines entlaufenen Sklaven.

## 60

1 Scylla wurde von Circe aus Eifersucht verwandelt: Ihr Unterleib bestand aus bellenden Hunden. Der Text findet eine Parallele in 64,154–157. Das Gedicht steht in Hinkiamben; vgl. Anm. 1 zu c. 8.

## 61

1 Hymenaeus, der Hochzeitsgott, Sohn der Muse Urania, die zuweilen mit der Venus Urania (der himmlischen Liebe im Unterschied zur irdischen) verwechselt wird. Dieses Hochzeitsgedicht (Epithalamium) vereinigt inhaltlich griechische und römische Traditionen (c. 62 ist eindeutig griechisch geprägt); c. 61 ist in fünfzeiligen Strophen geschrieben, die jeweils aus vier Glyconeen und einem Pherecrateus bestehen.

2 *Vinia* G (und wohl auch O; der Unterschied zwischen *ui* und *iu* ist in der Frakturschrift kaum kenntlich): *iunia* recc.

3 *Idalium:* Kultort der Venus auf Cypern. – *der phrygische Richter:* Anspielung auf das Parisurteil. Tertium comparationis ist die Schönheit.

4 Paris.

5 Nymphen.

6 Die Grotten des Helicon bei Thespiae in Boeotien. Aganippe ist die dortige Musenquelle.

7 *ama- / tis petendus* Bergk: *amatis / est petendus* V; *anxiis / est petendus* Haupt.

8 *ades* Schrader: *adest* V.

9 Die Lücke ist wie die vorige durch moralische Bedenken mittelalterlicher Leser bedingt.

10 Die bei Hochzeiten üblichen derben Scherze waren nach der faliskischen Stadt Fescennium benannt.

11 Nüsse warf man als Fruchtbarkeitssymbole; sie wurden von der Jugend aufgelesen. Der entthronte »Konkubine« ist ein Sklave; Liebesverhältnisse mit Sklaven galten nicht als anstößig.

12 Deine Kindheit geht zu Ende.

13 Hier werden zweierlei Dinge vermengt: das Abschneiden der kindlichen Locken und das erste Rasieren des Bartes.

14 *unus* V: *intus* Achilles Statius; *unctus* Barth.

15 Ein mit der Praetexta bekleideter Knabe (etwa bis zum siebzehnten Lebensjahr).

16 Unbekannte Pflanze, vielleicht Mutterkraut-Kamille.

## 62

1 Die Strophen dieses Hochzeitsgedichts, das in daktylischen Hexametern abgefaßt ist, werden abwechselnd von Jünglingen und Jungfrauen vorgetragen.
2 Von der Tafel.
3 Berg in Thessalien.
4 Beim Aufgang des Morgensterns werden die Wachen ausgewechselt; sie sind also mindestens zu diesem Zeitpunkt wirklich wach.
5 Der Abend- und Morgenstern ist der Planet Venus.
6 Vgl. dazu Verg. georg. 2,356 f.
7 Hier ist der Refrain wohl nicht einzuschieben (gegen Muretus).

## 63

1 Den Hain der phrygischen Göttermutter. Das Gedicht ist in Galliamben geschrieben.
2 Der Dichter verwendet hier das Femininum, um das entmannte Wesen zu bezeichnen.
3 *Cybébe* oder *Cýbele* (die Namensform wechselt nach metrischen Bedürfnissen; die Überlieferung hat überall *Cybele*): die Große Mutter vom Ida-Gebirge, später mit der Göttermutter Rhea gleichgesetzt. Ihre entmannten Priester heißen *Galli* oder *Gallae*.
4 *Dindyma* (neutr. pl. oder *Dindymus*, masc. sg.): Berg in Phrygien, ein Sitz der Göttermutter.
5 *cymbalum:* gen. pl.
6 *curvo* ist hier dreisilbig zu lesen (*curuo*).
7 Interpunktion vor *lassulae*.
8 Brot.
9 *excitam* Lachmann: *excitum* V. Der Versuch, das überlieferte Masculinum beizubehalten, weil Attis nun wieder zur Besinnung kommt, wird leider durch *allocuta* (V. 49) widerlegt.
10 *Pasithea:* eine der Chariten; Hera hat sie dem Schlafgott als Ehefrau versprochen (*Ilias* 14,269.276).
11 *ipsa* Lachmann: *ipse* V; s. Anm. 9.
12 *adiit* V: *abiit* Bentley.
13 *i* add. Scaliger: om. V.
14 *agitet* add. ed. Cantabrigiensis: om. V.
15 *teneramque* Lachmann: *tenerumque* V.
16 *illa* Lachmann: *ille* V.

## 64

1 *Pelion:* Berg in Thessalien; Catull denkt an die Argonautensage. Das Kleinepos (Epyllion) ist in daktylischen Hexametern geschrieben.
2 Fluß in Colchis.
3 König von Colchis, Vater Medeas.
4 Minerva.
5 *freti* Schrader: *feri* V.
6 *atque haud alia* recc.: *atque alia* G; *alia* O.
7 *salvete, bonarum* add. Peerlkamp: om. V.
8 Alte Meeresgöttin, Gattin des Oceanus; nicht mit ihrer Enkelin Thetis zu verwechseln.
9 *Queis* Mueller: *que* V; *quae* vulgo.
10 *Cieros:* Stadt in Thessalien. – *Tempe:* das Peneiostal, das nicht genau in der Phthiotis liegt, doch ist die Abgrenzung der Landschaft strittig. – *Crannon und Larisa:* Städte der Pelasgiotis.
11 Naxos.
12 Haube, die durch Umwickeln des Haares mit einem Tuch hergestellt wird; von jungen Frauen nur nachts getragen.
13 Minos, König von Kreta, Ariadnes Vater, gilt sonst als Inbegriff der Gerechtigkeit. – *Gortyn:* Stadt auf Kreta; Rückblende zum Beginn der Liebesbeziehung.
14 Attica oder Athen (nach Kekrops, dem legendären Gründer und ersten König der Stadt).
15 Sohn des Minos. Wegen seiner Ermordung mußten die Athener dem Minos regelmäßig Jünglinge und Jungfrauen schicken. Theseus tötete Minotaurus mit Ariadnes Hilfe, ließ das Mädchen aber auf Naxos (bei einem Zwischenaufenthalt während der gemeinsamen Flucht) allein zurück.
16 Amor: *sancte* ist ambivalent (auch: »verflucht«).
17 Kultort der Venus.
18 *quam tum* Faernus: *quanto* V.
19 *appeteret* O: *oppeteret* G.
20 Kroll bezieht *non* auch auf *frustra*; andernfalls müßte man in *frustra* eine Vorausdeutung auf Ariadnes künftiges Unglück sehen, ein Gedanke, den Kroll wohl zu Unrecht ganz verwirft.
21 Gebirgszug in Kleinasien.
22 *laetabatur* Lachmann: *leta* V.
23 *venerit* Lachmann: om. V.
24 *per tenderet* Baehrens: *pre tenderet* V.

25 *metuere* V: *meminere* Czwalina (vielleicht richtig).
26 Den Minotaurus.
27 Die Syrten vor Afrikas Nordküste haben gefährliche Untiefen. – *Scylla und Charybdis:* Ein sagenhaftes Ungeheuer und ein Meeresstrudel, die man an der Straße von Messina ansiedelte.
28 Attische.
29 *nitar* recc.: *nitor* V.
30 Der Text in diesem Vers ist korrupt; statt *litus* ist vielleicht mit Palladius *colitur* zu lesen.
31 Nach dem Prinzip der *talio* soll die Strafe genau dem Vergehen entsprechen. Das Wort *mente* bezeichnet die unzuverlässige Sinnesart des Theseus (es ist hier noch nicht ganz zum romanischen Adverbialsuffix abgeschwächt); s. V. 207.248.
32 Catull spielt hier mit der Etymologie: *nu-men* von *nuere*.
33 *Erechtheus:* König von Athen.
34 Aegeus verbietet Theseus, jetzt weiße Segel zu hissen.
35 *dicet* (im Sinne von *indicet*) V: *decet* Lachmann.
36 Kultort der Minerva.
37 Des Minotaurus.
38 *infecti* Itali: *inflati* V.
39 *Nysa:* Stadt und Berg in Indien, Erziehungsort des Bacchus. Es gab auch gleichnamige Städte in Carien und Palaestina.
40 Weinlaub oder Efeu.
41 Zimbeln, bestehend aus zwei Schallbecken.
42 Aulos, ein Rohrblattinstrument, ähnelt mehr einer Oboe als einer Flöte.
43 *Naiasin* Haupt: *minosim* V.
44 *doctis* Statius: *doris* V.
45 Die Pappel.
46 Diese regelgerechte Wortbedeutung wird von Kroll hier zu Unrecht abgelehnt.
47 Kultort der Hecate in Carien.
48 Lateinischer Name der Göttermutter Rhea.
49 Die Parzen (Schicksalsgöttinnen).
50 Das Zepter des Pelops vererbte sich auf Atreus, Thyestes und Agamemnon (*Ilias* 2,105).
51 Fluß bei Troia.
52 Anspielung auf einen Aberglauben, vielleicht eine Probe der Jungfernschaft. Vers 378 ist wohl zu streichen.
53 *cecinere e* Baehrens: *cecinere* V; *cecinerunt* recc.

54 *Triton:* ein Fluß, den man in verschiedenen Gegenden lokalisierte. Gemeint ist Minerva (Tritogeneia).
55 Nemesis, die Göttin der Vergeltung.

## 65

1 Diese elegische Epistel (der älteste erhaltene Beleg dieses Texttypus in Rom) ist (wie alle folgenden Gedichte der Sammlung) in elegischen Distichen geschrieben; es ist eine Art Vorrede zu der folgenden Kallimachos-Nachdichtung (c. 66). Das erste wie das letzte Gedicht dieses Werkteils (c. 65 und 116) spielen auf Kallimachos an (vgl. Anm. 4 zu c. 1; Anm. 3 zu c. 7; Anm. 1, 5 und 12 zu c. 66).
2 *confectum* G: *defectu* O.
3 Der berühmte Redner Hortensius (H)ortalus.
4 *Rhoeteum:* Vorgebirge bei Troia.
5 Vers 9 fehlt in V; er steht (mit Lücke) in jüngeren Handschriften, ist also als Ganzes von höchst fraglicher Autorität; *facta* ist noch spätere Ergänzung.
6 Procne und Philomela töteten Procnes Sohn Itys oder Itylus, um sich an seinem Vater Tereus zu rächen; von ihrer Verwandlung in Vögel berichtet Ovid im sechsten Buch der *Metamorphosen*. Der klagende Vogel ist die Nachtigall.
7 Kallimachos.

## 66

1 Eine poetische Übertragung von Kallimachos' *Locke der Berenice*. Teile des Originals sind erhalten.
2 *lumina* V: *limina* Rehm; dagegen Pfeiffer (zur Stelle).
3 Sprecherin dieses Gedichtes ist die Haarlocke der Berenice; s. Anm. 5.
4 Luna besucht ihren Geliebten Endymion in einer Höhle auf dem Latmus in Carien. Hier dient der Mythos als Umschreibung für eine Mondfinsternis. Luna wird oft mit Trivia (Hekate) gleichgesetzt.
5 Der Astronom Conon lebte zur Zeit von Ptolemaios Euergetes (3. Jh. v. Chr.); als dieser in den Krieg gegen Syrien zog, weihte seine Gattin Berenice im Tempel der Arsinoe eine Flechte ihres Haares für seine glückliche Rückkehr. Die Flechte verschwand, und der Astronom erklärte, sie am Himmel wiedergefunden zu

haben, d. h., er faßte einige bisher anonyme Sterne zu dem neuen Sternbild ›Locke der Berenice‹ zusammen. Das Ereignis wurde von Kallimachos besungen, dessen Gedicht Catull nachbildet.

6 *in lumine* Voß: *numine* V; *limine* Heinsius; *limite* alii.

7 *exuviae:* »Ausgezogenes«; abgelegte oder geraubte Kleidung, speziell auch Rüstung, die oft als Trophäe den Göttern geweiht wird.

8 Die Eltern erhoffen sich Enkel.

9 Die Mutter begleitet die Braut dorthin, kann also die Tränen sehen; trotzdem klingt die Änderung *iuxta* (Goold) recht gut.

10 Ptolemaeus heißt als Vetter nach ägyptischer Sitte »Bruder« seiner Gattin; so wird das poetische Spiel mit dem Thema »Geschwisterliebe« möglich.

11 *te* suppl. Avantius: om. V.

12 *alis* archaisch für *alius*. Ein Mädchen soll todesmutig eine Schlacht zugunsten eines Ptolemaeus entschieden haben (Hyg. astr. 2,24); daran wird man (trotz unhistorischer Einzelheiten) in erster Linie denken; außerdem ließ Berenice den macedonischen Prinzen Demetrios, der ihr zum Manne bestimmt war, aber ein Verhältnis mit ihrer Mutter begann, ermorden; eine direkte Anspielung auf diesen Mord wäre aber gegenüber Mutter wie Tochter unzart. Kallimachos ist zwar zuweilen keck, was ›Allgemeinmenschliches‹ betrifft, aber nicht taktlos in persönlichen Dingen.

13 *tristi* (für *trivisti*) V: *tersti* Avantius (vielleicht richtig).

14 *ibi* in zeitlicher Bedeutung.

15 Vielleicht ist auch gemeint: der höchste der Welt, was jedoch selbst für Griechenland nicht zutrifft. Der Athos wurde von Xerxes durchstochen (Herodot 7,22–24 u. ö.).

16 *Th(e)ia:* Mutter des Sonnengottes.

17 *cum* recc.: *tum* V.

18 *peperere* Itali, Kroll, Pfeiffer: *propere* V; *rupere* recc.

19 Völkerschaft in Pontus, bekannt wegen der Verarbeitung von Stahl (*chalybs*). – *Chalybon* Politianus: *Chalybum* V.

20 Der Zephyr ist als Auroras Sohn ein Bruder (*unigena*) Memnons (diese Deutung entspricht dem lat. Sprachgebrauch und ist durch den Kallimachos-Text gesichert). Problematisch der Gedanke an den Strauß, auf dem Arsinoe reitend dargestellt wird (Pausanias 9,31,1), da der Strauß kein Bruder Memnons ist und nicht fliegen kann.

21 *Locricos* Achilles Statius, so auch einer der Kallimachos-Papyri: *elocridicos* V; *Locridos* Bentley, so auch der andere Kallimachos-Papyrus mit Scholien und Pfeiffer in der Kallimachos-Ausgabe.

V und die Papyri bestätigen das sehr hohe Alter der Divergenz, die keine eindeutige Entscheidung erlaubt. Arsinoe wurde als Göttin mit Aphrodite gleichgesetzt; nach ihrem Tempel auf dem Vorgebirge Zephyrion vor Alexandria hieß sie Zephyritis. Auch die italischen (epizephyrischen) Locrer waren nach einem Vorgebirge Zephyrion benannt; daher ließ sich das Attribut »locrisch« auf den Zephyr übertragen. Die Verbindung der Bezeichnung mit Arsinoe (*Locridos*) ist stilistisch glatter, aber sachlich noch schwieriger. – *Equos* ist durch den Kallimachos-Text gestützt; freilich sind Winde sonst nicht als Pferde, sondern eher als Reiter vorgestellt; *equos* ist Metapher (»Reittier«).

22 Beiname der Venus.

23 Text korrupt. *Inde Venus* Postgate: *hi dii ven ibi* V.

24 *exuviae:* s. Anm. 7.

25 *fletu* Palladius: *fluctu*, verteidigt von Ed. Fraenkel, »Kallimachos und Catull. Zu dem neuesten Funde«, in: *Gnomon* (1929) S. 266f.

26 Der großen Bärin.

27 Das Sternbild befindet sich bei Nacht am Himmel, bei Tag unter dem Wasserspiegel: eine poetische Vorstellung, die im Widerspruch zur Astronomie steht.

28 Nemesis, die Göttin der Vergeltung.

29 *verei* Lachmann: *vere* V (akzeptiert von Pfeiffer, vielleicht mit Recht).

30 *omnibus* V ist verdächtig. Der griechische Papyrus weist inhaltlich auf: *quidem erat muliebribus expers* Skutsch.

31 *vilia* Lobel, allein richtig, siehe den griechischen Papyrus: *milia* V.

32 *corruerint* Lachmann, Kroll, Pfeiffer: *cur iterent* V; *cur retinent* recc.

33 D. h.: Was schert mich die Ordnung im All?

## 67

1 *verum isti populo ianua quidque facit* recc.: *istius populi ... quite ...* V.

2 *attigerat* recc.: *attigerit* V.

3 *homo* add. Lenchantin: *is* add. Lachmann: om. V.

4 Brixia, Hauptstadt der keltischen Cenomanen, die auch Verona besiedelten, heute: Brescia; die Burg erinnert an den Namen des Ligurerkönigs Cygnus. – *supposita* Voß: *suppositum* V (scil. *oppidum*?).

5 *praecurrit* Avantius (aus topographischen Gründen): *percurrit* V.
6 *Qui* Aldina: *quid* V.
7 *sperare*t Calphurnius: *sperent* V.

**68a**

1 Die meisterhafte »Allius-Elegie« besteht aus einem einleitenden Brief (V. 1–40) und dem in sich axialsymmetrisch gegliederten Hauptteil (V. 41–148); daran schließt sich ein selbständiges Nachwort, das den einleitenden Brief wieder aufzunehmen scheint (V. 149–160). Die Identität des Adressaten des Rahmens mit dem des Hauptteils ist nicht sicher (vgl. die überlieferten Namensformen), doch scheint einiges (z. B. V. 150) dafür zu sprechen.
2 *mi Alli* Schöll: *mali* V; *Manli* oder *Malli* recc.; *Mani* Lachmann.
3 Ohne den roten Streifen.
4 Siehe Anm. 2.

**68b**

1 Musen.
2 Venus.
3 *torruerit* recc.: *corruerit* V.
4 Der Aetna.
5 Eine Thermalquelle.
6 *ac* vulgo: *hic* G; *h'* O.
7 Die Nothelfer zur See.
8 *dominae* Fröhlich: *dominam* V.
9 Nemesis, Göttin der gerechten Vergeltung.
10 *simul* add. recc.
11 *siccari* V: *siccare* Schrader. – *Pheneüs:* See und Stadt in Arcadien. – *Cyllene:* Gebirge ebd.
12 Eigentlich: »durch Ausmelken«.
13 Hercules, Sohn Iuppiters und Alcmenes, der Gattin Amphitryons.
14 Des Königs Eurystheus.
15 Zum Lohn für seine zwölf Arbeiten wurde Hercules in den Himmel aufgenommen und mit Hebe, der Göttin der Jugendkraft, vermählt.
16 Erbschleicher.
17 *verecunde* Büchner: *verecundae* V.
18 *componier* Calphurnius: *componere* V.
19 *rara* Haupt: *mira* V; *muta* Heyse; *nigra* recc.

**68c**

1 *Alli* Scaliger: *aliis* V.
2 *nos* recc.: om. V.
3 *et qui principio nobis terram dedit aufert* V: *et qui principio nobis te tradidit* * * Scaliger. Der Text ist korrupt.

**69**

1 *non si illam rarae* Avantius: *nos illa mare* V; *non si illam carae* Ellis.

**71**

1 *mirifice est fato* Schuster: *mirifico est fato* Hermann; *mirifice est a te* V; *mirifice est certe* Peiper.
2 Wohl Rufus, vgl. c. 69.

**73**

1 *prodest* Guietus u. a.: in V ausgelassen.

**74**

1 Wörtlich: »zu Harpokrates«, dem Genius des Schweigens.
2 Catull beachtet nicht, daß der Onkel in dieser Lage ohnehin nicht sprechen kann; er meint vielmehr, daß der Onkel auch und gerade über die größte Erniedrigung nachträglich nicht sprechen wird.

**76**

1 *nullo* V: *in ullo* recc.
2 *extremo* V: *extremam* recc.
3 *hei* Lachmann: *seu* V.
4 Nach einer in der Antike verbreiteten Auffassung gilt hier die Liebe als Krankheit.

**78a**

1 Vermutlich derselbe Adressat wie c. 79, s. Anm. 1 zu c. 79.

**79**

1 Trotz Krolls Zweifeln läßt der Wortlaut an Clodius Pulcher denken, den Bruder der Clodia. Eine Pointe liegt in *pulcher*, das zugleich Schönheit und Unsittlichkeit bezeichnet und in diesem besonderen Fall sogar noch Eigenname ist, eine andere in *gens*: Der adelsstolzen Dame, die Catulls Sippe verachtet, ist offenbar nur der eigene Bruder als Liebhaber vornehm genug. Eine dritte Spitze ist, daß gerade dieser Ausbund an Vornehmheit sich zu Oralpraktiken erniedrigt.

**80**

1 Etwa 2 Uhr nachmittags.

**81**

1 Umbrische Stadt an der Adria, damals in sumpfiger Lage. – Der »Fremde« ist wahrscheinlich Furius.

**83**

1 *loquitur* V; *coquitur* Dousa (»ihr brennendes Herz schmort«).

**84**

1 Offenbar eine erwähnenswerte Ausnahme in jener Familie.
2 *illic* O: *illuc* vulgo.

**87**

1 *in foedere* Döring: *foedere* V.

**88**

1 Alte Meeresgöttin, Gattin des Oceanus.

**90**

1 *gratus* Mueller: *gnatus* V.

### 91

1 *non nossem* Avantius (die Logik verlangt die Änderung): *cognossem* V.
2 Gerade die Tatsache der vertrauten Freundschaft mit Catull reizt Gellius, seinen Wunsch auf Catulls Geliebte zu richten.

### 94

1 Catull benennt diesen Gegner ironisch nach seinem auf- und anfälligsten Körperteil, der *mentula*. Die Redensart lautet wörtlich: »Der Topf sammelt Gemüse«; zur Person siehe Anm. 1 zu c. 105.

### 95

1 Ein kleines Epos des Helvius Cinna über Myrrha. Die neunjährige Arbeit des Dichters daran ist zum geflügelten Wort geworden (Hor. ars p. 388).
2 Vermutlich der berühmte Redner Hortensius Hortalus.
3 *versiculos anno putidus evomuit* Goold: *versiculos anno quolibet ediderit* Fröhlich.
4 Fluß auf Cypern, wo die *Zmyrna* spielt.
5 Schlechter Dichter, vgl. Anm. 1 zu c. 36.
6 *sodalis* Aldina: in V ausgelassen.
7 Antimachos von Kolophon, griechischer Dichter (um 400 v. Chr.), der den Maßstäben des Kallimachos nicht genügte. Er verfaßte eine *Thebais* in 24 Büchern und die Elegie *Lyde*.

### 96

1 Der Dichterfreund Calvus hat Catull seine Totenklage auf Quintilia geschickt.
2 *quo desiderio* nimmt *dolore* wieder auf.

### 97

1 *immundior ille* Lachmann: *immundius illud* V.
2 *os* Fröhlich: *hic* V.
3 Mühlenarbeit ist die Strafe für nichtsnutzige Sklaven.

**98**

1 *Vitti* Haupt: *victi* V; ebenso V. 5.

**99**

1 Fellatio.
2 *Elleborum:* Heilmittel gegen Wahnsinn.

**100**

1 *per facta exhibita est* Lachmann: *per facta est igitur est* V; *perspecta egregie est* Baehrens. Der Text ist korrupt.

**101**

1 *tristis munera* recc.: *tristi munere* V.

**102**

1 Harpocrates, der Genius des Schweigens.

**103**

1 *Sestertium* (Pl. *sestertia*) bezeichnet tausend Sesterzen.

**104**

1 *sed tua, mi Tappo, crimina nostra facis* Wilkes: *sed tu cum Tappone omnia monstra facis* V.
2 Unbekannte Person.

**105**

1 *Mentula* ist ein Spitzname für Caesars Günstling Mamurra (vgl. c. 94). Der vergebliche Besteigungsversuch entlarvt Mamurras literarische Impotenz.

**106**

1 Der *praeco* ist bei Auktionen tätig. Bezieht man es auf einen Freigeborenen (z. B. Iuventius), so erkennt man die Boshaftigkeit des Epigramms.

## 107

1 *quoi quid* Ribbeck: *quidquid* V; *quicquam* recc.
2 *nobis quoque* V: *nobisque est* Haupt.
3 Im Kalender.
4 *hac re optandam in* Kroll: *hac est optandus* V.

## 110

1 *fraudando est facinus* Friedrich: *fraudando efficit* V. Korrupte Stelle.

## 111

1 *e* Scaliger: *est* V.
2 *ex patruo parere* recc.: in V ist *parere* ausgelassen. – *Brüder:* sachlich genauer wäre »Vettern«.

## 112

1 *pathicus:* einer der passiv mit sich Unzucht treiben läßt.

## 113

1 Vielleicht Mucia (Mucilla), die Frau, von der Pompeius 61 geschieden wurde; sein erstes Consulat war 70, sein zweites 55 v. Chr.
2 Der Vorstellung des Anwachsens von 2 zu 2000 liegt wohl auch ein mathematischer Scherz zugrunde. Nimmt man eine jährliche Progression von 2 mal 2 mal 2 . . . Liebhabern an, so wäre die erforderliche Zahl von 2000 in 11 Jahren erreichbar: $2^{11} = 2048$. Also hat sich die Dame, die dazu 15 Jahre benötigte, noch relativ anständig verhalten.

## 114

1 Siehe Anm. 1 zu c. 105. – *Firmanus saltus* V: *Firmano saltu* recc. Es soll die Verschwendungssucht Mamurras angeprangert werden. *Dives* wird zu dieser Zeit nur auf Personen bezogen, doch liegt hier die Pointe gerade in der ungewöhnlichen Verbindung von *dives* mit *saltus*.

## 115

1 Siehe Anm. 1 zu c. 105. – *Saltus* (»Waldgebirge«) bezeichnet hier einen Besitz mit wenig nutzbarem Land, genauer: die nicht nutzbaren Teile.
2 *Die Hyperboreer:* Sagenhaftes Volk im Norden.

## 116

1 Kallimachos von Cyrene, vgl. Anm. 3 zu c. 7 und Anm. 7 zu c. 65.
2 *qui* V: *quis* recc.
3 *meum* Muretus: om. V.
4 *hinc* V: *hic* recc.; *huc* Muretus.
5 Vgl. Petron. 80,2; Sen. epist. 53,2.

# Verzeichnis der Eigennamen

Textkritisch unsichere Namensformen sind mit Sternchen gekennzeichnet, Erwähnungen ohne explizite Namensnennung sind in Klammern vermerkt.

*Achilles:* berühmter griechischer Held vor Troia, Sohn des Peleus und der Thetis 64,338; vgl. 64,338–370
*Achivi:* die Achiver, Achaier, Griechen 64,366
*Acme:* Name eines Mädchens 45,1.2.10.21.23
**Adoneus (Adonis):* Geliebter der Venus, berühmt ob seiner Schönheit 29,8
*Adria:* s. *Hadria*
*Adriaticum mare:* das adriatische Meer 4,6
*Aeetaeus:* dem Colcherkönig Aeetes gehörig, colchisch 64,3
*Aegeus:* König von Athen, Vater des Theseus 64,213
*Aegyptus:* Ägypten 66,36
*Aemilius:* ein Unbekannter 97,2
*Aethiops:* äthiopisch, Äthiopier 66,52 (s. a. *Memnon*)
*Aetna:* s. *Trinacrius*
*Africus:* afrikanisch 61,206
*Agamemnon:* s. *Pelops*
*Aganippe:* Musenquelle in Boeotien 61,30
*Alfenus:* ungetreuer Freund Catulls 30,1
*Allius:* treuer Freund Catulls 68,41.50.66
textkritisch fraglich 68,*11.*30.*150 (s. a. *Manius*)
*Alpes:* die Alpen 11,9
*Amastris:* Küstenstadt in Paphlagonien 4,13
*Amathus:* alte Stadt auf Cypern 36,14
*Amathusia:* Beiname der Venus, die in Amathus (s. d.) einen Tempel hatte 68,51 (s. a. *Erycina* und *Venus*)
**Ameana (Ammiana?):* Freundin Mamurras (s. d.) 41,1 (vgl. 43,5)
*Amor:* der Liebesgott, Sohn der Venus 45,8.17; 99,11 (s. a. *Cupido*)
*Amphitrite:* Meeresgöttin 64,11
*Amphitryoniades:* Hercules, eigentlich Sohn Iuppiters und der Alcmene, nach seinem Ziehvater, Alcmenes Gemahl Amphitryon 68,112 (s. a. *Hercules*)
*Ancon:* Stadt an der Adria, heute: Ancona 36,13
*Androgeoneus:* Adjektiv zu *Androgeos*, dem von den Athenern ermordeten Sohn des Minos 64,77

*Antimachus:* griechischer Epiker 95,10
*Antius:* ein Unbekannter 44,11
*Aonius:* aonisch, boeotisch 61,28
*Apheliotes (Apeliotes):* Ostwind (lat. *subsolanus*) 26,3
*Aquinus:* ein Dichterling 14,18 (vgl. Cic. Tusc. 5,63)
*Arabs:* Araber 11,5
*Argivus:* argivisch, griechisch 64,4; 68,87
*Argo:* das berühmte Schiff der Argonauten unter Iason (64,1 ff.)
*Ariadna:* Tochter des Kreterkönigs Minos, hilft Theseus, den Minotaurus zu überwinden und mit Hilfe eines Fadens aus dem Labyrinth herauszufinden, wird von diesem auf Naxos verlassen und schließlich von Bacchus geehelicht 64,54.253 (s. a. *Minois*)
*Ariadneus:* Adjektiv zu *Ariadna* 66,60
*Arpocrates:* s. *Harpocrates*
*Arrius:* von Catull verspottete Person, vielleicht ein Redner 84,2.11
*Arsinoe:* Schwester und Gattin des Königs Ptolemaeus Philadelphus, die man mit der Venus (Aphrodite) Arsinoe gleichsetzte 66,54 (s. a. *Thrassa* und *Zephyritis*)
*Asia:* Kleinasien 46,6; 66,36
im Gegensatz zu Europa 68,89 (s. a. *Asius*)
*Asinius:* Bruder des C. Asinius Pollio (s. d.) 12,1
*Asius:* Adjektiv zu *Asia* (s. d.) 61,22
*Assyrius:* assyrisch 66,12
orientalisch 68,144 (s. a. *Syrius*)
*Atalanta:* von Hippomenes mit Venus' Hilfe im Wettlauf besiegt und geehelicht (2a 1 ff.)
*Athenae:* Hauptstadt Atticas 64,81 (vgl. 64,211.229) (s. a. *Cecropia*)
*Athos:* der Berg Athos auf der macedonischen Halbinsel Chalcidice 66,46 (vgl. 66,43)
*Attis:* junger Mann aus einer griechischen Stadt, der sich gänzlich dem Dienst der Großen Mutter weihte 63,1.27.32.42.45.88
*Aufilena:* junge Frau aus Verona 100,1; 110,1.6; 111,1
*Aufilenus:* junger Mann aus Verona 100,1
*Aurelius:* Bekannter Catulls 11,1; 15,2; 16,2; 21,1
*Aurora:* Göttin der Morgenröte 64,271
*Aurunculeia:* eine Braut aus vornehmem Hause 61,86 f. (s. a. **Vinia*)
*Auster:* der Südwind 26,1

*Catullus:* C. Valerius, der Dichter 6,1; 7,10; 8,1.12.19; 10,25; 11,1; 13,7; 14,13; 38,1; 44,3; 46,4; 49,4; 51,13; 52,1.4; 56,3; 58,2; 68,27.135; 72,1; 76,5; 79,2.3; 82,1 (zu Catulls Bruder s. 65,5.10; 68,19 ff. 91 ff.; 101,2 ff.)

*Cecropia:* Attika oder Athen 64,79.83

*Cecropius:* attisch oder athenisch 64,172

*Celtiberi:* die Einwohner von Celtiberia 39,17 (s. a. *Celtiberia*)

*Celtiberia:* Gebiet in Nordspanien 37,18 (vgl. 39,17)

*Ceres:* Göttin des Getreides und Brotes 63,36

*Chalybes:* schmiedekundiges Volk am Schwarzen Meer 66,48

*Charybdis:* gefährlicher Strudel an der Meerenge von Sizilien 64,156

*Chiron:* Kentaur 64,279

*Cicero:* s. *Tullius*

**Cieros:* alte Stadt in Thessalien in der Gegend von Pharsalus 64,35

*Cinna:* Gaius Helvius, Dichter, vertrauter Freund Catulls 10,30; 95,1; 113,1

*Cnidus:* s. *Gnidus*

*Colchi:* die Colcher, Einwohner von Colchis am Schwarzen Meer 64,5

*Colonia:* Städtchen bei Verona (heute: Colognola); es spricht jedoch einiges für die Schreibung *colonia* 17,1.7

*Coma Berenices:* Sternbild »Haar der Berenice« (66,7 ff.)

*Cominius:* ein von Catull angegriffener Unbekannter 108,1

*Comum:* s. *Novum Comum*

*Conon:* Astronom (um 250 v. Chr.) 66,7

*Cornelius*

1. Cornelius Nepos, Biograph, Freund Catulls (etwa 94–24 v. Chr.) 1,3
2. ein Unbekannter (doch ist Identität mit 1 nicht ausgeschlossen) 102,4
3. ein Einwohner von Brixia 67,35

*Cornificius:* neoterischer Dichter, Freund Catulls 38,1

*Crannon:* Stadt in Thessalien 64,36

*Cres:* Kreter, Einwohner von Kreta, gemeint ist Talos 58a 1

*Creta:* Kreta, Mittelmeerinsel 64,82.174 (s. a. *Gortynius* und *Idaeus*)

*Croesus:* König von Lydien, dessen Reichtum sprichwörtlich ist, Zeitgenosse Solons 115,3

*Cupido:* Liebesgott, Sohn der Venus 36,3; 68,133; (Pl.:) 3,1; 13,12 (s. a. *Amor* und *Venus*)

*Cybebe (Cybele):* phrygische Göttin, die Große Mutter (die beiden Namensformen wechseln je nach metrischen Bedürfnissen) 63,9.12.20.35.68.76.84.91 (s. a. *Dindymenus* und *Dindyma*)
*Cyclades:* Inseln im Mittelmeer 4,7
**Cycneus:* Adjektiv zu *Cycnus*, einem sagenhaften Ligurerkönig 67,32
*Cylleneus:* Adjektiv zu *Cyllene*, Gebirge in Arcadien 68,109
*Cyrenae:* griechische Pflanzstadt in Nordafrika 7,4
*Cytorius:* Adjektiv zu *Cytorus* (s. d.) 4,11
*Cytorus:* Berg in Paphlagonien 4,13

*Dardanius:* troianisch 64,367
*Daulias:* die Nachtigall: in Daulis, einer Stadt in Phocis, herrschte Tereus; seine Gattin (Procne) oder seine Schwägerin (Philomela) wurde in eine Nachtigall verwandelt 65,14; vgl. Ov. met. 6,424 ff.
*Delius:* Adjektiv zu *Delos*, der Insel Apollons 34,7
*Delphi:* die Einwohner der gleichnamigen Stadt 64,392
*Dia:* alter Name der Insel Naxos 64,52.121
*Diana:* Schwester Apollons, griechisch *Artemis*, Göttin der Jagd, vielfach identifiziert mit dem Mond und mit Hecate 34,1.*3 (64,300) (s. a. *Iuno Lucina*, *Latonia*, *Luna*, *Trivia*)
*Dindyma* (neutr. pl.) oder *Dindymus:* Berg in Phrygien in der Nähe von Pessinus, der Göttin Cybele heilig 35,14; 63,91
*Dindymenus:* Adjektiv zu *Dindymus* (s. d.), dem Berg der Cybele 63,13
*Diona:* Mutter der Venus, auch Beiname der Liebesgöttin 56,6
*Durrachium:* Hafenstadt in Illyrien (*Dyrrhachium*), als Lasterhöhle verrufen 36,15

*Egnatius:* eines der Opfer von Catulls Angriffen 37,19; 39,1.9
*Emathia:* alter Name Macedoniens; er dient auch als Bezeichnung für Thessalien 64,324 (vgl. 64,26) (s. a. *Thessalia* und *Peleus*)
*Endymion:* Geliebter der Mondgöttin (66,5)
*Eous:* Adjektiv zu *Eos* (»Morgenröte«), morgendlich, östlich, orientalisch 11,3
**Eous:* der Morgenstern (Lucifer) 62,35
*Eréctheus:* sagenhafter König von Athen 64,229
*Erecthéus:* Adjektiv zu *Erectheus*, attisch 64,211 (s. a. *Eréctheus* und *Piraeus*)

*Erycina:* die Göttin Venus; der Eryx auf Sizilien war ihr Kultort 64,72 (s. a. *Amathusia* und *Venus*)
*Etruscus:* Etrusker 39,11
*Eumenides:* die Rachegöttinnen 64,193
*Europa:* im Gegensatz zu Asien 68,89
*Eurotas:* Fluß in Laconien 64,89

*Fabullus:* Freund Catulls 12,15.17; 13,1.14; 28,3; 47,3
*Falernum:* Falernerwein 27,1
*Favonius:* Westwind 26,2; 64,282 (s. a. *Locricos* und *Zephyrus*)
*Fides:* altrömische Göttin der Vertragstreue 30,11
*Firmanus:* Adjektiv zu der Stadt *Firmum* in Picenum 114,1
*Flavius:* Freund Catulls 6,1
*Formianus:* Adjektiv zu *Formiae*, Hafenstadt in Latium 41,4; 43,5; 57,4 (s. a. *Mamurra*)
*Fors:* Göttin des Zufalls 64,170.366
*Furius:* Bekannter Catulls 11,1; 16,2; 23,1.24; 26,1 (vgl. 24,5–10; 81,3–5)

*Gaius:* s. *Cinna*
*Gallae:* entmannte Gefährten des Attis, künftige Cybelepriester 63,12.34
*Gallia:* Gallien; *Gallia Comata* ist das transalpine Gallien, so benannt nach der Haartracht der Bewohner (*comatus* ›langhaarig‹) 29,3.20
*Gallicanus:* von gallischer Art, hier: eine Hunderasse 42,9 (vgl. Opp. hal. 1,373; Grattius 156; Ov. met. 1,533)
*Gallicus:* Adjektiv zu *Gallia* 11,11
*Gallus:* Cognomen eines Unbekannten 78,1.3.5
*Gellius:* verhaßter Nebenbuhler Catulls 74,1; 80,1; 88,1.5; 89,1; 90,1; 91,1; 116,6
*Gnidus:* Stadt in Carien (*Knidos*), Kultort der Liebesgöttin 36,13
*Gnosius:* kretisch (nach der minoischen Burg *Knossos*) 64,172
*Golgi:* Stadt auf Cypern, Kultort der Liebesgöttin 36,14; 64,96
*Gortynius:* kretisch (nach der alten Hauptstadt *Gortyn*) 64,75
*Graecus:* griechisch 68,102
*Grai:* die Griechen 66,58; 68,109

*Hadria (Adria):* das adriatische Meer 36,15
*Hadriaticum:* s. *Adriaticum*
*Hamadryades:* Baumnymphen 61,23

**Ipsitilla:* textkritisch unsicherer Name einer Dirne (vielleicht »Püppchen«) 32,1
*Italus:* Einwohner von Italien 1,5
*Itonus:* Berg und Atheneheiligtum in Boeotien 64,228
*Itylus:* Sohn des Tereus und der Procne, von dieser ermordet 65,14 (s. a. *Daulias*)
**Iunia* 61,16 (s. a. **Vinia*)
*Iuno:* Himmelskönigin, Gemahlin Iuppiters 68,138 (vgl. 34,6; 64,298)
Iuno Lucina, Geburtsgöttin 34,13 f.
*Iuppiter* (Genitiv *Iovis*): oberster Himmelsgott 1,7; 4,20; 7,5; 34,6; 55,5; 64,26.171; 66,30.48; 67,2; 68,140; 70,2; 72,2 (vgl. 64,204.298. 387) (s. a. *Ops*)
*Iuventius:* Geliebter Catulls; die Identifikation mit Iuventius Thalna ist nicht sicher 24,1; 48,1; 81,1; 99,1

*Ladas:* berühmter spartanischer Läufer 58a 3
*Lanuvinus:* Einwohner von Lanuvium in Latium 39,12
*Lar:* der römische Hausgott, sonst meist im Plural auftretend 31,9
*Larisaeus:* Adjektiv zu *Larisa*, Stadt in Thessalien 64,36
*Larius (lacus):* der Comer See 35,4
*Latmius:* Adjektiv zu *Latmus*, Berg in Carien 66,5
*Latonia:* Diana (Artemis) als Tochter der Latona (Leto) 34,5
*Laudamia (Laodamia):* Gattin des Protesilaus 68,74.80.105 (s. a. *Protesilaeus*)
*Leo:* das Sternbild des Löwen 66,65
*Lesbia:* dichterischer Name für Catulls Geliebte; man identifiziert sie meist mit Clodia (Apul. apol. 10), einer Schwester des Volkstribunen Clodius, der Gattin des Q. Caecilius Metellus Celer; doch ist dies nicht unumstritten (s. Nachwort) 5,1; 7,2; 43,7; 51,7; 58,1.2; 72,2; 75.1; 79,1; 83,1; 86,5; 87,2; 92,1.2; 107,4 (vgl. 2,1 ff.; 3,3 ff.; 8,4 ff.; 11,15; 37,11; 70,1; 76,23; 109,1)
*Lesbius:* ein Rivale Catulls namens Clodius, wohl P. Clodius Pulcher, der Volkstribun, oder S. Clodius 79,1
*Lethaeus:* Adjektiv zu *Lethe*, dem Strom des Vergessens in der Unterwelt 65,5
*Liber:* lateinischer Name des Bacchus 64,390 (s. a. *Iacchus*)
*Libo:* unbekannter Günstling Caesars 54,3
*Libya:* Landschaft in Nordafrika 45,6
*Libyssa:* poetisches Adjektiv zu *Libya* 7,3
*Libystinus:* Adjektiv zu Libya 60,1

*Licinius:* C. Licinius Calvus (s. d.) 50,1.8
*Ligus (Ligur):* ligurisch 17,19
*Locricos:* der Westwind 66,54 (s. a. *Favonius* und *Zephyrus*)
*Lucina:* Beiname der Iuno als Geburtsgöttin 34,13 f. (s. a. *Diana, Latonia, Trivia*)
*Luna:* Mondgöttin 34,16 (vielleicht 25,5) (s. a. *Diana, Latonia, Trivia*)
*Lycaonius:* Adjektiv zu dem Arkaderkönig *Lycaon*, dessen Tochter Callisto (s. d.) in das Gestirn der Großen Bärin verwandelt wurde 66,66
*Lydius:* etruskisch (die Etrusker waren angeblich aus Lydien nach Italien eingewandert) 31,13

*Maecilia:* vornehme Dame mit lockerem Lebenswandel 113,2
*Maenas:* Anhängerinnen des Dionysos (»die Rasenden«); hier: die Verehrer(innen) der Göttermutter 63,23.69
*Magna Mater:* die Große Mutter, die Göttermutter Cybele (Cybebe; s. d.); als Werktitel 35,18 (vgl. 63,9.91)
*Magnus:* Gnaeus Pompeius (s. d.), der berühmte Feldherr, Erbauer einer Porticus 55,6
*Malius* (sonst: *Maliacus*): Adjektiv zur Bezeichnung einer Thermalquelle bei den Thermopylen 68,54
*Mamurra:* römischer Ritter aus Formiae, Günstling Caesars, war *praefectus fabrum* in Gallien und bereicherte sich dort 29,3; 57,2 (s. a. *Formianus* und *Mentula*)
**Manius:* vielleicht Name eines Freundes Catulls 68,*11.*30 (vgl. Anm. 2 zu c. 68)
*Manlius:* Manlius Torquatus aus vornehmer Familie, Bräutigam der *Vinia Aurunculeia 61,16.222 (s. a. *Torquatus*)
*Marcus:* s. *Tullius*
*Marrucinus:* Asinius (s. d.) als Angehöriger eines Samnitenstammes 12,1
*Mater Cybele* 63,9 (s. a. *Magna Mater* und *Cybebe*)
*Mavors:* der römische Kriegsgott Mars 64,394
*Medi:* die Meder, poetisch für die Perser 66,45
*Mella:* Fluß, der vor Brixia vorüberfließt 67,33
*Memmius:* Catull folgt dem Propraetor C. Memmius im Jahr 57 in dessen Provinz Bithynien und kehrt von dort im Frühjahr 56 nach Italien zurück 28,9 (vgl. 10,13)
*Memnon:* Sohn des Tithonus und der Aurora, König von Aethiopien 66,52

*Menenius:* ein Unbekannter 59,2
*Mentula:* Spottname für Mamurra (s. d.) 94,1; 105,1; 114,1; 115,1
*Midas:* Phrygerkönig, dessen Berührung alles in Gold verwandelte 24,4
*Minerva* (64,395) (s. a. *Triton*)
*Minois:* Ariadne, die Tochter des Minos 64,60.247 (s. a. *Ariadna*)
*Minos:* König von Kreta, Erbauer des Labyrinths, Vater der Ariadne 64,85
*Minotaurus:* Sohn der Pasiphae, halb Mensch, halb Stier, von Theseus getötet 64,79 (vgl. 64,101.150.181)
*Musa:* die neun Musen sind Göttinnen der Dichtkunst 35,17; 65,3; 68,7.10; 105,2 (vgl. 1,9; 68,41)

**Naiades:* Nymphen 64,287
*Naso:* ein Unbekannter, von Catull geschmäht 112,1.2
*Nemesis:* Göttin der gerechten Vergeltung 50,20 (s. a. *Rhamnusius*)
*Nepos:* s. *Cornelius (1)*
*Neptunius:* Adjektiv zu *Neptunus*, Gott der Gewässer, Miterbauer der Mauern von Troia 64,367
*Neptunus:* Gott des Salz- und Süßwassers 31,3; 64,2
**Nereine:* Tochter des Meergottes Nereus; hier: Thetis 64,28
*Nereides:* die Töchter des Nereus, Meernymphen 64,15
*Nicaea:* Stadt in Bithynien 46,5
*Nilus:* der Nil 11,8
*Noctifer:* der Abendstern 62,7 (s. a. *Hesperus* und *Vesper*)
*Nonius:* Nonius Struma 52,2
*Novum Comum:* die Stadt Comum (heute: Como) in Oberitalien wurde nach der Entsendung von neuen Siedlern durch Caesar *Novum Comum* genannt 35,3 f.
*Nympha:* Nymphe (Kleinschreibung ist ebenso möglich) 64,17; 88,6
*Nysigena:* Attribut des Bacchus, nach seinem Geburtsort Nysa in Indien 64,252

*Oarion:* das Sternbild Orion 66,94
*Oceanus:* Gott des Ozeans, Vater der Meernymphen 61,89; 64,30; 66,68; 88,6; 115,6
*Oetaeus:* Adjektiv zu *Oeta*, Berg in Thessalien 62,7; 68,54
*Olympus:* berühmter Berg in Griechenland 62,1
*Ops:* römische Göttin, später mit Rhea, der Mutter Iuppiters gleichgesetzt 64,324

*Orcus:* römischer Gott der Unterwelt 3,14
*Ortalus:* Q. Hortensius Hortalus 65,2.15 (s. a. *Hortensius*)
*Ot(h)o:* ein von Catull gehaßter Günstling Caesars 54,1

*Padua:* berühmte Stadt in Norditalien 95,7
*Parcae:* die Parzen oder Moiren, Schicksalsgöttinnen 64,306.383; 68,85
*Paris:* troianischer Prinz, Entführer Helenas 68,103
*Parnasus:* der Parnaß, berühmter Berg in Griechenland 64,390
*Parthus:* Parther, orientalischer Volksstamm, gefürchtete Bogenschützen 11,6
*Pasithea:* eine der Chariten, Gattin des Schlafgottes 63,43
*Pegaseus:* Adjektiv zu *Pegasus*, dem sagenhaften Flügelpferd 58a 2
*Peleus:* Gemahl der Thetis, Vater Achills; »Stolz Thessaliens« (s. d.) (64,26); »Beschützer Emathias« (s. d.) (64,324) 64,19.21.26. 301.336.382
*Peliacus:* Adjektiv zu *Pelion* (s. d.) 64,1
*Pelion:* Gebirge in Thessalien 64,278
*Pelops:* Vater des Atreus, Großvater Agamemnons; nach ihm soll die Peloponnes benannt sein 64,346 (vgl. Homer, *Ilias* 2,105 ff.)
*Penates:* die römischen Hausgötter, metaphorisch: das Heim 9,3
*Penelopeus:* Adjektiv zu *Penelope*, Bezeichnung für ihren Sohn Telemachus 61,230
*Penios:* größter Fluß Thessaliens 64,285
*Persa:* Perser 90,4
*Perseus:* Sohn Iuppiters, berühmt wegen seiner Flügelschuhe 58a 3
*Persicus:* persisch 90,2
*Phaethon:* Sohn des Sonnengottes 64,291
*Pharsalia:* Stadt in Thessalien 64,37
*Pharsalius:* Adjektiv zu *Pharsalia* (s. d.) 64,37
*Phasis:* Fluß in Colchis am Schwarzen Meer 64,3
*Phenëus:* Stadt in Arcadien 68,109
*Phoebus:* Apollon, Zwillingsbruder der Diana (Artemis) 64,299
*Phrygia:* Landschaft in Kleinasien 63,71
*Phrygius:* Adjektiv zu *Phrygia* 46,4; 61,18
(gemeint ist Paris) 63,2.20; 64,344
*Phryx:* phrygisch 63,22
*Phthioticus:* s. *Pthioticus*
*Pipleius mons:* der Musenberg in Pierien, einem Gebiet in Thracien 105,1

*Piraeus:* der Hafen von Athen; »Erectheus' (s. d.) Hafen« (64,211) 64,74
*Pisaurum:* Stadt in Umbrien 81,3
*Piso:* Propraetor, vielleicht L. Calpurnius Piso Caesoninus 28,1; 47,2
*Pollio:* C. Asinius Pollio, tragischer Dichter, Redner, Geschichtsschreiber und Mäzen (76 v. Chr. – 5 n. Chr.) 12,6 (s. a. *Asinius*)
*Pollux:* Sohn der Leda, Bruder Castors (s. d.); die Zwillingsbrüder beschirmen die Seefahrer 68,65 (37,2)
*Polyxenius:* Adjektiv zu *Polyxena*, Tochter des Priamus, die an Achills Grab geopfert wurde 64,368
*Pompeius:* Cn. Pompeius Magnus, der berühmte Feldherr; sein erstes Consulat war 70, sein zweites 55 v. Chr. 113,1 (vgl. 29,13.24) (s. a. *Magnus*)
*Ponticus:* Adjektiv zu *Pontus*, Landschaft Kleinasiens am Schwarzen Meer, Reich des Mithridates 4,9.13; 29,18
*Porcius:* möglicherweise Porcius Cato, Volkstribun 56 v. Chr. 47,1
*Postumia:* unbekannte Frau, die bei einem Gastmahl den Vorsitz innehat 27,3
*Postumius:* ein Bürger von Brixia 67,35
*Priapus:* Gott der Gärten, metaphorisch ein lüsterner Mann 47,4
*Prometheus:* berühmter Titane, von den Göttern für seine Wohltaten an die Menschheit bestraft 64,294
*Propontis:* das Marmara-Meer zwischen Hellespont und thracischem Bosporus 4,9
*Protesilaeus:* Adjektiv zu *Protesilaus*, Gemahl der Laodamia; er fiel als erster Grieche im troianischen Krieg 68,74 (s. a. *Laudamia*)
*Pthioticus:* Adjektiv zu *Pthia*, Stadt in Thessalien, Heimat Achills 64,35

*Quintia:* unbekannte Frau, vielleicht Schwester des Quintius (s. a. 100,1) 86,1
*Quintilia:* Gattin oder Geliebte des Redners C. Licinius Calvus (s. a. *Calvus*) 96,6
*Quintius:* ein Veroneser Freund Catulls 100,1. Die Identität mit dem in 82,1 erwähnten Quintius ist fraglich

*Ramnusius:* s. *Rhamnusius*
*Ravidus:* (*Ravide* sprich: Raude) unbekannter Nebenbuhler Catulls 40,1

*Remus:* Zwillingsbruder des Romulus 28,15
die »Enkel des Remus« sind die Römer 58,5
*Rhamnusius:* Adjektiv zu *Rhamnus*, einer Stadt in Attica, in der Nemesis (s. d.) einen Tempel hatte 64,395; 66,71; 68,77
*Rhenus:* der Rhein 11,11
*Rhesus:* König von Thracien, Besitzer herrlicher Pferde 58a 4
*Rhodus:* berühmte Insel im Mittelmeer 4,8
*Rhoeteus:* troianisch (nach dem Vorgebirge Rhoeteum) 65,7
*Roma:* Rom 68,34
*Romulus:* sagenhafter Gründer der Stadt Rom, Zwillingsbruder des Remus 28,15; 34,22
die »Enkel des Romulus« sind die Römer 49,1
»Romulus« in einer ironischen Anrede an Caesar 29,5.9
*Rufa:* unbekannte Frau aus Bononia (s. d.) 59,1
**Rufulus:* Unbekannter (das überlieferte *Rufum* paßt nicht ins Versmaß) 59,1
*Rufus:* Unbekannter, mit dem sich Catull schlecht verstand 69,2; 77,1

*Sabinus*
1. Sabiner, Nachbarvolk der Latiner 39,10
2. Adjektiv zum Vorhergehenden 44,1.4.5
*Saetabus:* Adjektiv zu *Saetabis*, Stadt in Spanien 12,14; 25,7
**Sagae (Sac[c]ae):* scythischer Volksstamm 11,6
*Salisubsilius:* ein ἅπαξ λεγόμενον, wohl zusammengezogen aus einem Beinamen des Mars, *Salius Subsilius* 17,6
*Sapphicus:* Adjektiv zu *Sappho*, der großen Dichterin 35,16
*Sarapis:* s. *Serapis*
*Satrachus:* Fluß auf Cypern, erwähnt in der *Zmyrna* des Helvius Cinna 95,5
*Saturnalia:* fröhliches Fest gegen Jahresende 14,15
*Satyri:* Satyrn, jugendliche Begleiter des Bacchus 64,252
*Scamander:* Fluß in Troas 64,357
*Scylla:* menschenfressendes Ungeheuer an der Meerenge von Sizilien; ihre Hüften waren von bellenden Hunden umgeben 60,2; 64,156
*Septimillus:* Koseform von *Septimius* (s. d.) 45,13
*Septimius (-umius):* sonst unbekannt, Liebhaber der Acme 45,1. 21.23 (s. a. *Septimillus*)
*Serapis (Sarapis):* ägyptischer Gott, erfreute sich schon im 1. Jahrhundert v. Chr. in Rom steigender Beliebtheit 10,26

*Sestianus:* Adjektiv zu *Sestius* (s. d.) 44,10

*Sestius:* P. Sestius, Volkstribun 57 v. Chr., Anhänger und Verteidiger Ciceros im Jahr 56 v. Chr., von Catull als Autor nicht geschätzt 44,19 f. (s. a. *Sestianus*)

*Sileni:* bejahrte Begleiter des Bacchus 64,252

*Silo:* undankbarer Schuldner Catulls 103,1

*Simonideus:* Adjektiv zu *Simonides* (griechischer Dichter um 500 v. Chr., dessen besondere Stärke im Klagelied lag) 38,8

*Sirmio:* Halbinsel am Gardasee (heute: Sirmione); Catull hatte dort einen Besitz 31,1.12

*Socration:* unbekanntes Mitglied der *cohors praetoria* Pisos 47,1 (s. a. *Piso* und *Porcius*)

*Sol:* der Sonnengott 63,39; 64,271

*Somnus:* der Gott des Schlafes, Gemahl der Pasithea 63,42

*Stymphalius:* Adjektiv zu *Stymphalus*, See, Fluß und Stadt in Arcadien, der Sage nach von Vögeln mit ehernen Federn geplagt und von Hercules befreit 68,113

*Suffenus:* Dichterling 14,19; 22,1.10.19

*Sufficius:* unbekannter Günstling Caesars 54,5

*Sulla:* von Catull als »Schulmeister« (Elementarlehrer) abqualifizierter Mann mit literarischen Prätentionen 14,9

*Syria:* Syrien, Landschaft am Mittelmeer zwischen Cilicien und Palaestina 45,22; 84,7

**Syrius:* Adjektiv zu *Syria*, orientalisch 6,8 (s. a. *Assyrius*)

*Syrtis:* die Große und Kleine Syrte vor der Nordküste Afrikas sind durch Untiefen besonders gefährlich 64,156

*Tagus:* der Tajo oder Tejo, goldführender Fluß in Spanien und Portugal 29,19

*Talasio (-ssio; -sius; -ssius):* altrömischer Hochzeitsruf (vgl. Liv. 1,9,12) 61,134

*Tallus:* s. *Thallus*

*Talus:* der von Minos eingesetzte geflügelte Wächter Cretas (s. a. Cres) 58a 1

*Tappo:* ein Unbekannter 104,4

*Taurus:* Gebirgszug im Süden Kleinasiens 64,105

*Telemachus:* Sohn des Odysseus und der Penelope 61,229

*Tempe:* berühmtes Tal in Thessalien 64,35.285.286

*Tespius:* s. *Thespius*

*Tethys:* alte Meeresgöttin, Gemahlin des Oceanus 64,29; 66,70; 88,5

*Teucer:* troianisch 64,344 (s. a. *Troia*, *Troicus*, *Troius*)

*Thallus (Tallus):* ein Freigelassener, den Catull des Diebstahls bezichtigt 25,1.4

*Themis:* Göttin des Rechts 68,153

*Thermopylae:* die Thermopylen, ein Engpaß in Locris an der Grenze von Thessalien 68,54 (s. a. *Malius*)

*Theseus:* König von Athen, Sohn des Aegeus 64,53.69.73.81.102. 110.120.133.200.207.239.245.247

*Thespius (Tespius):* Adjektiv zu *Thespiae*, boeotisches Städtchen am Helicon 61,27

*Thessalia:* Landschaft Griechenlands zwischen Macedonien, Epirus, Doris, Locris und dem aegaeischen Meer 64,26.33 (s. a. *Emathia* und *Peleus*)

*Thessalus:* thessalisch 64,267.280

*Thetis:* Meernymphe, Gattin des Peleus, Mutter Achills 64,19 bis 21.28.302.336

*Thia:* Mutter des Sonnengottes 66,44

*Thracius:* thracisch 4,8

*Thunia (Thynia):* westlicher Teil Bithyniens 31,5

*Thyias:* Bacchantin, Maenade 64,391

*Thynus:* Adjektiv zu *Thynia* (*Thunia*; s. d.) 25,7

*Thyonianus:* Substantiv, abgeleitet von *Thyone*, Beinamen von Dionysos' Mutter Semele; es bezeichnet hier den reinen Wein 27,7

*Tiburs*

1. Einwohner von Tibur, Stadt in Latium 39,10
2. Adjektiv zu *Tibur* 44,1.2.5

*Torquatus:* der kleine Sohn des Manlius (s. d.) Torquatus 61,216

*Transpadanus:* Bewohner der Gegend um Verona, der Heimat Catulls 39,13

*Trinacrius:* sizilisch, mit »sizilischer Fels« ist der Aetna gemeint 68,53

*Triton:* sagenhafter Fluß in Boeotien (oder Thessalien oder Libyen), an dem Pallas aus dem Haupte des Zeus entsprungen sein soll 64,395

*Trivia:* Beiname der Diana (s. d.), Hecate 34,15 oder Luna (s. d.) 66,5

*Troia:* die berühmte Stadt in Kleinasien 68,88–90.99 (s. a. *Teucrus*, *Troicus*, *Troius*)

*Troicus:* Adjektiv zu *Troia* 64,345 (s. a. *Troia* und *Troius*)

*Troiugena:* Troianer 64,355

*Troius:* Adjektiv zu *Troia* 65,7

*Tullius:* Marcus Tullius Cicero, der berühmte Redner 49,2

*Tyrius:* Adjektiv zu *Tyros*, Stadt in Poenicien mit Purpurproduktion 61,172

*Umber:* Einwohner der italischen Landschaft Umbrien 39,11
*Urania:* Muse der Astronomie, Mutter des Hymenaeus (die Muse Urania läßt sich nicht immer klar von der Aphrodite Urania – Göttin der himmlischen Liebe – trennen) 61,2
*Urii:* Küstenstädtchen in Apulien 36,12

*Varus:* Freund Catulls, wahrscheinlich Quintilius Varus aus Cremona (gest. 24 oder 23 v. Chr.), der auch mit Vergil und Horaz befreundet war 10,1; 22,1
*Vatinianus:* Adjektiv zu *Vatinius* (s. d.) 14,3; 53,2
*Vatinius:* P. Vatinius, ein unverschämter Anhänger Caesars (Volkstribun 59 v. Chr., Praetor 55 v. Chr.), von Calvus (s. d.) dreimal angeklagt 52,3
**Vectius (*Vettius):* s. **Vittius*
*Venus:* die Liebesgöttin, metaphorisch: die Liebe 3,1; 13,12; 36,3; 45,26; 55,20; 61,18.44.61.198.202; 63,17; 66,15.56.59.90; 68,5.10; 86,6 (vgl. *Cupido*, *Amathusia*, *Diona*, *Erycina*)
*Veraniolus:* Kosename für Veranius (s. d.) 12,17; 47,3
*Veranius:* Freund Catulls 9,1; 12,16; 28,3
*Verona:* Stadt in Norditalien, Catulls Heimat 35,3; 67,34; 68,27
*Veronensis:* Adjektiv zu *Verona* 100,2
*Vesper:* der Abendstern 62,1 (s. a. *Hesperus* und *Noctifer*)
*Vibennius:* Vater und Sohn, beide sonst unbekannt 33,2
**Victius (*Vectius):* s. **Vittius*
*Victor:* ein unbekanntes Opfer von Catulls Spott 80,7
**Vinia* (oder **Iunia*): Aurunculeia, Braut des Manlius Torquatus 61,16 (s. a. *Aurunculeia*)
*Virgo:* das Sternbild der Jungfrau 66,65
**Vittius (*Victius, *Vectius, *Vettius):* ein Schwätzer 98,1.5
*Volusius:* epischer Dichter, Verfasser von Annalen, die dem Geschmack der Neoteriker fernstanden 36,1.20; 95,7
*Vulcanus:* Gott des Feuers, hinkend (36,7)

*Zephyritis:* die vergöttlichte Königin Arsinoe II. (s. d.), wurde Aphrodite Zephyritis genannt, nach dem Heiligtum am Vorgebirge Zephyrion bei Alexandria 66,57
*Zephyrus:* der Westwind 46,3; 64,270 (s. a. *Favonius* und *Locricos*)
*Zmyrna:* Titel eines Kleinepos von Helvius Cinna (s. d.) 95,1.5.6

# Literaturhinweise

## Ausgaben und Übersetzungen


Catulli, Tibulli et Propertii carmina cum Statii Sylvis. Ed. V. de Spira. Venedig 1472.

Catulli Veronensis liber. Iterum rec., appar. crit. proleg., append. add. R. Ellis. Oxford: Clarendon Press, 1878.

Catulli Veronensis liber. Recens. et interpret. est Ae. Baehrens. 2 Bde. Leipzig: Teubner, 1885–93.

C. Valerius Catullus: Poemata. Hrsg. und erkl. von W. Kroll. Leipzig/Berlin: Teubner, 1923. Nachdr. Stuttgart: Teubner, [7]1989. [Mit Bibliogr. von J. Kroymann.]

C. Valerii Catulli Carmina. Rec. brev. adnot. crit. instr. R. A. B. Mynors. Oxford: Clarendon Press, 1958. [3]1967.

C. Valerius Catullus. Carmina. Ed. by C. J. Fordyce. Oxford: Clarendon Press, 1961.

C. Valerius Catullus. Sämtliche Gedichte. Lat./Dt. Hrsg., eingel. und übers. von O. Weinreich. Zürich/Stuttgart: Artemis-Verlag, 1969. Nachdr. München 1974.

Catullus: The Poems. Ed. with introd., rev. text and comm. by K. Quinn. London: Macmillan, 1970. Glasgow [2]1973.

Catullus: A Critical Edition. Ed. and introd. by D. F. S. Thomson. Chapel Hill: University of North Carolina Press, 1978.

Catullus. Ed. with introd., transl., and notes by G. P. Goold. London: Duckworth, 1983. [2]1989. [Sehr origineller Text.]

Catulli Veronensis liber. Ed. W. Eisenhut. Leipzig: Teubner, 1983.

The Poems of Catullus. Ed. with introd., transl., and brief notes by G. Lee. Oxford: Clarendon Press, 1990.

Catullus: Poems 61–68. Edited with Introduction, Translation and Commentary by J. Godwin. Warminster: Aris & Phillips, 1995.

Catullus: The Shorter Poems. Edited with Introduction, Translation and Commentary by J. Godwin. Warminster: Aris & Phillips, 1999.

The Poems of Catullus. A Bilingual Edition. Translated with Commentary by P. Green. Berkeley: University of California Press, 2005.

Catulo: Poemas. Edición, traducción y comentario. Hrsg. von A. Pérez Vega und A. Ramirez de Verger. Huelva: Fundación El Monte, 2005.

## Kommentare, Indizes, Konkordanzen

R. Ellis: A Commentary on Catullus. Oxford 1876. ²1889.
M. N. Wetmore: Index verborum Catullianus. New Haven: 1912. Nachdr. 1961.
Catullus. A Commentary by Ch. J. Fordyce. Oxford 1961.
V. P. McCarren (Hrsg.): A Critical Concordance to Catullus. Leiden 1977.
H. P. Syndikus: Catull. Eine Interpretation. 3 Bde. Darmstadt 1984 bis 1990.
Siehe bes. auch die Ausgaben von W. Kroll (1923/⁷1989) und A. Pérez Vega / A. Ramirez de Verger (2005).

## Bibliographien und Forschungsberichte

M. B. Skinner: A Review of Scholarship on Catullus 1985–2015. In: Lustrum 57 (2015) S. 99–361. [Dort auch ältere Forschungsberichte und Bibliographien.]

## Forschungsliteratur

M. von Albrecht: Catull: ein Dichter mit europäischer Ausstrahlung. In: Gymnasium 106 (1999) S. 405–442.
– Von Lukrez und Catull zu Ovid. Heidelberg 2013. (Große römische Autoren. 3.) [Siehe bes. S. 59–112.]
B. Arkins: Sexuality in Catullus. Hildesheim 1982.
T. Barbaud: Catulle. Une poétique de l'indicible. Louvain 2006.
K. Barwick: Zyklen bei Martial und in den kleinen Gedichten des Catull. In: Philologus 102 (1958) S. 284–318.
J. Bayet: Catulle, la Grèce et Rome. In: L'influance grecque sur la poésie latine. Entretiens Fondation Hardt 2. Vandœuvres/Genf 1956. S. 3–39.
J.-W. Beck: ›Lesbia‹ und ›Iuventius‹. Zwei *libelli* im *Corpus Catullianum*. Untersuchungen zur Publikationsform und Authentizität der überlieferten Gedichtfolge. Göttingen 1991.
J. C. Bramble: Structure and Ambiguity in Catullus 64. In: Proceedings of the Cambridge Philological Society 16 (1970) S. 22–41.
F. Cupaiuolo: Studi sull'esametro di Catullo. Neapel 1965.
B. Dowlasz: Catull-Rezeption in lateinischen Dichtungen von 1897 bis 2010. Frankfurt a. M. 2017.

E. S. Duckett: Catullus in English Poetry. Northampton (Mass.) 1925.

J. B. Emperor: The Catullian Influence in English Lyric Poetry. Circa 1600–1650. Columbia (Mo.) 1928.

J. Evrard-Gillis: La récurrence lexicale dans l'œuvre de Catulle. Étude stylistique. Paris 1976.

G. L. Fain: Writing Epigrams. The Art of Composition in Catullus, Callimachus and Martial. Brüssel 2008.

P. Fedeli: Catullus' Carmen 61. Amsterdam 1983.

– Introduzione a Catullo. Bari 1990.

J. Ferguson: Catullus. Lawrence (Kan.) 1985.

– Catullus. Oxford 1988.

W. Fitzgerald: Catullan Provocations. Lyric Poetry and the Drama of Position. Berkeley 1995.

E. Fraenkel: Catulls Trostgedicht für Calvus (c. 96). In: Wiener Studien 69 (1956) S. 278–288. Wiederabgedr. in: E. F.: Kleine Beiträge zur Klassischen Philologie. Bd. 2. Rom 1964. S. 108–113.

J. H. Gaisser: Catullus. Oxford 2007.

A. Gohmann: Die Rezeption Catulls in der Literatur. München 2014.

N. Goldschmidt: Afterlives of the Roman Poets. Biofiction and the Reception of Latin Poetry. Cambridge 2019.

G. P. Goold: Catullus. London 1983.

J. Granarolo: Catulle, ce vivant. Paris 1982.

J. Haig Gaisser (Hrsg.): Catullus and his Renaissance Readers. Oxford 1993.

K. P. Harrington: Catullus and his Influence. Boston 1923.

C. Hartz: Catulls Epigramme im Kontext hellenistischer Dichtung. Berlin 2007.

E. A. Havelock: The Lyric Genius of Catullus. Oxford 1939. Nachdr. New York 1967.

R. Heine (Hrsg.): Catull. Darmstadt 1975.

W. Hering: Catull, c. 64. In: Rekonstruktion und Aussage, Wissenschaftliche Zeitschrift der Universität Rostock, gesellschafts- und sprachwissenschaftliche Reihe 27 (1978) S. 547–561.

H. Heusch: Das Archaische in der Sprache Catulls. Bonn 1954.

O. Hezel: Catull und das griechische Epigramm. Stuttgart 1932.

Ch. Hild: Liebesgedichte als Wagnis: Emotionen und generationelle Prozesse in Catulls Lesbiagedichten. St. Ingbert 2013.

N. Holzberg: Catull. Der Dichter und sein erotisches Werk. München 2002.

A. E. Housman: Catullus 64,324. In: Classical Quarterly 9 (1915) S. 229–230.
F. Klingner: Catull. In: F. K.: Römische Geisteswelt. München [3]1965. Nachdr. ebd. 1979. S. 218–238.
F. Klingner: Catulls Peleus-Epos. In: Sitzungsberichte der Bayerischen Akademie der Wissenschaften, phil.-hist. Klasse 1956. Heft 6. Wiederabgedr. in: F. K.: Studien zur griechischen und römischen Literatur. Zürich 1964. S. 156–224.
U. Knoche: Eine römische Wurzel lateinischer Persönlichkeitsdichtung. In: Neue Jahrbücher für Antike und Deutsche Bildung 3 (1940) S. 238–252. Wiederabgedr. in: U. K.: Ausgewählte kleine Schriften. Hrsg. von W.-W. Ehlers. Meisenheim am Glan 1986. S. 27–41.
– Erlebnis und dichterischer Ausdruck in der lateinischen Poesie. In: Gymnasium 65 (1958) S. 146–158. Wiederabgedr. in: U. K.: Ausgewählte kleine Schriften. S. 42–54. und in: Heine, S. 133–149.
D. Konstan: Catullus' Indictment of Rome: The Meaning of Catullus 64. Amsterdam 1977.
S. Koster: Catulls Auserwählte. In: S. K.: Ille Ego Qui, Dichter zwischen Wort und Macht. Erlangen 1988. S. 9–31.
G. Lafaye: Catulle et ses modèles. Paris 1894. Nachdr. Ann Arbor 1978.
S. Laigneau: La femme et l'amour chez Catulle et les élégiaques augustéens. Bruxelles 1999.
A. D. Leeman: Catullus, Angry Young Man. In: Hermeneus 35 (1964) S. 101–114. – Dt. in: A. D. L.: Form und Sinn. Studien zur römischen Literatur. Frankfurt a. M. 1985. S. 111–121.
– Catulls Carmen 76. In: Acta Colloquii Didactici Classici Sexti 15/16 (1975/76) S. 41–57. – Dt. in: A. D. L.: Form und Sinn. S. 123–137.
G. Lieberg: Puella Divina. Die Gestalt der göttlichen Geliebten bei Catull im Zusammenhang der antiken Dichtung. Amsterdam 1962.
R. J. M. Lindsay: The Chronology of Catullus' Life. In: Classical Philology 43 (1949) S. 42–44.
E. Link: Poetologisches bei Catull. Die Welt virtuoser Poesie und die Leidenschaft des Artisten – ein Programm. Diss. Heidelberg 1977. Erlangen 1982.
J. W. Loomis: Studies in Catullan Verse. An Analysis of Word Types and Patterns in the Polymetra. Leiden 1972.
R. O. A. M. Lyne: The Latin Love Poets. From Catullus to Horace. Oxford 1980.
P. Maas: The Chronology of the Poems of Catullus. In: Classical Quarterly 36 (1942) S. 79–82.
N. Marinone: Berenice da Callimaco a Catullo. Rom 1984.

R. Martin: Réflexions sur Catulle. In: Bulletin de l'Association G. Budé 1 (1985) S. 43–62.

K. McCarthy: I, the Poet: First-Person Form in Horace, Catullus, and Propertius. Ithaca 2019.

F. Michler: Catulls Peleus-Epos. Metrische und stilistische Untersuchungen. Diss. Graz 1981. Graz 1982.

R. A. B. Mynors: Catullus, carmina. Codex Oxoniensis Bibliothecae Bodleianae Canonicianus Class. Lat. 30. Leiden 1966.

B.-M. Nässtrom: The Abhorrence of Love. Studies in Rituals and Mystic Aspects in Catullus' Poem of Attis. Uppsala/Stockholm 1989.

C. Nappa: Aspects of Catullus' Social Fiction. Frankfurt a. M. 2001.

C. L. Neudling: A Prosopography to Catullus. Oxford 1955.

J. K. Newman: Roman Catullus and the Modification of the Alexandrian Sensibility. Hildesheim 1990.

W. Ott: Metrische Analysen zu Catull, carmen 64. Tübingen 1973.

H. Patzer: Zum Sprachstil des neoterischen Hexameters. In: Museum Helveticum 12 (1955) S. 77–95. Wiederabgedr. in: Heine, S. 447–474.

M. C. J. Putnam: Poetic Interplay. Catullus and Horace. Princeton 2006.

K. Quinn: Catullus. An Interpretation. London 1972.

K. Quinn (Hrsg.): Approaches to Catullus. Cambridge 1972.

A. Ramminger: Motivgeschichtliche Studien zu Catulls Basiagedichten. Diss. Tübingen. Würzburg 1937.

R. Reitzenstein: Das *foedus* in der römischen Erotik (1912). In: Heine, S. 153–180.

R. Rieks: Prosopographie und Lyrikinterpretation. Die Gedichte Catulls auf M. Caelius Rufus. In: Poetica 18 (1986) S. 249–273.

A. Ronconi: Studi Catulliani. Bari 1953.

M. Rothstein: Catull und Lesbia. In: Philologus 78 (1923) S. 1–34.

– Catull und Caelius Rufus. In: Philologus 81 (1926) S. 472 f.

J. Sarkissian: Catullus 68. An Interpretation. Leiden 1983.

A. Schatz: War Catulls Lesbia die von der Forschung favorisierte Clodia? München 2012.

E. Schäfer: Das Verhältnis von Erlebnis und Kunstgestalt bei Catull. Wiesbaden 1966.

J. Scherf: Untersuchungen zur antiken Veröffentlichung der Catullgedichte. Hildesheim 1996.

M. Schmale: Bilderreigen und Erzähllabyrinth. Catulls *Carmen* 64. München 2004.

E. A. Schmidt: Catulls Anordnung seiner Gedichte. In: Philologus 117 (1973) S. 215–242.

– Das Problem des Catullbuches. In: Philologus 123 (1979) S. 216 bis 231.
– Catull. Heidelberg 1985.
M. Schuster: Valerius Catullus. In: Paulys Real-Encyclopädie der classischen Altertumswissenschaft 2,7 (14. Halbbd.). Stuttgart 1948. Sp. 2353–2410.
M. B. Skinner: Catullus' *Passer.* The Arrangement of the Book of Polymetric Poems. New York 1981.
– (Hrsg.): A Companion to Catullus. Oxford 2007.
– Clodia Metelli. The Tribune's Sister. Oxford 2011.
F. Stoessl: C. Valerius Catullus. Mensch, Leben, Dichtung. Meisenheim am Glan 1981.
– Die biographische Methode in der Catull-Forschung. In: Grazer Beiträge 10. 1981 (1983) S. 105–134.
H. Strecker: Die volkstümlichen Elemente in den kleineren Gedichten des Catull. Diss. Jena 1950.
W. Stroh: Lesbia und Juventius. Ein erotisches Liederbuch im Corpus Catullianum. In: P. Neukam (Hrsg.): Die Antike als Begleiterin. München 1990. S. 134–158.
H. P. Syndikus: Catull. Eine Interpretation. 3 Bde., um einen bibliogr. Nachtrag erw. Aufl. Darmstadt 2001.
I. Tar / P. Mayer (Hrsg.): Studia Catulliana. Szeged 2005.
J. Warden: Taking Back the Text. Poetic Technique in Catullus, Propertius and Tibullus. Toronto 2008.
O. Weinreich: Die Distichen des Catull. Tübingen 1926. Nachdr. Darmstadt 1964.
A. L. Wheeler: Catullus and the Traditions of Ancient Poetry. Berkeley 1934.
U. v. Wilamowitz-Moellendorff: Catulls hellenistische Gedichte. In: U. v. W.-M.: Hellenistische Dichtung in der Zeit des Kallimachos. Berlin 1924. Neudr. Zürich 1973. Bd. 2. S. 227–310.
T. P. Wiseman: Catullan Questions. Leicester 1969.
– Catullus and His World: A Reappraisal. Cambridge 1985.
Ch. Witke: Enarratio Catulliana. Carmina 50,30,65,68. Leiden 1968.
D. Wray: Catullus and the Poetics of Roman Manhood. Cambridge 2001.

# Nachwort

## Catull: Dichter in einer Zeit des Umbruchs

Gaius Valerius Catullus stammte aus Verona. Das Gebiet nördlich des Po, das ursprünglich nicht zu Italien, sondern zu Gallien gerechnet wurde, ist auch die Heimat des Mantuaners Vergil; es hat Rom zwei der größten Dichter geschenkt. Catulls Vater war vermutlich Nachkomme römischer Kolonisten; in seinem Hause verkehrte sogar Caesar (Sueton, *C. Iulius Caesar* 73). Trotz gelegentlicher Klagen über Geldnot (z. B. c. 13,7 f.) war Catull nicht arm: er besaß Güter in Tibur (c. 44) und auf Sirmio, der Halbinsel am Südufer des Gardasees (c. 31). Nach den Angaben des Kirchenvaters Hieronymus (*Chronicon ad annum Abrahae* 1930 und 1959) wäre Catull im Jahre 87 v. Chr. geboren und 58 v. Chr. »im dreißigsten Lebensjahr« gestorben. Diese Angaben stehen nicht im Einklang mit den Gedichten: Catull hat, wie er uns mehrfach mitteilt (c. 10; 28; 31; 46), den Propraetor Memmius nach Bithynien begleitet (57/56 v. Chr.); ja er erwähnt sogar noch Ereignisse des Jahres 55 v. Chr.: das zweite Konsulat des Pompeius (c. 113), Caesars Rheinübergang und erste Überfahrt nach Britannien (c. 11 und 29). Man muß also entweder die »dreißig Jahre« als runde Zahl auffassen oder das Geburtsjahr etwas später ansetzen (84 – 54 v. Chr.); im letzteren Falle erklärt sich der Fehler des Hieronymus daraus, daß die Konsulnamen der Jahre 87 und 84 zur Verwechslung Anlaß boten. Am Rande sei bemerkt, daß die Erwähnung des Konsulats des Vatinius (47 v. Chr.) in c. 52 kein Grund ist, Catulls Tod noch später anzusetzen; denn Vatinius hat, wie wir von Cicero wissen (Cicero, *In P. Vatinium testem interrogatio* 6), schon 56 v. Chr. mit einem künftigen Konsulat geprahlt – genau hierauf spielt Catull an.

Catulls Leben fiel in eine Zeit des Übergangs: Der Dichter ist kurz vor Sullas Sieg und Alleinherrschaft geboren und wenige Jahre vor dem Abschluß der Eroberung Galliens durch Caesar gestorben. Er hat also den Aufstieg dieses Feldherrn zum Diktator nicht mehr erlebt. Einer Epoche zwischen zwei Diktaturen zugehörig, stand er in einem Raum unaufgelöster Spannungen, gleich weit von zwei Gravitationszentren entfernt. Politisch herrschte damals ein Zustand der ›Schwerelosigkeit‹ mit allen dazugehörigen Ängsten, aber auch allen Chancen einer neuen Erfahrung der Freiheit.

Ciceros Unterdrückung der catilinarischen Verschwörung erlebte Catull als Erwachsener, ebenso die Siege des Pompeius im Osten und Caesars Machtgewinn im Westen. Caesar war für Catull (c. 29) nur einer der Triumvirn, *cinaedus Romulus*, Kumpan des ›sauberen‹ Mamurra. Die nachträgliche Entschuldigung und Versöhnung, von der Sueton zu berichten weiß (Sueton, *Iulius Caesar* 73), ändert nicht viel an der inneren Ferne zwischen der größten militärischen und der größten unmilitärischen Individualität jener Jahre.

Auch das Verhältnis zu Cicero war nicht gerade von Herzlichkeit geprägt (c. 49). Während dieser die römische Republik zu bewahren suchte, indem er den gesellschaftlichen Werten mit Hilfe des philosophischen Denkens neues Leben einhauchte, eroberte Caesar im Zeichen persönlichen Machtstrebens neue geographische und ›moralische‹ Dimensionen. Ciceros wie Caesars Welt war nicht diejenige Catulls; sein Weg führte wiederum in ganz andersartige Bereiche. Nach der Lockerung der Bindungen an Staat und Familie und der Entweihung aller traditionellen gesellschaftlichen Werte durch die Eigensucht der Politiker war für nachdenkliche junge Menschen der Weg frei für die Suche nach privater und persönlicher Daseinserfüllung. Für solche Römer entdeckte der Dichter Lukrez die Naturphilosophie und der Dichter Catull die Liebe. Trotz seiner Ferne zur Politik geht die düstere Zeitstimmung an ihm nicht spurlos vorüber: Pessimismus spricht aus dem Schluß des Epyllions von der Hochzeit zwischen Peleus und Thetis (c. 64). Spannungsgeladen ist die Atmosphäre des Attis-Gedichtes (c. 63), in dessen unruhigen Rhythmen ein Lyriker von Rang, Alexander Blok[1], den nervösen Pulsschlag einer von Revolutionen erschütterten Zeit zu fühlen meint. Das dort behandelte Thema der Selbstentfremdung spiegelt die Schwere des Verlustes der alten Bindungen an die *patria* und die Sorge, nicht die erhoffte Freiheit zu gewinnen, sondern in eine neue, schlimmere Abhängigkeit zu geraten.

Vor diesem zeitgeschichtlichen Hintergrund stehen für Catull leidvolle persönliche Erfahrungen, die seine Dichtungen mitprägen: der Tod des Bruders[2] und die Liebe zu der Frau, die er Lesbia nennt. Auf die Identifikation dieser Frau ist viel gelehrter Scharfsinn verschwendet worden. Wenn man Apuleius glauben darf (*Apologia* 10), so handelt es sich um ein Pseudonym für Clodia. Meist denkt man dabei an die mittlere der drei Schwestern von Ciceros Todfeind Publius Clodius Pulcher, die Gattin des Quintus Caecilius Metellus Celer (Consul 60 v. Chr.). Man stützt sich dabei auf die – freilich nur allgemeine – Ähnlichkeit mit dem Charakterbild dieser Frau in Ciceros Rede *Pro Caelio*, vor allem aber auf ein Epigramm Catulls (c. 79), das in der Tat ohne Bezug auf Clodias allzu zärtliches Brüderchen Clodius Pulcher viel von seiner Schärfe verlöre. Freilich käme wohl ebenso die jüngste der drei Schwestern in Frage.[3]

Daß Lesbias Ehemann (oder ständiger Begleiter) in Catulls Augen ein Trottel ist (c. 83), dürfte allerdings für eine

1 A. Blok, »Katilina« (1918), übers. und interpretiert in: M. v. Albrecht, *Rom: Spiegel Europas*, Heidelberg 1988, S. 48 – 57.

2 Catull, c. 65; 68; 101. Der Bruder muß vor 57 v. Chr. gestorben sein, da Catull auf seiner Asienreise das Grab besucht.

3 M. Rothstein, »Catull und Lesbia«, in: *Philologus* 78 (1923) S. 1–34; ders., »Catull und Caelius Rufus«, in: *Philologus* 81 (1926) S. 472 f.

Identifizierung mit Metellus kein zureichender Grund sein. Sieht man in Clodia eine der Freigelassenen jenes Geschlechts[4], so muß man die Pointe von c. 79 preisgeben und die Hinweise auf Lesbias Adelsstolz übergehen. Grundsätzlich sollte man beim Identifizieren von Personen mehr Vorsicht als Zuversicht walten lassen.

Eine chronologische Reihung der Lesbiagedichte ist problematisch, da man sich vor romanhaften Konstruktionen zu hüten hat. Je nachdem, ob man in c. 51 die Liebeserklärung oder die Eifersucht in den Vordergrund stellte, hat man es an den Anfang der Liebesbeziehung gesetzt oder später datiert – wahrhaft brüchige Argumente. Die Datierung von c. 68 auf die Zeit vor dem Tod des Metellus (59 v. Chr.) beruht auf folgenden unbewiesenen Voraussetzungen: die ungenannte Geliebte sei Lesbia – was noch angehen mag –, diese sei Clodia II, der ›Gemahl‹ sei Metellus und nicht etwa ein zweiter Ehemann oder sonstiger Lebensgefährte.

Um die zentralen Gestalten – den toten Bruder und die Geliebte – gruppieren sich die Freunde, darunter mehrere Dichter, von denen besonders Licinius Calvus genannt sei. Dieser Freundeskreis, in dem bald rauhe, bald zarte, bald überraschend zärtliche Töne erklingen, ist Catulls Lebenselement. Weitere Adressaten sind: Catulls berühmter Landsmann Cornelius Nepos, den wir als Biographen kennen – er ist der Empfänger des Widmungsgedichts. Das Hochzeitscarmen (c. 61) ist an den römischen Patrizier Manlius gerichtet; die erste elegische Epistel (c. 65) an den bekannten Redner Hortensius Ortalus. In gebührendem Abstand folgen die Politiker: Cicero, Caesar und sein widerlicher Günstling Mamurra. Endlich die große Zahl der sonst Geschmähten und Angegriffenen.

4 W. Stroh, »Nachträge zum angeblichen Liebesverhältnis von Caelius und Clodia«, in: W. St., *Taxis und Taktik. Die advokatische Dispositionskunst in Ciceros Gerichtsreden*, Stuttgart 1975, S. 296–298.

## Die Gedichtsammlung: Die Anordnung und das Problem der »Zyklen«

Man gliedert die Sammlung der Gedichte üblicherweise in drei Teile: die kleinen Gedichte in nicht elegischen Versmaßen (c. 1–60), die größeren Gedichte (c. 61–68), die in Distichen geschriebenen Epigramme (c. 69–116). Die Anordnung im großen richtet sich also nach Umfang und Versmaß. Ein Übergang vom ersten zum zweiten Teil wird dadurch hergestellt, daß von den Gedichten 61–64 die ungeraden (›noch‹) lyrisch, die geraden (›schon‹) hexametrisch sind. Umgekehrt gehören die letzten vier längeren Gedichte (65–68) als Elegien und die auf sie folgenden distichischen Epigramme metrisch zusammen.

Faßt man alles in elegischen Distichen Geschriebene (c. 65–116) als eine Gruppe zusammen, so läßt sich das Werk in zwei ›Hälften‹ teilen (c. 1–64; 65–116), deren zweite mit einem Hinweis auf Kallimachos beginnt und endet.[5]

Dem Umfang nach handelt es sich jedoch nicht um Hälften. Vielmehr würde sich die Sammlung mit c. 1–60; 61 bis 64; 65–116 in drei etwa gleich lange Teile gliedern (863; 802; 644 Verse). Ist es Zufall, daß diese Abschnitte jeweils der Länge eines klassischen ›Buches‹ entsprechen?[6]

Wir wissen nicht, ob die Anordnung der Sammlung durchweg von Catull stammt (vgl. auch S. 237–240 zur Überlieferung); daher sollte man mit umfassenden Deutungen der Gedichtanordnung zurückhaltend sein.[7]

5 E. A. Schmidt, »Catulls Anordnung seiner Gedichte«, in: *Philologus* 117 (1973) S. 215–242.

6 J. Ferguson, »The Arrangement of Catullus' Poems«, in: *Liverpool Classical Monthly* 11,1 (1986) S. 2–6; W. V. Clausen, *The Cambridge History of Classical Literature*, Bd. 2: *Latin Literature*, hrsg. von E. J. Kenney und W. V. Clausen, Cambridge 1982, S. 193–197.

7 Vgl. H. Dettmer, »Design in the Catullan Corpus. A Preliminary Study«, in: *Classical World* 81 (1987 – 1988) S. 371–381; M. B. Skinner, »Aesthetic Patterning in Catullus. Textual Structures, Systems of Imagery and Book Arrangements. Introduction«, in: *Classical World* 81 (1987 – 1988) S. 337–340.

Von der Gruppierung hängt für die Interpretation des Einzelgedichtes nicht allzu viel ab; Gedichte, die formal oder inhaltlich verwandt sind, wird man auch unabhängig von ihrer Stellung miteinander vergleichen. Andererseits mag uns die originale Anordnung in vielen Fällen erhalten sein, besonders bei einigen Gruppen innerhalb der Polymetra.

Manchmal steht inhaltlich Verwandtes beisammen: so die Hochzeitsgedichte c. 61 und 62, die auf Gellius bezogenen Epigramme c. 88–91 und die stofflich vergleichbaren Sinngedichte c. 97 und 98. Zwei Lesbia-Epigramme folgen aufeinander (c. 86 und 87; falls sich c. 85 auf dieselbe Geliebte bezieht, sind es sogar drei; ähnliches gilt von c. 75 und 76). Aufilena ist Zielscheibe von c. 110 und 111, Caesar und sein Anhänger »Mentula« sind es in c. 93 und 94; Mentula allein erhält in c. 114 und 115 seine doppelte Dosis. Der Name Fabullus verbindet c. 12 und 13, Aurelius c. 15 und 16, Furius c. 23 und 24, Vatinius c. 52 und 53. In benachbarten Epigrammen (c. 95 und 96) werden die Dichterfreunde Cinna und Calvus angeredet, Calvus und Lesbia folgen aufeinander in c. 50 und 51.

Andererseits erscheint Zusammengehöriges oft in Sperrstellung: die Gelliusepigramme (c. 88–91) sind umrahmt von Lesbia-Gedichten (c. 85–87 und 92). Am Anfang der Sammlung sind die Gedichte c. 2; 3; 5; 7; 8; 11 Lesbia gewidmet. Besonders eng miteinander verklammert sind die Kuß-Gedichte (c. 5 und 7; c. 70 und 72 sind auf Lesbia bezogen, c. 41 und 43 auf Ameana). Personennamen verbinden c. 9 und 12 (Veranius), c. 15; 16 und 21 (Aurelius), c. 11 und 16 (Furius und Aurelius), c. 21 (Aurelius allein), c. 23 (Furius allein), c. 55 und 58a (Camerius). Von formalen Entsprechungen seien genannt: c. 34 und 36 (Hymnus und Hymnenparodie) und c. 37 und 39 (choliambisches Versmaß).

Die Lesbia gewidmeten Gedichte hat man als ›Zyklus‹ hervorgehoben, ebenso die auf Aurelius und Furius bzw.

Veranius und Fabullus bezogenen Verse. Dabei verwendet die Catull-Forschung das Wort ›Zyklus‹ in abgeschwächter Bedeutung. Es handelt sich nicht etwa um in sich geschlossene Gedichtgruppen, sondern um mehr oder weniger verstreute Gedichte verwandter Thematik, zwischen die ganz andersartige Gedichte eingeschoben sind.[8]

Einen Zyklus der ›Ding-Apostrophen‹[9] bilden die Gedichte c. 31; 35–37; 42 und 44.

Benachbarte Gedichte können miteinander kontrastieren, so c. 35, das an den Dichterfreund Caecilius gerichtet ist, und c. 36, das von der scherzhaften Verbrennung der *Annales* des Volusius handelt. Die Hochzeitsthematik von c. 61 bis 64 wird durch das andersartige Attis-Gedicht (c. 63) aufgelockert.

Variation und Kontrast sind die wichtigsten Anordnungsprinzipien. Eine strengere Gesetzmäßigkeit (wie bei späteren Büchern) ist nicht festzustellen. Die Frage nach der Authentizität der Gruppierung kann wohl nicht beantwortet werden; doch sieht man, daß Catull manche Gedichte von vornherein aufeinander bezogen wissen wollte.

## Quellen, Gattungen und Vorbilder

Seine Stoffe schöpft Catull – sofern man ihm Glauben schenken darf – aus dem römischen Leben; die Frische seiner Gestaltung hat frühere Generationen von Lesern hier manches buchstäblicher nehmen lassen, als der heutige Einblick in literarische Klischees und Topoi zuläßt. Doch sollte man im Auge behalten, daß der topische Charakter einer Aussage zwar nicht für, aber auch nicht gegen ihre subjektive Wahrheit spricht. Unbestritten bleibt: Catulls schöpferische Originalität zeigt sich darin, daß er auch in Fällen, in

8 Anders L. Tromaras, »Die Aurelius- und Furius-Gedichte Catulls als Zyklen«, in: *Eranos* 85 (1987) S. 41–48.

9 Schmidt (1973) S. 221–224.

denen wir ihm nachweisen können, daß er nur Topoi der hellenistischen Literatur abwandelt, diesen eine selbständige und neuartige Wendung zu geben weiß. Sogar seine Übersetzung der *Haarlocke Berenikes* (c. 66) erweist sich, nachdem ein Teil der Vorlage aufgefunden worden ist, als überraschend eigenständig.

Die literarischen Gattungen, denen sich Catull anschließt, sind durchweg diejenigen der hellenistischen Dichtung. An erster Stelle ist das Epigramm zu nennen. Dieses ist schon in hellenistischer Zeit nicht ausschließlich an die Form des elegischen Distichons gebunden. Catull variiert Untergattungen wie das Schmähepigramm, das Weihepigramm, das Einladungsepigramm, das Liebesepigramm usw. In Rom hat das Epigramm als Grabinschrift eine Tradition; etwa seit der Wende vom zweiten zum ersten Jahrhundert treten auch erotisch-sympotische Versuche auf: Man denke an Valerius Aedituus, Porcius Licinus, Q. Lutatius Catulus. Catull ist der erste Meister des Epigramms in Rom.

Seine umfangreicheren Dichtungen in elegischem Versmaß lehnen sich zum Teil – so die *Locke der Berenike* – an hellenistische Vorbilder an, teils scheinen sie der subjektiven römischen Liebeselegie den Weg zu bereiten; doch muß man bei genauerer Prüfung der Formen- und Gedankenwelt feststellen, daß Cornelius Gallus, nicht Catull, als der eigentliche Vater der lateinischen Liebeselegie zu gelten hat.

Die Gattung des hellenistischen Kleinepos – der Terminus ›Epyllion‹ scheint modern zu sein – wurde von Catull (c. 64) mit großer Sorgfalt gepflegt; in diesem Werk gewann der lateinische Hexameter eine bisher ungekannte Weichheit und Süße. Die Vorliebe für Spondeen im fünften Fuß stieß allerdings bei Zeitgenossen, die von epischen Dichtern männlichere Klänge erwarteten, auf Kritik (Cicero, *Epistulae ad Atticum* 7,2,1). Doch läßt sich nicht bestreiten, daß Catull in c. 68 an technischer Gewissenhaftigkeit keineswegs hinter einem Zeitgenossen wie Helvius Cinna zurückstand, der an seiner *Zmyrna* (Myrrha) ganze neun Jahre feilte (vgl. c. 95). Für c. 63 mag von Bedeutung sein, daß Caecilius, Catulls Landsmann aus Novum Comum, an einem Gedicht über die Mater magna arbeitete (c. 35).

Besondere Beachtung verdient die Mischung verschiedener Gattungen. Dies gilt einmal von der Sammlung im ganzen, in der sich unterschiedliche Genera und Versmaße vereinigt finden. Es gilt aber auch von dem einzelnen Gedicht: So parodiert die Anrede an den ›Sperling‹ den Gebetston und knüpft zugleich an Epigramme wie Meleagros, *Anthologia Palatina* 7,195 f., an. Carmen 8 erinnert an Menander (*Samia* 325–356), c. 60 an Theokrit 3,15–17. Catulls Meisterschaft im Schimpfen und Schmähen steht trotz punktueller Anklänge an Hipponax oder Archilochos in hellenistischer Tradition. Die den distichischen Teil des Werkes umrahmenden Huldigungen an Kallimachos sind keine Äußerlichkeit; die Berührungen mit diesem Großmeister der hellenistischen Kleinkunst sind ebenso zahlreich wie gewichtig.

Vereinzelt findet sich freilich auch die für das Dichten anderer Römer konstitutive Zurückbiegung einer ›modernen‹ Dichtung ins Archaische, so wenn Catulls Huldigung an Lesbia im Anschluß an ein berühmtes Gedicht Sapphos erfolgt (c. 51) oder wenn c. 68, 70–72 die im Hellenismus zum Topos verkommene Vergöttlichung der Geliebten eine Ernsthaftigkeit gewinnt, die an ältere Kulturstufen gemahnt.

## Literarische Technik: Symmetrien und Bilder

In den größeren Gedichten (c. 64; 68; 76) zeigt sich Catull als Meister der axialsymmetrischen Anordnung des Stoffes; die Bauprinzipien sind hellenistisch.[10]

10 E. Castle, »Das Formgesetz der Elegie«, in: *Zeitschrift für Ästhetik* 37 (1943) S. 42–54.

So gliedert sich c. 68 in zwei selbständige Hauptteile (V. 1–40; 41–160), in deren Mitte jeweils der Tod des Bruders steht (V.19–26 bzw. 91–100). Eindrucksvoll ist die chiastische Abfolge der Themen im zweiten Teil (V. 41 bis 160): Um das Zentralmotiv – den Tod des Bruders (V. 91 bis 100) – legen sich folgende Themen als konzentrische Schalen: Troia (V. 87–90, 101–104), Laodamia (V. 73–86, 105 bis 130), Lesbia (V. 67–72, 131–134), Catull (V. 51–66, 135 bis 148), Allius (V. 41–50, 149–160). Auch das Epyllion (c. 64) besteht – wenn man von Prolog (V. 1–30) und Epilog (V. 384–408) absieht – aus zwei Hauptteilen: dem Fest der Menschen (V. 31–277) und dem der Götter (V. 278–383). Jeder dieser Teile enthält eine Einlage, die mit ihrer Umgebung kontrastiert: die Beschreibung des Teppichs auf dem hochzeitlichen Lager (V. 50–264) und den Gesang der Parzen (V. 323–381).

Während Catull in den größeren Gedichten die Form durch Variation des Umfangs der Einzelteile belebt, ist die Elegie c. 76 nicht nur inhaltlich, sondern auch dem Umfang ihrer Teile nach streng axialsymmetrisch gegliedert.[11] Dieser Aufbau wird jedoch von einem linear fortschreitenden, rhetorisch-psychologischen überlagert, der in groß angelegter Steigerung von ruhiger Meditation zu leidenschaftlicher Bitte führt.

Die kunstvolle Strukturierung ist nicht nur in den größeren Gedichten kenntlich, in denen man ja ein hohes Maß an gelehrtem Kunstverstand erwarten muß. In den kleinen Gedichten, die auf den ersten Blick wie leicht hingeworfene, spontane Ergüsse erscheinen, ist die Hand des Künstlers nicht weniger zu spüren. Man denke nur an raffinierte Wiederholungsformen wie das Einhämmern der Hunderte und Tausende in dem Kußgedicht c. 5 oder an die schlagende Rückkehr zur Eingangszeile in c. 16 und 57. Wiederaufnah-

11 Siehe z. B. M. von Albrecht, *Römische Poesie*, Heidelberg 1977, S. 87 bis 89.

men erleichtern auch den Überblick über verwickeltere Gedichtstrukturen. In dem Frühlingsgedicht c. 46, einem Quadrat aus elf mal elf Silben, unterstreicht das anaphorische *iam* (V. 1 und 2, 7 und 8) die Gliederung in zwei nicht genau gleich lange Teile (V. 1–6, 7–11). Diese Parallelität wird durch chiastische Spiegelungen im Vokabular ergänzt.[12]

Dreiteilig ist c. 45: die ersten beiden – gleich langen – Strophen (V. 1–9, 10–18) stellen in Rede und Gegenrede die Liebe des jungen Mannes bzw. des Mädchens dar; der gleichbleibende Refrain – das Niesen Amors – unterstreicht die Parallelität. Die dritte Strophe faßt die wechselseitige Liebe beider in parallel gebauten Sätzen zusammen; daher verkürzt sich die bisher ungerade Zeilenzahl (Strophe 1 und 2 umfaßten je 9 Zeilen) zu einer geraden (8 Verse). Wie in c. 46 bringt auch hier die leichte Verkürzung des Schlußteils einen Zuwachs an Energie.

Durch zitierendes Wiederaufnehmen können Gedichte miteinander verbunden werden: so kehrt die erste Zeile des zweiten Gedichtes (*passer, deliciae meae puellae*) gleich nach dem Anfang des dritten wieder (3,3 f.), und die Schlußwendung führt das Motiv weiter aus (3,16–18).

Die Bilderwelt verbindet griechische und römische Tradition mit persönlichem, ›modernem‹ Lebensgefühl. Beispielsweise wählt Catull zur Beschreibung seiner Liebe zu Lesbia Bilder aus der Welt der römischen Familie: Er liebt Lesbia »nicht wie der Pöbel die Freundin«, sondern »wie ein Vater seine Söhne und Schwiegersöhne« (c. 72,3 f.). Laodamias Liebesleidenschaft – eine mythische Präfiguration des Kommens der Geliebten Catulls – gleicht der Liebe eines alten Mannes zu seinem endlich geborenen Enkel (c. 68,119–124). Diesem Bild einer ›schenkenden‹ Liebe (*diligere, bene velle*) steht die besitzergreifende und sinnliche

12 *refert* 1, *reportant* 11; *silescit* 3, *vigescunt* 8; *linquantur* 4, *valete* 9; *volemus* 6; *vagari* 7.

(*amare*) gegenüber, die in traditioneller Weise als ›Krankheit‹ gedeutet wird. Beides vereinigt sich in c. 68: Hier folgt auf das von Sinnlichkeit freie Großvatergleichnis unmittelbar das Bild der schnäbelnden Tauben (V. 125 bis 128). Eine recht unkonventionelle Kühnheit liegt darin, daß manchmal in Vergleichen das Geschlecht vertauscht wird, so wenn Catull sich selbst mit Iuno in Parallele setzt (c. 68,138–140): wie diese Göttin die Untreue ihres Gemahls, so will Catull demütig die Seitensprünge seiner Geliebten ertragen. Die Vertauschung der Geschlechter im Gleichnis symbolisiert radikal die Unterwerfung unter den Willen der Geliebten, das *servitium amoris*.

Catulls Fähigkeit zu bildhafter Vergegenwärtigung zeigt sich in der Personifikation von Körperteilen, zum Teil im Anschluß an die Volkssprache. Wie wir etwa beim Anhören schöner Musik ›ganz Ohr‹ sind, so soll Fabullus beim Riechen eines köstlichen Parfüms ›ganz Nase‹ werden (c. 13, 13 f.). Mentula gar wird nicht nur nach dem Körperteil benannt, mit dem er ständig sündigt, sondern er wird geradezu mit diesem identisch (c. 94; 105; 114; 115).

Bei einem Dichter der inneren Erfahrung wie Catull kann die Natur zur Trägerin von Gefühl werden. So bereitet sich z. B. die Stimmung des Reue-Monologs von Attis in der Landschaft vor. Am Vorabend folgt der Chor der mystischen Lockung des Waldesdunkels und stürmt durch die Berglandschaft zum »grünen Ida« (c. 63,30); Attis führt die Schar durch »düstre Haine« (V. 32); am Vorabend erschien der Wald als geheimnisvoller Ort religiöser Erfahrung und Einweihung. Der Umschwung der Stimmung bereitet sich in der Landschaft vor: Am nächsten Morgen liegen weißer Äther, harter Boden und wildes Meer in grellem Sonnenlicht (V. 40). Der Blick des Erwachenden auf die unermeßliche See vervollständigt die Spiegelung seiner Ernüchterung in der Außenwelt. Umgekehrt mündet die Freude über die Heimkehr nach Sirmio (c. 31) in die Aufforderung an den See zu lächeln: Catull beseelt die Landschaft. Besonders bezeichnend für seine subjektive Sicht ist c. 46: Hier wird die Frühlingsstimmung nicht detailliert ausgemalt, sondern setzt sich sofort in Willensimpulse und Bewegungsenergie um.

## Sprache und Stil

Wie Catulls Sammlung eine Fülle verschiedener Gattungen in sich vereinigt, so hat auch seine Sprache eine ungewöhnliche Zahl von Registern: vom Sublimsten bis zum Niedrigsten, vom Subtilsten bis zum Derbsten. Der Frische der Umgangssprache verdankt unser Dichter zahlreiche Deminutiva. Aus seinem Heimatdialekt führt er das Wort *basium* in die Literatur ein. Der Umgangssprache entstammen auch viele Derbheiten, die in pompeianischen Inschriften Parallelen finden. Umgekehrt dienen griechische Wörter und Eigennamen als erlesene Schmuckelemente (z. B. in c. 64).[13]

Das nicht restlos ausgeglichene Verhältnis zwischen Derbheit und Überfeinerung macht Catulls Verse besonders reizvoll. Allein schon in seiner Sprache zeigt er sich als ›ungezogener Liebling der Grazien‹.

In dem außergewöhnlich kunstvollen Epyllion (c. 64) mit dem unnachahmlichen Fluß seiner Hexameter und auch in den Galliamben (c. 63) bereitet sich die fein ausgewogene Wortstellung der augusteischen Zeit vor, z. B. c. 63,50: *Patria o mei creatrix, patria o mea genetrix.*[14]

Bei anderen Gedichten hat Catull früher mit dem Feilen aufgehört. Allgemein sind seine elegischen Distichen aus härterem Holz geschnitzt als seine epischen Hexameter und

13 M. Geymonat, »Onomastica decorativa nel carme 64 di Catullo«, in: *Materiali e discussioni per l'analisi dei testi classici* 7 (1982) S. 173 bis 175.

14 P. Fedeli, »Struttura e stile dei monologhi di Attis nel carm. 63 di Catullo«, in: *Rivista di Filologia e d'Istruzione Classica* 106 (1978) S. 39 bis 52.

Galliamben. Die Polymetra stehen dazwischen: Bald scheinen sie aufs feinste geschliffen, bald mit nachlässiger Grazie hingeworfen, nicht selten beides zugleich.

Catull beherrscht eine Vielfalt von Tönen und Zwischentönen. In den längeren Gedichten herrscht eine spannungsreiche Harmonie von griechischem Wohlklang und römischem Pathos. Man hat bei Catull einige ›schleppende Gedichtanfänge‹ beobachtet:[15] Bedingungs- und Relativsätze, überhaupt längere Perioden im Unterschied zum Streben der klassischen Dichter nach Übersichtlichkeit. Dieser Zug gehört wohl zum Teil noch dem Zeitstil an – man denke etwa an Lukrez. Was insbesondere die Anfänge betrifft, so werfen Spätere Catulls Zeitgenossen Cicero vor, er sei *lentus in principiis* (Tacitus, *Dialogus* 22). Catull wendet solche Eingänge bewußt an, vor allem bei längeren Gedichten haben sie eine künstlerische Berechtigung; dienen sie doch der ruhigen Einstimmung des Lesers und erlauben Steigerungen im späteren Verlauf des Textes durch Verkürzung der Satzlänge (c. 65; 68; 76). Gegen die generelle Bezeichnung seiner Verse als ›schwerfällig‹ (Kroll) muß jedenfalls Einspruch erhoben werden. Dieses Urteil mag auf einige von Catulls elegischen Distichen zutreffen, sofern man sie (was historisch nicht zulässig ist) mit denen der Augusteer vergleicht, nicht aber auf die Hendekasyllaben, Galliamben und epischen Hexameter, deren Kennzeichen vielmehr umgekehrt ein für lateinische Texte ganz ungewöhnlicher, geradezu unerhörter Mangel an Härte und Schwere ist.

Einen Gegenpol dazu bilden die elegischen Verse mit ihrer Gewichtigkeit; in der Tat wäre in den Epigrammen, in denen sich dialektisch entfaltete Gedanken verdichten, das weiche Fließen der Hexameter des Epylls fehl am Platze. Die eingangs hervorgehobene, außerordentlich reiche Palette der Ausdrucksmittel läßt sich also auch auf dem Gebiet

15 G. Luck, »Über einige Typen des Gedichtanfangs bei Catull«, in: *Euphrosyne* N.S. 1 (1967) S. 169–172.

der Metrik und sogar bei der Behandlung ein und desselben Versmaßes beobachten. Sie dokumentiert die Spannweite von Catulls Begabung.

Von den Stilmitteln ist außer der bereits erwähnten Wiederholung die Anrede das wichtigste. Selten kommt in einem Gedicht nur die dritte Person vor (z. B. c. 57; 59), öfter in den Epigrammen. In so gut wie jedem der kleineren Gedichte wird jemand oder etwas angeredet, sei es eine Gottheit (c. 4; 34; 76), eine geliebte (oder ungeliebte) Frau, Freund oder Feind, ein Ort (c. 17; 37; 44), ein Buch (c. 35; 36), Verse (c. 42). Selten ist die Anrede bloße Konvention (z. B. c. 27 an den Mundschenk).

Besonders bezeichnend für Catull sind die Selbstanreden (c. 8; 46; 51; 52; 76; 79). Man sollte sie gewiß nicht religiös (›Gespräch mit dem eigenen Genius‹) oder philosophisch hochstilisieren; doch muß man darin eine Form der Distanzierung vom eigenen Ich und – als dramatisches Element (vgl. Euripides, *Medea* 401) – die Entstehung eines dramatischen Dialogs im eigenen Herzen sehen. Von sich selbst spricht Catull häufig auch in der dritten Person,[16] manchmal nicht ohne herbe Selbstironie. Der Belebung des Stils dient insbesondere die ›rhetorische Frage‹ – sie ist in großen wie kleinen Gedichten vertreten; an affektivem Ausdruckswert wird sie nur durch die – ebenfalls häufige – indignierte Frage überboten.[17]

## Literarische Reflexion: Zwischen Spiel und Ernst

›Spielen‹ (*ludere*) ist die Bezeichnung für das poetische Schaffen (c. 50,2), die Werke heißen *nugae* (»Kleinigkeiten«: c. 1,4). Das Vokabular des Widmungsgedichts kennzeichnet zunächst nur das Äußere des Buches, doch wird man es

16 Carmen 6; 7; 11; 13; 44; 49; 56; 58; 72; 79; 82; vgl. 68, 27 und 135.
17 J. Granarolo, *Catulle, ce vivant*, Paris 1982, S. 168–180.

auch als poetisches Programm deuten dürfen: Das Werk soll »anmutig« (*lepidus* 1,1) und »neu« (*novus* 1,1) sein. Bei dem ersteren Wort klingt das kallimacheische Kunstideal an, bei dem zweiten die Bezeichnung des Dichterkreises um Catull als *poetae novi* (Neoteriker). Für Catulls Auffassung vom Dichtertum ist sein Schreiben an Licinius Calvus (c. 50) ein wichtiges Zeugnis. Seine Existenz als Dichter läßt sich nur im Kreise der Freunde und in der Begegnung mit Lesbia vorstellen.

Theoretische Äußerungen darf man von Catull nicht in großer Zahl erwarten. Immerhin zieht er jedoch in c. 16 eine scharfe Trennungslinie zwischen Poesie und Leben: *nam castum esse decet pium poetam / ipsum, versiculos nihil necessest* (c. 16,5 f.: »Anständig zu sein ziemt dem rechtschaffenen Dichter – für seine Person; für seine Verslein ist das keineswegs nötig.«). Freilich gilt es, den Zusammenhang zu beachten: Catull spricht hier nicht eigentlich von obszönen Versen, sondern von den Kuß-Gedichten. Er will sich nicht so sehr gegen den Vorwurf der Schamlosigkeit als vielmehr gegen den der Unmännlichkeit verteidigen. Trotzdem besteht ein spürbarer Unterschied zu den römischen Liebeselegikern, die programmatisch ihr Dichten in den Dienst ihrer als Lebensinhalt und Lebensform verstandenen Liebe stellen. Eine Kluft zwischen Leben und Dichten wird erst wieder beim späten Ovid aufgerissen, und zwar – eine entfernte Parallele zu Catull – in apologetischem Zusammenhang (*Tristia* 2,354: *vita verecunda est, musa iocosa mea*).

De facto besteht dennoch bei Catull eine gewisse Einheit von Poesie und Liebe durch die Existenz im Kreise der Dichterfreunde. Die Beziehung zu Lesbia scheint bestimmte Aspekte der elegischen Liebesauffassung vorwegzunehmen, aber als Daseinsform, nicht als Dichtungstheorie. Allerdings ist die Einengung des Dichters auf sein Werk und die Identifikation mit diesem ein perspektivischer Irrtum, dem der neuzeitliche Leser leicht unterliegt. Dieser hat ja nur noch das Werk und meint nun in ihm den ›ganzen‹ Catull zu besitzen. Wie fließend die Grenzen zwischen Poesie und Leben sind, sieht man z. B. an den Äußerungen über die ›erotische‹ Wirkung von Dichtung (c. 16; 35; 50).[18] Diese griechische Vorstellung, durch Komödie und Epigramm in Rom heimisch geworden, prägt die literarische Terminologie der Polymetra: *bellus*, *dicax*, *dulcis*, *delicatus*, *elegans*, *facetiae*, *iocus*, *lepos*, *ludus*, *molliculus*, *otiosus*, *parum pudicus*, *sal*, *tener*, *venustus*. Dieser Wortschatz, der Anmut und Charme betont, setzt eine ›erotische‹ Wirkungsästhetik im Sinne einer verfeinerten Gesellschaft und Geselligkeit voraus; daher wird auch der Gegensatz zwischen »großstädtischer« und »bäurischer« Art ausgespielt: pointiert placiert Catull in c. 35 und 36 den zarten Dichter Caecilius (*tener*) und die bäurischen und geistlosen *Annalen* des Volusius nebeneinander. Entsprechend ist in Lesbia das Bild der ›musischen Hetäre‹ vergeistigt.[19] Der *lepos* eines Adressaten kann einen Autor zu Versen inspirieren.[20]

Aus alledem spricht freilich mehr eine Lebens- als eine Poesieauffassung im strengen Sinne.[21]

Deutlich ist der Bezug von Vokabeln wie *lepores*, *facetiae*, *salsus* (bzw. *ineptus*, *sordidus*, *invenustus*) auf rechte, feine Lebensart (und ihr Gegenteil) in dem wenig beachteten c. 12, dem in dieser Beziehung eine Schlüsselstellung zukommt. Anmut ist nicht ausschließlich (und nicht einmal primär) etwas Literarisches. Doch sollte sie vom Leben auch auf die Schriften ausstrahlen, was sie z. B. bei einem Suffenus nicht tut (c. 22). Die distichischen Epigramme erklimmen eine neue Stufe der Reflexion, indem sie Gegensätzliches in ein und demselben Gedicht zusammenspannen: So

18 W. Stroh, *Die römische Liebeselegie als werbende Dichtung*, Amsterdam 1971, S. 213 f., mit Anm. 77–79.
19 Stroh, S. 214, Anm. 78.
20 E. A. Schmidt, *Catull*, Heidelberg 1985, S. 130 f.
21 W. Kißel, »Mein Freund, ich liebe dich (Catull c. 50)«, in: *Würzburger Jahrbücher für die Altertumswissenschaft* 6B (1980) S. 45–59.

verbindet c. 95 das Lob eines guten und den Tadel eines schlechten Autors, Themen, die in c. 35 und 36 getrennt entfaltet worden waren. In ironischer Brechung werden die Themen ›Poesie‹ und ›Eros‹ in der Verspottung der musischen Ambitionen des Mannes miteinander verbunden, den Catull, während er ihm die geistige Kreativität abspricht, mit dem Namen des Zeugungsorgans belegt (c. 105).

## Catulls Ideenwelt: Geistige Befreiung zwischen alten und neuen Bindungen

Ansätze zu philosophischer Reflexion finden wir bei Catull durchaus; doch sind sie zum Scheitern verurteilt und werden auch nur angeführt, um dieses Scheitern zu verdeutlichen. So versucht der Dichter in c. 76, im Rückblick sein Verhalten gegenüber der Geliebten als *pium* zu kennzeichnen und daraus im Sinne philosophischer Meditation eine innere Befriedigung zu ziehen. Umsonst! Die Gedankenkonstruktion zerbricht, und es bleibt nur der Hilferuf an die Götter. Und wieder sollte man nicht damit rechnen, daß Catull platonisierend in religiöser Tradition Trost gefunden hätte. Auch die Deutung der Liebe als Krankheit[22] (c. 76,20 u. ö.) ist ein gemein-antiker Zug, aus dem man nicht auf spezielle philosophische Interessen schließen darf.

Im Attis-Gedicht (c. 63), das in allgemein gültiger Weise die geistige Situation der Zeit widerspiegelt, diagnostiziert Catull die Gefahren des religiösen Fanatismus. Attis tut in religiöser Ekstase einen Schritt, den er nie wieder rückgängig machen kann. Indem er seine bisherige Welt verläßt, bricht er mit den alten Lebenszusammenhängen: Familie, Gesellschaft, Heimat, Staat. In einem Zeitalter großer Umwälzungen wie dem Catulls begannen solche Erfahrungen

22 J. Svennung, *Catulls Bildersprache. Vergleichende Stilstudien*, Uppsala 1945, S. 122–127.

der ›Entfremdung‹ auf den verschiedensten Gebieten an die Menschen heranzutreten. Von Rausch und Begeisterung zu radikaler Zerstörung war nur ein Schritt. Nachdem einmal die natürlichen Bande zerrissen waren, trat freilich eine Ernüchterung ein, die bewältigt sein wollte, sollten nicht die vorhergehenden Opfer vergeblich gewesen sein. Das Individuum machte die königliche Erfahrung der Befreiung aus den vorgegebenen Fesseln des Blutes; aber auch die Gefahren einer neuen, schlimmeren Sklaverei taten sich auf. Viele Römer muß der Niedergang der Republik und das Heraufkommen neuer Diktaturen mit Schmerz und Sorge erfüllt haben.

Verwandt ist die Vorstellungswelt des Epyllion (c. 64). In der Ariadne-Geschichte ist Ariadnes Erfahrung von Trennung und Schmerz stärker betont als das Erscheinen des göttlichen Erlösers Bacchus. Statt bei der Parallelität der Hochzeiten zwischen Göttin und Heros bzw. Gott und Heroine zu verweilen, arbeitet Catull schmerzliche Kontraste heraus. Nach dem Anschauen des Hochzeitsteppichs verlassen die menschlichen Besucher das Fest, und die Olympier sind wieder unter sich. Die Hochzeit zwischen der Göttin und dem Sterblichen bleibt also ein Einzelfall. Die Schranke zwischen Himmel und Erde ist keineswegs aufgehoben; allein die Unsterblichen hören die Weissagung der Parzen. Die Klage des Epilogs macht nur explizit, was die strenge Zweiteilung des Festes – und des Epylls – suggeriert: In der Gegenwart kann es keine Verbindung von Göttern und Menschen geben. Was bleibt, ist ein ›moderner‹, ›säkularisierter‹ Gedanke von beklemmender Nüchternheit.

Um den Wandel der Werte, wie wir ihn bei Catull beobachten, zu verdeutlichen, muß man zu hohen Vergleichen greifen: Fand der Römer alten Schlages an der *res publica*, der Grieche Platon durch Sokrates zu sich selbst, so Catull in der Begegnung mit Lesbia, einem Wesen, dessen Dämonie sich in der Spannweite der ihr beigelegten Bezeichnungen – von der Göttin bis zur Dreigroschendirne – widerspiegelt. Gleichgültig, wer und was Lesbia ›war‹, entscheidend bleibt, wozu sie durch Catulls dichterisches Genie geworden ist. Der para-religiöse, geradezu magische Charakter seiner Verfallenheit wird von Dichtern des 19. Jahrhunderts (Eminescu, Baudelaire) sehr gut verstanden werden. Heute gilt es, sich von kommerzialisierten Klischeevorstellungen freizumachen, die den Blick auf Catulls Schöpfung verstellen.

Dabei handelt es sich nicht nur um eine Sprach-, sondern auch um eine Wertschöpfung. Durch den Aufbruch aus den alten Ordnungen sind traditionelle Begriffe wie *pietas*, *fides* neu verfügbar geworden. Im neuen Kontext erhalten sie einen unkonventionellen, oft überraschenden Stellenwert. Das Bild der Liebe ist in den distichischen Epigrammen von römischen Wertvorstellungen geprägt, die nun aus subjektiver Erfahrung umgedeutet werden: Ehe (c. 70), Elternliebe (c. 72), *pietas* (c. 73; 76), *officium* (c. 75), *foedus*, *fides* (c. 76; 87; 109). Insbesondere tritt *amicitia* hinzu (c. 109), die – auch in Rom – keineswegs nur ›politischen‹ Klang hat.[23] Dagegen werden in den Polymetra (c. 1–60) Begriffe wie *fides* und *foedus* nicht verwendet. In den größeren Gedichten schließlich (c. 61–68) steht die Ehe im Vordergrund (das Epigramm c. 70 ist durch das Stichwort *nubere* mit den *carmina maiora* verklammert).

Nur der Tendenz nach gilt die Unterscheidung, daß in den Polymetra (c. 1–60) die sinnliche, in den distichischen Epigrammen (c. 69–116) die sittliche Seite der Liebe dominiert. Gewiß steht in c. 109 die Dauer, in c. 7 der erfüllte Augenblick im Vordergrund; in den Polymetra gefährdet Lesbias allgemeine Promiskuität die Liebe (c. 11; 37; 58), in den distichischen Epigrammen individuelle Untreue mit bestimmten Freunden (c. 73; 77; 79; 82; 91). Jedoch stehen die

23 Schmidt (1985) S. 124 f. Ansätze zur Vergeistigung der Liebe in der Komödie: Plautus, *Truculentus* 434–442; Terentius, *Andria* 261–273.

Gellius-Verse und erdrückend viele andere distichische Epigramme den Polymetra an Derbheit keineswegs nach. Eher könnte man sagen, daß in einigen Epigrammen die *Polarität* von sinnlicher und geistiger Liebe entfaltet wird (c. 72; 75; 76): *amare* und *bene velle*. Dies entspricht der auch an anderen Stellen zu beobachtenden Tendenz, in den Epigrammen, die elegisches Versmaß aufweisen, in pointierter Form gewissermaßen die Summe aus den in Polymetra und *carmina maiora* entfalteten Aspekten zu ziehen.

Catulls Weltbild wäre unvollständig ohne seinen Freundeskreis, der gewissermaßen an die Stelle der Republik tritt, wie Lesbia an die der Familie. Catull ist ein Dichter der Freundschaft. Der lebhafte Austausch von Gedanken und Gefühlen in diesem Kreis gehört fest zum Bild catullischen Lebens und Dichtens.

## Überlieferung: Ein seidener Faden

Catulls Gedichte zirkulierten ursprünglich auf Täfelchen oder Papyrus im Freundeskreis. Ob der Dichter die uns vorliegende Sammlung selbst[24] zusammengestellt hat, wissen wir nicht.

Für nachträgliche Herausgabe durch einen anderen sprechen folgende Tatsachen: Es sind Werke recht unterschiedlichen Vollendungsgrades aufgenommen, die Ausgabe ist formal und inhaltlich nicht in sich geschlossen und ungewöhnlich bunt. Das Einleitungsgedicht paßt ohne Gewaltsamkeit zu 1–60, nur zur Not auf die ganze Sammlung.[25]

24 Für Catull als Veranstalter der Ausgabe: E. A. Schmidt, »Das Problem des Catullbuches«, in: *Philologus* 123 (1979) S. 216–231.

25 Einige Gedichte sind verstümmelt (2a, 14a); andererseits sind, wie bezeugte Zitate beweisen, nicht alle Gedichte Catulls aufgenommen. Die Gedichte 18–20 wurden erst in der Neuzeit von Herausgebern aus den *Priapeen* aufgenommen und von späteren Editoren wieder aus der Sammlung verwiesen.

Ein weiteres Problem stellt der ungewöhnliche Umfang des Buches. 100 Teubner-Seiten übersteigen das übliche Maß eines Volumen um das Dreifache.

Es trifft zwar zu, daß das *Bellum Poenicum* des Naevius ursprünglich nicht in Bücher eingeteilt gewesen sein soll (wer garantiert, daß es tatsächlich auf nur *einer* Rolle stand?), aber zu Catulls Zeit war es längst in sieben Volumina aufgeteilt. Es ist ebenfalls richtig, daß der *Kranz* des Meleagros (auf den Catull eingangs anspielt) umfangreich gewesen sein muß. Aber beide Werke waren nicht so heterogen wie das des Veronesers, und es läßt sich nicht bestreiten, daß zu seiner Zeit ein so dickes Buch nicht gerade das Übliche ist.

Es kommt hinzu, daß sich Catulls Œuvre, wie oben gezeigt, von selbst in drei Teile vom Umfang ›klassischer‹ Bücher gliedert. In dieser Form mag es sogar ein Muster für die *Oden* des Horaz (Buch 1–3)[26] und Ovids *Amores* (Buch 1–3) gewesen sein, Sammlungen, deren Einheit freilich strengeren Gesetzen folgt.

Der jetzige Zustand wäre dann die Folge der Umschrift von Papyrusrollen in einen Codex, eines für die Überlieferung der römischen Literatur wichtigen Prozesses, der etwa im 4. Jahrhundert abgeschlossen war. Angesichts der ursprünglichen freien Verbreitungsform überrascht es nicht, daß auch entstellte Abschriften kursierten (Gellius 6 [7], 20, 6) – der Text blieb vogelfrei, da Catull kein Schulautor war.

Ins Mittelalter gelangte nur ein einziges Exemplar, das im 10. Jahrhundert dem Bischof Ratherius von Verona zugänglich war (vgl. *Patrologia Latina* [Migne] 136,752). Ebenfalls in Catulls Heimat tauchte zu Beginn des 14. Jahrhunderts ein aus Frankreich kommender Codex auf (V, wohl ein Nachkomme von Rathers Exemplar). Diese Handschrift wurde zitiert, abgeschrieben und ging dann endgültig verlo-

26 J. Ferguson, »The Arrangement of Catullus' Poems«, in: *Liverpool Classical Monthly* 11,1 (1986) S. 2.

ren. Auf sie gehen alle erhaltenen Codices zurück. Die besten von ihnen sind, wie E. Baehrens in seiner Ausgabe von 1876 erkannt hat, der Sangermanensis 1165 (G; Parisinus 14 137) aus dem Jahr 1375 und der etwa gleich alte Oxoniensis (O; Bodleianus Canonicianus Class. Lat. 30), von dem es eine Facsimile-Ausgabe gibt.[27] Sie sind in Oberitalien geschrieben. Von den übrigen erhaltenen Handschriften verdient noch der Romanus (R; Vaticanus Ottobonianus Lat. 1829) aus der Zeit um 1400 Erwähnung. Er geht auf dieselbe Vorlage wie G zurück und enthält Korrekturen von Coluccio Salutati (gest. 1406).

Selbständig ist c. 62 im Codex Thuaneus (T; Parisinus 8071) aus dem ausgehenden 9. Jahrhundert überliefert. Er geht auf dieselbe Quelle zurück wie die übrige Tradition[28] (hat er doch wie alle anderen Handschriften die Lücke nach Vers 32), doch bietet er den sonst überall fehlenden Vers 14 und überhaupt stellenweise einen besseren Text.

Vor wenigen Jahrzehnten ermöglichte die Auffindung von Textstücken aus Kallimachos' *Locke der Berenike* die Verbesserung einer alten Korruptel (c. 66,78: *vilia* statt *milia*).

Von der Überlieferungslage entsteht ein zutreffendes Bild, wenn man sich klarmacht, daß dem Catulltext in der Antike keine philologische Pflege widerfuhr, daß seine Erhaltung im Mittelalter und in der frühen Neuzeit nur dem tätigen Interesse ganz vereinzelter Leser zu verdanken war und daß die schmale und fehlerhafte Tradition die Rückgewinnung des originalen Textes ungewöhnlich erschwerte: Auch in ›konservative‹ Ausgaben sind über 800 von Philologen stammende Verbesserungen eingegangen, überwiegend von italienischen Humanisten des 15. und von deutschen Gelehrten des 19. Jahrhunderts. Die Tatsache, daß das Überleben sogar erstrangiger Autoren oft an einem seide-

27 Hrsg. von R. A. B. Mynors, Leiden 1966.

28 Anders F. Della Corte, *Due studi Catulliani*, Genova 1951, Tl. 1: »L'altro Catullo«, S. 5–102.

nen Faden hing – Catull teilt dieses Los mit Lukrez und Tacitus –, bringt uns zum Bewußtsein, daß ›Überlieferung‹ kein anonymer Strom, sondern ein von Individuen getragener, aktiver Prozeß ist, zu dem jeder Leser das Seine beiträgt.

## Fortwirken: Bald enttäuschend, bald überraschend

Catull hat sich im Glauben an die Unsterblichkeit seiner Dichtung nicht getäuscht (c. 1,10; 68,43–50). Die Wirkungsgeschichte beginnt sehr früh. Es überrascht nicht, daß Cornelius Nepos, Catulls Landsmann und Empfänger des Widmungsgedichtes, ihn rühmt (Nepos, *Atticus* 12,4). In seinem Werk *Über die lateinische Sprache* scheint der größte Universalgelehrte Roms, Varro (*De lingua Latina* 7,50), bereits auf das Hochzeitscarmen 62 anzuspielen; Asinius Pollio schreibt über unseren Dichter (vgl. Charisius [*Grammatici Latini*, hrsg. von H. Keil] 1,97,10). Die augusteischen Klassiker verdanken den Neoterikern besonders strenge ästhetische Maßstäbe. Vergils Dido-Erzählung ist Catulls Ariadne-Geschichte verpflichtet (vgl. auch *Aeneis* 6,460 mit Catull 66,39). Die *Appendix Vergiliana* wäre ohne Catull undenkbar. Cicero freilich, der für altlateinische Dichtung schwärmt, hegt wenig Sympathie für die neumodischen Poeten, deren Spondeiazontes er verspottet (*Epistulae ad Atticum* 7,2,1). Wie der große Redner so bezeugt auch Horaz indirekt die Beliebtheit Catulls, obwohl er verschweigt, daß dieser vor ihm Iamben und sapphische Strophen geschrieben hat (c. 3,30,13; *Epistulae* 1,19,23 f.); zu seiner Zeit ist wohl die neoterische Manier zur Mode verkommen (vgl. *Saturae* 1,10,19). Ovid kennt besonders die *carmina maiora* (62; 64; 68), aber auch c. 3 (vgl. *Amores* 2,6) und ehrt den Frühvollendeten mit der Anrede *docte Catulle* (*Amores* 3,9,61 f.); als Begründer der römischen Elegie gilt ihm freilich nicht der Veroneser, sondern Cornelius Gallus (*Tristia*

4,10,53). Velleius Paterculus preist Catull und Lukrez (2,36,2); Petron, Martial und die *Carmina Priapea* sind unserem Dichter zutiefst verpflichtet. Der ältere Plinius kann in seiner Vorrede bei Kaiser Vespasian (der nicht als besonders musisch gilt) Catullkenntnisse voraussetzen, und Plinius der Jüngere dichtet unter anderem Hendekasyllaben (*Epistulae* 7,4,8 f.), um die glanzvolle Gesellschaftskultur der ciceronischen Epoche in seiner Zeit zu neuem Leben zu erwecken. Die *poetae novelli* des 2. Jahrhunderts n. Chr. schöpfen aus derselben Quelle. In der Spätantike widmet Ausonius seinem Sohn Drepanius ein Büchlein – wie einst Catull dem Nepos –, allerdings nennt er es mit aufdringlicher Bescheidenheit *inlepidum, rudem libellum*. Ähnlich verfährt er in einem späteren Buch gegenüber Symmachus (p. 91 und 150 Prete). Für Martianus Capella (3,229, p. 85 D.) ist *Catullus quidam* nur noch ein Name. Isidor von Sevilla zitiert lediglich zwei Catullstellen; eine davon schreibt er Calvus zu.

Petrarca liest Catull; zu stärkerer Wirkung kommt der Dichter bei dem Neulateiner Giovanni Cotta (gest. 1508), dem italienischen Lyriker Benedetto Cariteo (Gareth, geb. um 1450 in Barcelona) und dem zur gleichen Zeit lebenden Sonettendichter Giovanni Antonio Petrucci. Die Linie setzt sich fort bis zu dem schönen Sirmione-Gedicht des großen Giosuè Carducci (gest. 1907). Alfredo Panzini schrieb einen Kurzroman *Il bacio di Lesbia* (1958).

In Frankreich, dem Catull wohl die Erhaltung seiner *Carmina* verdankt, entfaltet sich seit Ronsard (gest. 1585) und de Baïf (gest. 1589) eine reiche Nachfolge; allein das Kuß-Gedicht c. 5 wird bis 1803 mindestens dreißigmal nachgebildet. Chateaubriand (gest. 1848) schätzt Catulls und Lesbias Unsterblichkeit höher ein als diejenige der Politiker (*Les Alpes et l'Italie*, V. 33–36): »Vos noms aux bords riants que l'Adige décore / Du temps seront vaincus, / Que Catulle et Lesbie enchanteront encore / Les flots du Bénacus.«

In Mitteleuropa huldigen unserem Dichter vortreffliche Neulateiner:[29] Conrad Celtis (gest. 1508), Johannes Secundus (gest. 1536; *Basia*), Jacob Balde (gest. 1668), Simon Rettenbacher (gest. 1706); in ihrer Muttersprache folgen ihm außer vielen Anakreontikern auch Ludwig Hölty (gest. 1776) und Gotthold Ephraim Lessing (gest. 1781; *Die Küsse*; *An eine kleine Schöne*); vor allem aber seien die anmutigen Nachdichtungen Karl Wilhelm Ramlers (gest. 1798)[30] und Eduard Mörikes (gest. 1875) genannt.[31] Zu den zahlreichen Nachahmern des Widmungsepigramms zählt auch Goethe (»Wem geb' ich dies Büchlein?«), der auch sonst Catullkenntnis verrät.[32]

In England finden sich Spuren Catulls bei John Skelton (gest. 1529; *Book of Philip Sparrow*) und einer eindrucksvollen Reihe großer Dichter[33] bis hin zu Ezra Pound. Alfred Tennysons (gest. 1892) Meisterstück *Frater ave atque vale* ist zugleich eine Huldigung an Sirmio. Derselbe Dichter prägt das goldene Wort: »Catullus, whose dead songster never dies.« In seinem Gedicht "The Scholars" (1919) unterstreicht W. B. Yeats geistreich den Kontrast zwischen dem jugendlichen Catull und den kahlköpfigen Gelehrten, die ihn kommentieren (können sie ihn verstehen?).[34]

29 W. Ludwig, »The Origin and the Development of the Catullan Style in Neo-Latin Poetry«, in: P. Godman, O. Murray (Hrsg.), *Latin Poetry and the Classical Tradition*, Oxford 1990, S. 183–198.

30 Mir liegt die zweisprachige Catull-Ausgabe, Wien 1803, vor.

31 *Classische Blumenlese*, Bd. 1, Stuttgart 1840, S. 162 ff. (c. 84; 85). Die Übersetzung von c. 45 hat Mörike unter seine eigenen Gedichte aufgenommen.

32 J. P. Schwindt, »Westher und die ›Dichter der Vorzeit‹. Catull-Reminiszenzen in Goethes Frühwerk«, in: *Gymnasium* 104 (1997) S. 293–300. – Zur deutschen Rezeption insgesamt vgl. E. A. Schmidt, »Stationen der Wirkungsgeschichte Catulls in deutscher Perspektive«, in: *Gymnasium* 102 (1995) S. 44–78. Ferner: M. v. Albrecht, »Catull: ein Dichter mit europäischer Ausstrahlung«, in: *Gymnasium* 106 (1999) S. 405–442

33 Vgl. G. P. Goolds Catull-Ausgabe, London 1983, S. 11 f.; J. Ferguson, *Catullus*, Oxford 1988, S. 44–47 (mit Lit.).

34 Freundlicher Hinweis von John Velz.

Das Totengedicht auf den Vogel ist auch in Rußland[35] besonders beliebt; als erstes wird es vollständig übersetzt (1792 von A. I. Bucharskij), und noch im 20. Jahrhundert bildet V. J. Brjussov (gest. 1924) es nach. Doch sonst gibt es manche Überraschungen: Die Wirkungsgeschichte beginnt untypisch mit einer Teilübersetzung von c. 12 durch V. K. Trediakovskij (gest. 1769); Alexander Puschkin (gest. 1837) überträgt das ebenfalls epigrammartige c. 27. Der Dichter A. A. Fet (gest. 1892) macht durch seine Nachgestaltung den gesamten Catull zum Bestandteil der russischen Literatur.

Im 20. Jahrhundert kann man weltweit fast von einer Catull-Renaissance sprechen[36]; es genüge, Thornton Wilders *Ides of March* (1948) sowie Carl Orffs *Catulli Carmina* (1943) und *Trionfo di Afrodite* (1953) zu nennen. Während man in augusteischer Zeit auch die größeren Gedichte las, bevorzugt man in der Neuzeit einzelne kleinere. Zu den Ausnahmen zählen die Komponisten[37] Wolfgang Fortner, Ildebrando Pizzetti und Carl Orff, die sich den Hochzeitscarmina (c. 61 und 62) zuwenden, und der Lyriker Alexander Blok, der den *Attis* würdigt (c. 63). Vernachlässigt hat man meist die groben und obszönen Gedichte Catulls. Vielicht könnten sie heute wieder ein Publikum finden. Catull t verhältnismäßig selten auf die bildende Kunst ausgehlt. Eine rühmliche Ausnahme (ursprünglich angeregt h die vorliegende Übersetzung) sind die neuen Collaon Helga Ruppert-Tibian.[38] Eine originelle poetische zung von Catullgedichten ins Weibliche stammt aus er von Anna Elissa Radke.[39]

*Veronensis liber*, übers. und hrsg. von S. V. Schervinskij und sparov, Moskau 1986, S. 106–141, 278–285.

idt (1985) S. 16–28; vgl. noch die *Gedichte der Katulla* von ce, Marburg 1992.

alischen Fortwirken: J. Draheim, *Vertonungen antiker Barock bis zur Gegenwart. Mit einer Bibliographie der* Amsterdam 1981, S. 177–182.

ibian, *Catull. Collagen. Liebesgedichte an Lesbia mit ung von L. Maier*, hrsg. von F. Maier, Erlbach 2000.

*tulla. Catull-Übersetzungen ins Weibliche und Deut-* 992.

Der ›ganze Catull‹ ist weniger erkannt worden und auch viel schwerer zu fassen als einzelne Teilaspekte, die unverbunden nebeneinander zu stehen scheinen. Man kennt Catull, den unbedingt Liebenden und angeblichen Wegbereiter der Elegie, Catull, den Naturburschen, Catull, den alexandrinischen Kunstdichter, das Mitglied des freien Dichterkreises der Neoteriker. Und doch ist das Ganze mehr als die Summe der Teile. Ein Autor, der reflektierender Gestalter bleibt, auch wenn er spontan zu improvisieren scheint, und der umgekehrt auch den raffiniertesten Kunstdichtungen tiefen menschlichen Gehalt zu verleihen vermag, sprengt den Rahmen rubrizierender Scholastik und spottet unserer nachrechnenden Analysen. Die Brücke zwischen den so heterogen scheinenden Bereichen liegt in der einmaligen Individualität, wie sie sich hier in der chaotischen Epoche zwischen Sullas und Caesars Diktatur in seltener Freiheit entfalten kann. Sie liegt auch in der besonderen Begnadung dieses frühvollendeten Dichters (wenn auch alle datierbaren Gedichte in seine ›Spätzeit‹ fallen). Wohl noch nicht genügend gewürdigt ist die Universalität Catulls; innerhalb weniger Jahre entsteht ein Œuvre, das der römischen Literatur nach den verschiedensten Richtungen neue Wege bahnt. Ein Geheimnis bleibt die trotz der Last der Gelehrsamkeit leichte Hand des Dichters, die das Technisch[e] gleichsam spielend beherrscht, ohne es zu überschätze[n] oder einem ertötenden Perfektionismus zu verfallen.

## Zur Übersetzung

Eine Übersetzung des Catull in deutsche Prosa schein[t] noch nicht gegeben zu haben. Die mit Begeisterung ü[ber]nommene Aufgabe, Catull deutschen Lesern in einer [von] dichterischen ›Übermalungen‹ befreiten Form zu ve[rmit]teln, stellte sich als ungewöhnlich schwierig heraus. [Der] Wegfall des Verszwanges ist nur eine scheinbare Erle[ichterung]

rung: Die Prosa ist viel empfindlicher gegen archaische, poetische, geschraubte oder gar undeutsche Ausdrücke, die in Versen entschuldbar sind oder zuweilen sogar als Schönheiten empfunden werden. Ein weiterer Umstand erschwert die Arbeit: Es gibt noch keinen verbindlichen ›Stil‹ für Prosaübersetzungen lateinischer Dichtung; vor allem gilt es, darauf zu achten, daß die behagliche Ausdrücklichkeit der Prosa den suggestiven Lakonismus der Poesie nicht verwässere. Drittens: Der tiefgreifende Unterschied zwischen lateinischem und deutschem Satzbau macht trotz der scheinbar so schmiegsamen Prosaform eine äußerlich exakte Nachbildung oft unmöglich; gerade die Erfordernisse des deutschen Prosastils stehen somit einer falsch verstandenen ›Wörtlichkeit‹ im Wege, die sich an Vokabeln entlang hangelt, statt Gedanken zu vermitteln. Eine vierte Schwierigkeit liegt in Catulls Sprache und Stil: Ihre Spannweite reicht von dunkler hellenistischer Künstelei, die sich oft in ungewöhnlich langen und verwickelten Sätzen ergeht, bis hin zur vulgären Direktheit der Gossensprache. Die Grenzen des in deutscher Prosa Erträglichen sind heute zwar, was das deftige Vokabular betrifft, gefallen, um so empfindlicher ist man aber gegen lange Sätze geworden; zum Glück ist freilich die in gewissen Ländern zur Norm erhobene Obergrenze von 13 Wörtern je Satz für uns noch nicht verbindlich. Einerseits stellt die hellenistische und zugleich altlateinische Sprachfülle der ernsten Gedichte gehobene literarische Ansprüche an den Übersetzer; andererseits zwingt die Drastik einiger Epigramme zu krudem Naturalismus. Es muß das Ziel sein, dem Leser von beiden Extremen einen zutreffenden Eindruck zu vermitteln, ohne sich an der deutschen Sprache zu versündigen. Die Übersetzung hat ihr Ziel erreicht, wenn sie – nach Goethes Worten – »eine unwiderstehliche Neigung zum Original« erweckt.

# Conspectus metrorum

**1. Hexameter dactylicus** (c. 62; 64)

– ⏖ – ⁝ ⏖ – | ⏖ – ⁝ ⏖ ⁝ – ⏑⏑ – ⏓

Der Hexameter besteht aus sechs daktylischen Füßen, deren letzter unvollständig ist. Eine Doppelkürze kann durch eine Länge ersetzt werden, im 5. Fuß jedoch nur ausnahmsweise. Die wichtigste Zäsur erfolgt nach dem dritten Longum, selten eine Silbe später; Nebenzäsuren gibt es nach dem zweiten und dem vierten Longum. Der Einschnitt vor dem fünften Longum heißt bukolische Diärese. Am Versende stehen vorzugsweise zwei- bis dreisilbige Wörter.

**2. Distichon elegiacum** (c. 65–116)

– ⏖ – ⏖ – | ⏖ – ⏖ – ⏑⏑ – ⏓
– ⏖ – ⏖ – | – ⏑⏑ — ⏑⏑ ⏓

Das elegische Distichon besteht aus einem Hexameter und einem Pentameter. In der zweiten Hälfte des Pentameters dürfen keinesfalls Längen an die Stelle der Doppelkürzen treten. Das Pentameter-Ende bevorzugt zweisilbige Wörter; doch sind Ausnahmen bei Catull nicht selten.

**3. Trimeter iambicus purus** (c. 4; 29)

⏑ – ⏑ – ⏑ | – ⏑ – ⏑ – ⏑ ⏓

**4. Trimeter iambicus Archilochius** (c. 52)

⏔ – ⏑ – ⏔ | – ⏑ – ⏑ – ⏑ ⏓

**5. Choliambus sive skazon** (c. 8; 22; 31; 37; 39; 44; 59; 60)

⏔ – ⏑ – ⏔ | – ⏑ – ⏑ – – ⏓

**6. Tetrameter iambicus catalecticus sive septenarius iambicus** (c. 25)

⏔ – ⏑ – ⏑ – ⏑ – | ⏔ – ⏑ – ⏔ – ⏔

7. **Hendecasyllabus Phalaeceus**

(c. 1–3; 5–7; 9; 10; 12–16; 21; 23; 24; 26–28; 32; 33; 35; 36; 38; 40–43; 45–50; 53–58a)
– – – ∪∪ – ∪ – ∪ – ∪̄

8. **Stropha Sapphica** (c. 11; 51)

– ∪ – ∪ – ∪∪– ∪ – ∪̄ (dreimal)
– ∪∪ – ∪

9. **Systemata Glyconea** (c. 34; 61; 17)

**Glyconeus:** ⏓ ∪̄ – ∪∪ – ∪ –

**Pherecrateus:** ⏓ ∪̄ – ∪∪ – ∪̄

c. 34: 3 Glyconei + 1 Pherecrateus
c. 61: 4 Glyconei + 1 Pherecrateus
c. 17: 1 Glyconeus + 1 Pherecrateus („Versus Priapeus“)

10. **Versus Asclepiadeus maior, choriambicus** (c. 30)

– – – ∪∪ – | – ∪∪ – | – ∪∪ – ∪

11. **Versus Galliambicus, ionicus** (c. 63)

∪∪ – ∪ ∪̄∪̄ ∪ – – | ∪̄∪̄ – ∪ ∪̄∪̄

NB. Beim Lesen lateinischer Verse genügt es, Längen und Kürzen sorgfältig zu beachten. Eine Silbe ist lang, wenn entweder ihr Vokal von Natur lang ist oder auf ihren Vokal zwei oder mehr Konsonanten folgen (Ausnahme: Muta cum liquida, d. h. *p*, *t* oder *c* mit darauf folgendem *l*, *m*, *n*, oder *r*. Solche Silben können kurz oder lang gemessen werden). Der verbreitete Brauch, alle langen Silben mit einem Intensitätsakzent zu versehen, ist eine Erfindung der neuzeitlichen Lateinschulen und bestenfalls ein Notbehelf. Statt dessen sollte der normale Wortakzent durch eine Hebung der Tonhöhe zur Geltung kommen.

Eine allgemeine Einführung in die lateinische Metrik bietet Stephan Flaucher, *Lateinische Metrik. Eine Einführung*, Stuttgart 2008 (Reclams Universal-Bibliothek, 17671).

# Inhalt